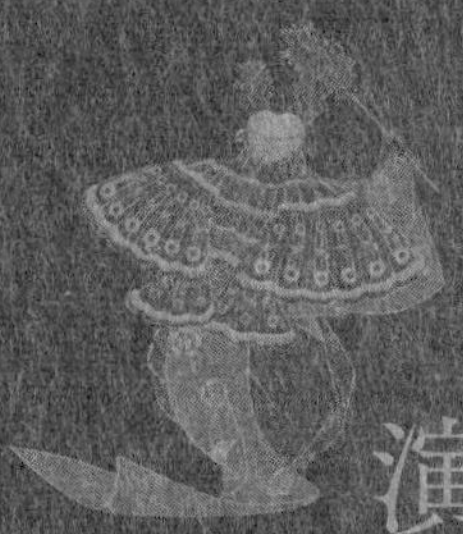

『源氏物語』を演出する言葉

吉村研一［著］

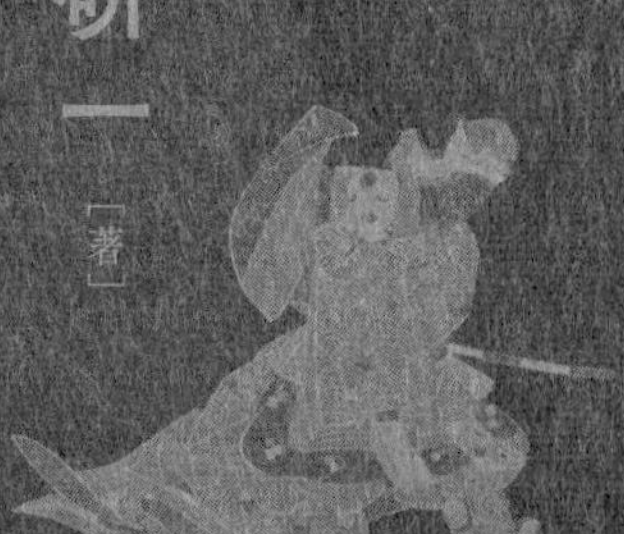

勉誠出版

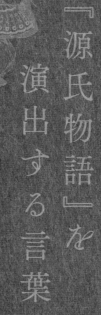

巻頭言

本書『『源氏物語』を演出する言葉』は、吉村研一氏の博士申請論文「『源氏物語』を現象させる言葉についての研究」（主査神田龍身、副査学習院大学教授鈴木健一、副査早稲田大学教授陣野英則）を刊行したものである。出版を快諾してくださった勉誠出版には、私からも御礼を申しあげたい。

吉村研一氏と私との付き合いは、平成一二年四月に遡る。この年に吉村氏は学習院大学文学部日本語日本文学科に三年次編入されたが、私もこの時に学習院大学での生活を始めたのであった。氏と初めて言葉を交わした時、旧知の間柄であるかのような親しみをおぼえたことを今でも記憶している。氏は慶應義塾大学経済学部のご出身であり、日本石油（現ＪＸホールディング、ガソリンスタンドのブランドはエネオス）に入社、退職時には広報部宣伝課長の職にあられた。エリート街道まっしぐらであったにもかかわらず、なにゆえのご退職と大学編入であったのか。このような人生の選択をされることについて、氏にはいろいろ期すものがあったであろうが、詳しい事情は氏に直截確認されたい。氏は大学卒業後も、さらに大学院博士前期課程・後期課程へと進学され、平成二六年三月に博士（日本語日本文学）の学位を取得されたのである。

学部から大学院まで、私が一貫して指導にあたってきたが、私は氏に対して、教員という立場で接したことは一度もない。逆に私の方がなにかにつけて氏を頼りにしてきたというのが実状である。

氏と私とでは考え方やセンスに似ているところがある。いや、たとえ異なることがあっても、言葉に出さずともお互いにその違いは了解できていた。氏と私とは同年齢であり、同じ時代の空気を吸ってきたということなのであろうか。とともに、私は吉村氏の懐の深さに感服している。これは私には欠落しているものであり、氏の社会人として完成度は抜群であり、学生への柔軟な接し方とか、会話のユーモアとか、人間関係のバランスのとり方とか、状況を的確に捉えるセンス等々、まったくもって私の及ぶところでない。しかも気さくで優しい人となりであり、年寄りにありがちな変なプライドや頑固さとも全くもって無縁である。相当にタフな方なのではあるまいか。私は氏と接しているとなんとなく嬉しくなり、かつなんにつけ安心できるのである。私よりはるかに多くの人生経験を積まれ、苦労されてきたのではあるまいか。吉村氏のこれぞ大人とでも評すべき成熟したお人柄から、私は多くを学ばせていただいたし、また氏の存在が私の研究室運営においていかにプラスであったかを改めて思っている。

さて、本書の特徴だが、平安時代の仮名文字テクストのなかで、『源氏物語』が初出である言葉や、多用されている言葉に着目することで、物語の構造を明らかにしたものである。国語学的な文献処理法を用いてはいるが、国語学の研究では断じてない。このような研究は国語学と文学研究の二股をかける必要があるためか意外に少なく、国語学者山口仲美氏による一連の論文があるのみである。しかも本書は従来の源氏研究史が関知しなかった多くの言葉についての知見を呈示しており、またそのことで、このような研究法の有効性を改めて証明してもいる。いうまでもなく、このような研究では、どの言葉に着目するかが最大の勝負である。にもかかわらず、見通しがきかず、頻出する言葉や初出語が必ずしも物語の特性をあらわしているわけでもない。一見して、有力な語と判断されても、個々の用例を検証すると、なんの問題も発見されないケースの方がはるかに多い。しかも、言葉を入り口に『源氏物語』の世界に入るにしても、各々の言葉のもつ射程範囲は様々であり、したがって、『源氏物語』総体を体系的に把握するのはなかなか難しい。本書で俎上にのせた言葉にたどりつくまで、吉村氏は試行錯誤の連続だったのではなかろうか。

私の好みからすると、本書でもっとも成功しているのは、第三章の、『日本文学』誌上に掲載された論文「「かをる」と「にほふ」について」と、第一章「感情表現としての「笑い」について」である。『源氏物語』には四一例ある「かをる」だが、『源氏』以前には仮名文の使用例は六例しかなく——いずれも嗅覚の「香がたつ」という意味——、漢文・漢詩を訓読する際に使うのが一般であるという。一方「にほふ」は、「赤く照り映える」「美しく染まる」という『万葉集』以来の視覚的表現を原義として、平安時代に入ると、嗅覚的現象にも使用される言葉であり、その意味からも、『源氏物語』は、元来語源のまったく異なる言葉であるにもかかわらず、双方を同一線上に位置づけ、互換的に併用していると論じている。これは大変な発見と評すべきだが、さらに氏はそのことが、『源氏物語』続編「宇治十帖」世界の「薫」と「匂宮」という対的人間関係にみる互換性と対応していると論じている。この論は、言葉の使用法から物語のダイナミックな構造にまで一気に論じとおしたものとして高く評価される。

第一章も良質な論である。氏は、「わらふ」系、「ゑむ」系、「ほほゑむ」系の三種に分類し、同時代の仮名テクストの中で、『源氏物語』では、「ゑむ」系、「ほほゑむ」系の使用比率が著しく高く、とくに「ほほゑむ」は『源氏物語』以前にはほとんど用例がないという。とともに、その「ほほゑむ」の意味を「ゑむ」と弁別したうえで、主人公光源氏に集中的に使用され、のみならずその意味が極めて多義的であることを指摘している。いわば、「ほほゑむ」がそのような言葉として戦略的に機能することで、光源氏像にうかがい知れぬ不気味な奥行が付与されることになる。

その他も力作揃いの本書である。序章および「『源氏物語』初出語一覧」では、『源氏物語』の名詞以外の自立語のうち約三千の初出語を分類整理した大変な労作であり、本書の各論を支える前提部を成しているとともに、物語の言葉を考えるうえで、様々なヒントをここから得ることができる。第二章「感情表現としての「泣き」について」も妥当な論である。声をたてる「泣く」系、声を立てない「涙」系、「その他」系にまずは分類。「泣く」は圧倒的に女性に使われているとし、その原因として、「(自己・他者に対する)憐憫」と「(自己・他者に対する)賞賛」という弁別基準からすると、「泣く」系は前者に集中し、一方の「涙」系は「他者に対する賞賛」によるものが突出して多いという。さらにこの「涙」系では、一回限りの表現が多いとしたうえで、自動詞「涙落つ」と他動詞「涙落とす」の使い分けを論じている。さらに以上の分析結果をふまえて人物造型上の問題点にまで言及する。第四章「「あえか」について」も好論であり、『源氏物語』『紫式部日記』が初出であるこの言葉の発生と語義を明らかにし、そして日記(小少将の君についてのもの)世界と物語世界との関係、さらにこの言葉で形容される姫君たちの人物造型上の特性まで論じている。第五章は、光源氏を評価する言葉として、自然界や周囲の人物たち、さらには語り手がどのように源氏をとらえているかを多角的に分析し、そのことで物語空間がどのように生成されているかを論じている。第六章は、『源氏物語』の「罪」という言葉の何たるかと、その変容過程とを明らかにし、さらに「恥」との関わりを論ずることで、この物語の全体構造を見通す。

以上、本書をあらあら紹介してきたが、是非、この吉村著をお読みいただいて、堪能していただきたいと思う。また、吉村研一氏には、新たな研究を立ち上げて、さらに前進していただきたい。氏も私も六五歳であるが、最低百歳までは、ともに研究仲間・遊び仲間として一緒にやっていきたいものと思っている。

平成二九年一一月三〇日

神田龍身

目　次

第五章　光源氏を絶対化する言葉について……187

補論　「かろがろし」が果たした役割……215

『源氏物語』を演出する言葉

序章

第一節　本書の問題意識

文字によって書かれ、読まれることにより享受される物語というものは、口承の物語や朗読される物語とは異なり、話し手の演出や音楽などによる効果は一切期待できない。琵琶法師によって語られる『平家物語』のように、同じ言い回しの文章でも、話し方、演じ方によって様々に脚色できる文芸とは異なっているし、ましてや猿楽、能、狂言のように演技者が、その立体的な動きを直接享受者の目に訴えることによって成立する演芸とは全く異質なものである。書かれた物語は書かれた文字のみによって読み手に状態、状況、心の動きなどを詳細に伝えなくてはいけない。

『源氏物語』は、ストーリーを口頭で聞き手に語るという形態を取っていながら、つまり話し言葉を基盤としながらも、書かれた文字が読まれることを意識して成立している物語と考えられる。(1) であるならば、『源氏物語』は詳細に言葉を吟味し、慎重に言葉を書き分けることによって、物語内の一つ一つの事柄、登場人物一人一人の心情、その場その場の雰囲気を克明に描き出し、さらには物語の世界観をも特殊な言葉の採用や独特な言葉の使い分けによって創り上げたと考えられる。

表1

	万葉集	土佐日記	竹取物語	枕草子	うつほ物語	源氏物語
名詞	四六六〇	五二九	七一七	三〇四八	七八〇〇	六五〇一
動詞	一五四五	三二六	五五二	一六二〇	四一〇〇	五五五四
形容詞	二七六	六六	一〇五	三四九	五四〇	一一三〇
形容動詞	七五	一二	四五	二一五	三一〇	六八三
合計	六五五六	九三三	一四一九	五二三二	一二七五〇	一三八六八
名詞比率	71%	57%	51%	58%	61%	47%

『源氏物語』がいかに言葉を書き分け、様々な言葉を駆使したかについては、その品詞別の異なり語数によってもよく理解できる。『源氏物語』とそれ以前の主要かな文学作品との名詞、動詞、形容詞、形容動詞の異なり語数を表1にまとめてみた（語数は『うつほ物語』は拙稿[2]、それ以外は大野晋の研究[3]に従った）。

『源氏物語』は長編であり、ここに挙げた他の作品と比べてのべ語数の多さもきわだっていて、異なり語数の単純な比較はできないのかもしれない。確かに名詞について言えば、作品のボリュームの増大に伴って異なり語数は比例的に増大するであろう。登場する人物、場所、対象物などは、場面場面が変わる度に新しい固有名詞の出現によって新たに設定されることになる。しかしながら果たして動詞、形容詞、形容動詞はいかがであろうか。登場人物が変わろうと、場面が変化しようと、どんなに長編であろうと同じ言葉が繰り返されることでも十分に成立してしまうのではないだろうか。たとえば『うつほ物語』は『源氏物語』と比較して文字数のボリュームは三分の二程度あり、かなりの長編であり、名詞の異なり語数は源氏よりむしろ多い。しかしながら動詞の異なり語数は漢語にサ変動詞「す」を付けて多くの動詞を生み出したにもかかわらず、『源氏物語』と比較して七割にしかすぎない。また、形容詞、形容動詞にいたってはそれぞれ五割にも満たないのである。表で比較したその他の作品においても名詞の数に比べて動詞、形容詞、形容動詞の数が少ないことは、名詞比率を『源氏物語』と比べてみることで明白に分かる。この傾向ひとつを取ってみても、『源氏物語』が単なる物の陳述よりも、自然の様子や人の容態、動作、心の動きをどのように表現するべきかに、こだわりを持っていたことが窺えるのである。『源氏物語』は王朝世界という狭い空間で、男女の恋物語を描いた作品である。同じような状況、場面、男女の心の動きが繰り返される。しかしながらその都度異なった表現方法が用いられ、場面ごとに微妙な差異が演出されているのである。『伊勢物語』のように「昔男ありけり」のようなパターン化された言い回しや、『平家物語』のように同じような節回しによる物語の進行を潔しとはしなかったのである。

であるならば我々享受者は書かれた言葉の一語一語を丁寧に読み解き、それぞれの言葉の持つ役割までも理解することが必要とされるのではないだろうか。

以上の問題意識により、『源氏物語』における特徴的な言葉をいくつか取り上げて、その一つ一つを読み解き、書き分けられた言葉づかいの違い、あるいはあえて互換的に用いられた言葉づかいの意味等を考察していくことに意義を見出し、さらには言葉を介して、物語の世界がどのように構築されているかを明らかにしていきたい。

西洋では文学を定義するのに「想像的」な文字表現というフレーズが用いられることがある。これは真実をありのままに語らない文字表現という意味で、文学とは虚構を創造したものという定義であるが、(4) よしんば虚構であったとしても、否、虚構であるがゆえに、その一つ一つの部品である文字表現そのものの理解が曖昧なままでは、創造された虚構物の本質を見極める事はできないのである。

第二節　『源氏物語』における初出の言葉および多用される特殊な言葉

『源氏物語』におけるすべての自立語のうち、それ以前の主要かな文学作品には使用例が見出せず、『源氏物語』において初出と考えられる語彙を抽出する作業を行った。ただし、名詞については人名・地名など、それぞれの作品における固有の語彙が多く、これらは必然的に初出になるので対象外とした。ここでいう源氏以前の主要かな文学作品とは、『古事記』、『万葉集』、『古今和歌集』、『後撰和歌集』、『拾遺和歌集』、『竹取物語』、『伊勢物語』、『土佐日記』、『大和物語』、『平中物語』、『蜻蛉日記』、『うつほ物語』、『落窪物語』、『三宝絵詞』、『枕草子』を指す。抽出方法は池田亀鑑『源氏物語大成・索引編』(5)において見出し語としてそれぞれ太字で掲げられた自立語を基本的に一語として扱い、それぞれの語を主要かな文学作品の各種索引(6)と照合したものである。

この方法により約三〇〇〇語の初出語（異なり語数）が抽出された。前述した大野晋の研究によると、『源氏物語』の名詞を除く自立語の異なり語数は約八二〇〇語（表1には副詞、連体詞などの、その他品詞約八〇〇語が含まれていない）であり、実にその三分の一以上に当たる語が初出語ということになる（私に抽出した三〇〇〇語も大野の八二〇〇語も池田亀鑑の索引における一語の考え方に基づいたものである）。本稿ではこの約三〇〇〇語に渡る物語中の初出語を、便宜上以下のように三種類に分けて考察していく。

①　複合語（複数の異なる単純語により構成された語、接頭語との組み合わせも含めた）

②　畳語（同じ単純語の反覆により構成された語）

③　単純語（一つの形態素からなる語、ただし接尾語との組み合わせも含めた）

この分類は言語学における語構成の分類方法に(7)合致してはいないが、『源氏物語』における初出語の特徴を論じる上での便宜的な分け方として、本書では使用することとする。単純語に接辞である接頭語や接尾語がついたものは派生語として同類に扱うことが一般的であるが、源氏初出語における単純語と接尾語との組み合わせは、その単純語の品詞を変化させる役割のものが大半で、その単純語の意味自体を変化させるものではないため、複合語としては取り扱わなかった。

① 複合語

この約三〇〇〇語の初出語のうち大半の約二五〇〇語がこの複合語に該当するものであって、構成する個々の自立語は『源氏物語』以前に使用例があるものがほとんどであった。ここでいう複合語とは、たとえば「おもひ・あかし・くらす」、「しのび・ありく」、「おほやけ・はらだたし」などの、動詞、名詞、形容詞などを複合させたもの以外に、「うち・うなづく」、「なま・うらめし」、「ひき・あはす」など接頭語と複合させたものも含めた。接頭語はもともとは「打つ」、「生」、「引く」などのようにそれ自体意味を持った自立語であり、動詞、名詞、形容詞などに付いて新たな意味を付加したり、別な意味を補ったりするからである。さて、これらの初出語は確かに一般的に遍く使用されている単語が結び合わされて生み出されたものではあるが、一語にして明快に状況、心情、情景を表現し尽くしてしまうという利点がある。前述した「おもひ・あかし・くらす」なども『源氏物語』一流の造語と思われるが、文章で長々と説明する以上に、人の心情を一語で巧みに表現するというすぐれた力を持っている。まさに『源氏物語』の世界を現象するのに大きな役割をになっている。以下に一〇例以上の用例があるものをアイウエオ順に列挙する。

うちひそむ（打顰）（一一例）、うちみだる（打乱）（一六）、おぼしゆるす（思許）（一九）、おぼしとどむ（思止）（一一）、おぼしなやむ（思悩）（一一）、おぼしはなつ（思放）（一一）、おぼしはばかる（思憚）（一五）、おもひあつかふ（思扱）（一七）、おもひおきつ（思掟）（一三）、おもひさます（思醒）（一一）、おもひすます（思澄）（一三）、おもひのどむ（思和）（一一）、かけとどむ（懸留）（一〇）、ききあつかふ（聞扱）（一四）、ききつたふ（聞伝）（一六）、ききかよふ（聞通）（一九）、ききゐる（聞居）（一三）、ことさらめく（殊更）（一三）、ごらんじいる（御覧入）（一二）、さしすぐ（差過）（一〇）、さしはなつ（差放）（二〇）、たえこもる（絶篭）（一〇）、たずねしる（尋知）（一二）、のたまひいづ（宣出）（三一）、のたまひつづく（宣続）（一〇）、のたまひなす（宣成）（一二）、ひきたがふ（引違）（一七）、まゐりよる（参寄）（一一）、みあらはす（見顕）（一六）、もてかくす（持隠）（二一）、もてしづむ（持鎮）（一二）、もてなやむ（持悩）（一二）、ものきよげなり（物清）（一七）、もりきく（漏聞）（二〇）

これらの言葉は漢字を当てないと意味が分かりにくいものが大半であるため（　）内に漢字を表示したが、前後の文脈に則して読んでいくと意味がよく理解できて、むしろ複数の言葉で説明するよりも、一語の複合語で適切に的を射た意味を表現している。「おぼしなやむ」、「ききつたふ」、「もりきく」のそれぞれの現代語である「思い悩む」、「聞き伝える」、「漏れ聞く」などは現代においても頻繁に使用される言葉であり、それぞれ「心の中で考え苦しむ」、「人づてに伝え聞く」、「ひそかに聞きとる」などと説明するより分かり易い。その組み合わせの妙は王朝の文学作品の中で傑出している。以下にこの初出複合語について、いくつかの特徴を述べていく。

①―1　接頭語「うち」、「もの」、「なま」

まず接頭語を付加することによって生み出された初出語が多いことに気が付く。その最も多い三つの接頭語を以下に挙げ、その特徴を述べる。

A「うち＋〇〇」約一二〇語

「うち」が付加された言葉は源氏以前にも多数見られるが、源氏初出語も極めて多い。前頁に列挙した「うちひそむ（打顰）」「うちみだる（打乱）」以外に、用例の多い順に「うちかしこまる（打畏）」（八例）、「うちしめる（打湿）」（八）、「うちしきる」（打頻）」（七）、「うちうめく（打呻）」（六）、「うちおぼゆ（打覚）」（六）、「うちかむ（打擤）」（六）、「うちそそぐ（打注）」（六）、「うちなやむ（打悩）」（六）などが挙げられる。

接頭語「うち」は本来「強く」、「少し」、「すっかり」、「すばやく」など主に動詞に付いて種々の意味を加えるが、一二〇余語の内、半数以上の七〇余語が「うちあゆむ（打歩）」、「うちおもひおこす（打思起）」など一例のみの用例であり、「うち」が付く場合と付かない場合でどのような意味の差異があるのか明確ではない場合も多い。物語内で独自に創作された言葉も多いのではないか。もしくはこの時代の女房言葉で何でも「うち」を付けるのが流行っていたとも考えられる。

B「もの＋〇〇」約四〇語

「ものきよげなり（物清）」の一七例が用例数としては突出して多く、それに続くのが「ものすさまし（物凄）」と「ものとほし（物遠）」の五例である。「もの」は主に形容詞、形容動詞に付いて「なんとなく」という意味を加えるが、半数以上の二〇余例が「ものあざやかなり（物鮮）」、「ものうひうひし」のように一例のみの用例であり、「うち」と同様に物語内で独自に創作された言葉も多いと考えられる。そして「ものさびし（物寂）」、「ものしづかなり（物静）」などの初出語は現代に引き継がれ頻繁に使用されている。

C「なま＋〇〇」約四〇語

「なま」が接頭語として付いた言葉は種類は多いが用例数の多いものはない。四例が最多で「なまねたし（生妬）」、「なまはしたなし（生―）」、「なまわづらはし（生煩）」が挙げられる。やはり大半の三〇語ほどが「なまあくがる」、「なまあらあらし」のように一例のみの用例である。「なま」が名詞に付加される場合は、「未熟な」とか「若い」といった不完全な意味を表すことで明白に意味を理解できるが、動詞、形容詞などに付く場合は「なんとなく」、「少し」といった意味が加わり、「うち」と同様に、「なま」が付加された言葉とそうでない言葉に明白な違いを見出すことが難しいものも見られる。

このような接頭語のなかで、本書では「そらおそろし（空恐）」（五例）と「そらはづかし（空恥）」（一例）に注目して第七章で取り上げた。いずれも源氏における初出語であるが、一般的には「なんとなく恐ろしい」、「なんとなく恥ずかしい」と解釈されている。そこで問題となるのは同じ「なんとなく」を意味する「もの」との違いである。「ものおそろし（物恐）」は初出ではないが一七例の用例があり、「ものはづかし（物恥）」は初出で三例の用例があり、やはり「なんとなく恐ろしい」、「なんとなく恥ずかしい」と解釈されている。ではなぜ「もの」と「そら」を書き分ける必要があったのだろうか。この点に着目して「罪」の意識といった観点から第七章の二節で考察した。

①―2 「思ふ」、「聞く」、「言ふ」

複数の異なった単純語によって構成された初出語で、語頭に使用される自立語の中で、特に多い三語を挙げると以下のようになる。

A「おもふ(思)」系(尊敬語「おぼす」「おもほす」含)(約二四〇語)

B「きく(聞)」系(「きこゆ」、尊敬語「きこしめす」含)(約一〇〇語)

C「いふ(言)」系(尊敬語「のたまふ」「のたまはす」、謙譲語「まうす」含む)(約九〇語)

「おもふ(思)」系が突出して多く、二五〇〇語を数える複合語の一割近くを占めている。太線内に挙げた一〇例以上の使用がある言葉でも「おぼしゆるす(思許)」の一九例、「おもひあつかふ(思扱)」の一七例など、一〇語にも及び、初出語ではあるが、繰り返し物語内で用いられ定着した言葉も多い。「おもひなやむ(思悩)」、「おもひとどむ(思留)」などは現代でも遍く使用されている。もちろん「おもふ」系と他の単純語で構成された言葉は源氏以前でも文学作品に用いられ、本物語で使用例の多い「おぼしいづ(思出)」一七六例、「おぼしる(思知)」一八四例、「おもひつづく(思続)」一六五例などは、『うつほ物語』、『蜻蛉日記』、『枕草子』などにも用例が見られる。しかしながらこれほど多くの同一語が繰り返され、またこれほど多種に渡る「おもふ」系の複合語が物語中に見出されるのは『源氏物語』ならではと思われる。これはいかに本物語が「人の思い」、「人が心の中で思うこと」にこだわりを持っていたかを示している。「悩む」と「思ひ悩む」ではどういった違いがあるのだろうか。現代では両者とも心の中で苦しむことで大差は感じられない。しかしながら源氏の時代では「悩む」は病気で苦しむことが第一義であったろう。それを心の問題、心の苦しみに転化させたのである。初出語「おもひなやむ」七例、「おぼしなやむ」一一例は、心の奥底で深く悩み苦しむことを見事に表現したのである。「おもふ」系の複合語は人の心の動きを文字にすることを重く考えていたこの物語の一つのすぐれた手段なのである。

ところで、『源氏物語』や『雪国』などの英訳をしたE・Gサイデンステッカーは『世界文学としての源氏物語 サイデンステッカー氏に訊く』(8)において、この「思う」を例にとって、以下のように興味ある指摘をしている。

川端先生にしても紫式部先生にしても、言葉の少ない人でした。同じことばをいろんな意味で使いました。川端先生も紫式部先生もそうなんです。だから曖昧さが出るんです。ことばが少ないですよ。(中略) 面白い話があります。『源氏物語』の話ではないですが、同じことが言えるのです。名前は忘れましたが、どこかの女子大学の先生と思います。私の川端の翻訳で「思う」ということばはどれだけの英語になっているか調べたのです。私は、いかにも英文の先生のやるもので、無視しようと思いました(笑)。しかし、考えてみると面白いと思ったのです。「思う」という一つの言葉が、どれだけの英語に翻訳されたのか。数が三十くらいです。同じ「思う」が、英語になると三十くらいになった。それは非常に面白いと思いました。

「言葉が少ない」というサイデンステッカーの指摘であるが、川端のケースと『源氏物語』のケースではその意味合いは全く異なっている。そもそも源氏の時代では言葉の絶対数そのものが少ないのである。源氏の時代には「思ふ」という言葉を用いないで、心の中で深く悩んだり、嘆いたり、望んだり、願ったり、心配したり、推量したり、予期したり、回想したり、熟考したり、深慮したり、慎慮したり、といった内容を読む側に適切に伝える表現は難しかったのである。そこで「思ふ」という単純語と他の単純語との組み合わせによる複合語にその活路を見出したのである。

また、「きく（聞）」系と「いふ（言）」系の複合語も多く見受けられる。「きく」系では「ききかよふ（聞通）」の一九例、「ききつたふ（聞伝）」の一六例、「ききあつかふ（聞扱）」の一四例、「いふ」系では「のたまひいづ（宣出）」の三一例、「のたまひなす（宣成）」の一二例、「のたまひつづく（宣続）」の一〇例などのように繰り返し使用されている初出語も多い。もっとも「聞く」、「言う」などは「思う」と同様に、人の最も日常的な行為であり、必然的に初出複合語が多くなるのは当然だと言えよう。「聞き伝ふ」、「聞き苦し」、「言い漏らす」などの初出語は現代でも日常会話に遍く使用されている。

①—3　「泣く」

単純語「泣く」で構成される初出複合語も多い。以下に挙げると、「なきしづむ（泣沈）」、「なきとよむ（泣響）」、「なきおはそうず（泣在）」、「なきおはします（泣在）」、「なきかはす（泣交）」、「なきさけぶ（泣叫）」、「なきしをる（泣萎）」、「なきつたふ（泣伝）」、「なきむつかる（泣憤）」などである。初出語に限らなければ、「なくなく（泣泣）」［畳語］の三九例が突出して多く、「なきまどふ（泣惑）」の一〇例、「なきさはぐ（泣騒）」七例、「なきあふ（泣合）」五例、「なきになく（泣泣）」の五例と続く。また、「泣く」が語尾に付属するものも「こひなく（恋泣）」、「うれへなく（愁泣）」などがあり、対象外としている名詞でも「ゑひなき（酔泣）」、「なきね（泣寝）」などがある。

また、接頭語「うち」が付加された「うちなく」が約七〇例の多くを数え、「うち」の付加されない単なる「泣く」の約一四〇例と使い分けていることも興味深い。そして物語はさらに「涙落つ」、「涙流す」のように、「涙」という言葉を用いることによって、より多種の「泣き」の表現を物語の世界に取り込み、人の感情表現「泣くこと」を場面場面、人々によって異なる演出をもって描き分けた。本論文では第三章でこの「泣き」という感情表現をいくつかの視点から考察した。

①―4 「〜顔なり」

『源氏物語』における複合語の中でも特筆したいのが「〜顔なり」という形容動詞である。異なり語数で約六〇語を数えるが、このうち五〇余語が源氏初出語でありその大半を占める。また「あはれしり顔」のように名詞形で表現される初出語も三語ある。この「〜顔」という複合語は源氏以前には「しらずがほなり（不知顔）」、「おもひがほなり（思顔）」、「したりがほなり」など、『大和物語』、『うつほ物語』、『蜻蛉日記』、『枕草子』などに若干数の用例があり、『源氏物語』が編み出した表現ではないが、新しい組み合わせを五〇例余りも物語内に取り込んだことは注目されてよい。これらの初出語の中には「おどろきがほ（驚顔）」や「うれへがほ（憂顔）」などのように、現代も頻繁に使用されているような的を射た組み合わせも多く、ここでも本物語が我が国の言語に及ぼした影響を思わずにはいられない。ただし、その一方で、「いとひきこえがほ（厭聞顔）」、「うしろみがほ（後見顔）」、「おもひおよびがほ（思及顔）」、「すみつきがほ（住着顔）」といった、いささか無理筋とも思われる複合語も散見される。これらの中には当時の女房たちのいわゆる流行語の類もあったかもしれないが、ほとんどが『源氏物語』のために創作された特異な言葉であり、「〜顔なり」という表現は何かしらの意図をもって物語内に導入されたとも思われるのである。本論文では第六章第二節において、「～顔なり」の果たした役割について考察する。

①―5　「人笑へ」（「人笑はれ」含む）

この複合語も初出ではないが特筆したい言葉である。「人笑へ」（「人笑はれ」含む）という言葉は物語中に五八例出現し、同時代の物語（蜻蛉日記三例、宇津保物語五例、落窪物語二例、枕草子一例、和泉式部日記二例、夜の寝覚一例）と比べると突出した用例数である。「人笑へ」は世間から「恥」をかかせられる意味であるが、名詞「恥」の用例は七例と少なく、「人笑へ」という言葉に特化されている。第七章第四節でこの問題を取り上げる。

② 畳語

同一の単純語が反覆された言葉で、その反覆により特殊な響きをもたらすという効果がある。畳語には、「いとど」、「うらら」のような重複形もあるが、ここでは「いまいまし（忌忌）」、「げすげすし（下種下種）」など、反覆形のみを対象にした。(9)「忌む」にしても「下種」にしても、遍く使用されていた言葉ではあるが、反覆させることによって独特の味わいがもたらされたのである。初出語に限らない畳語全体では二六〇語を超える数が物語中に認められ、うち初出語も約一一〇語の多くを数える。本物語が強調の修辞法として畳語を好んで用いたことが窺える。二六〇語のうち、名詞除きでは二〇〇語ほどになり、うち初出語は七〇語余りである。さらにこの七〇語余りのうち半数以上の四〇例程が「あしあしも（悪悪）」や「ざえざえし（才才）」のように、物語中に僅か一例しか使用されていない語である。これらの語は『源氏物語』において創造された言葉か、あるいは女房を中心とした狭い範囲でのみ使用されていたいわゆる女房言葉の類であり、一般的日常会話の中ではほとんど使用されなかった言葉だと思われる。これらいわゆる稀有な畳語をふんだんに駆使して強調しようとした修辞方法は、この物語の重要な特徴ともいえるであろう。以下に名詞以外の初出の畳語で二例以上の使用例があるものを用例の多い順に列挙する。

くだくだし（一一例）、いまいまし（一〇）、なさけなさけし（一〇）、よそよそなり（一〇）、かけかけし（六）、こはごはし（六）、すぎすぎ（六）、おぼおぼし（五）、かれがれなり（四）、ことごとしげ（四）、しめじめと（四）、ぬれぬれ（四）、はらはらと（四）、むねむねし（四）、ゆらゆらと（四）、おれおれし（三）、げすげすし（三）、ここし（三）、しなじなし（三）、すがすがと（三）、たをたをと（三）、なまなまなり（三）、みちみちし（三）、うちおきうちおき（二）、うちかへしうちかへし（二）、うひうひしげなり（二）、きやうきやうなり（二）、くねくねし（二）さださだと（二）しほしほと（二）そむきそむきなり（二）なれなれしげなり（二）、ひしひしと（二）、ものものしげなり（二）、やはやはと（二）、そむきそむきなり（二）

これらのうち「くだくだし」、「いまいまし」などの語は現在においても遍く使用されている言葉であり、『源氏物語』の影響力を実感するところである。そして、初出ではないが、物語内で大量に繰り返し使用されたことが原因で、現在の日常会話にも遍く用いられていると思われる畳語がある。「かろがろし」という言葉である。源氏以前には『うつほ物語』と『枕草子』に一例ずつしか見出すことができない稀有ともいえる言葉が、本物語においてはその母音交換形「かるがるし」も含めて七九例にも及ぶ用例を数え、物語内に一つの世界観を構築したともいえる言葉である。この「かろがろし」（「かるがるし」含む）については、第六章で考察する。

③　単純語（接尾語との組み合わせも含める）

①の複合語や②の畳語のいずれにも該当しないこの③単純語における源氏初出語は約四三〇例を数える。以下にアイウエオ順に五例以上の用例のある語を列挙する。意味の分かりにくい語には（　）内に漢字を付した。

あえかなり（一七例）、あざればむ（戯）（五）、あつかふ（三六）、あはむ（淡）（一一）、あまゆ（甘）（一〇）、あやふげなり（六）、あらまし（荒）（一三）、あるべかし（有）（七）、あをやかなり（青）（五）、いつかし（斎）（七）、いどまし（挑）（七）、いろめかし（七）、いわく（幼稚）（五）、いわけなし（五七）、うすらぐ（八）、うつろはす（移）（五）、うるはしだつ（六）、うらめしげなり（一七）、おとなふ（音）（六）、おとしむ（貶）（一二）、おびやかす（六）、おほどく（一〇）、おもりかなり（一八）、おやがる（親）（五）、おやめく（親）（九）、かかづらふ（拘）（三〇）、かすむ（諷）（二二）、かなひがたし（叶）（六）、かろらかなり（一五）、かろむ（八）、きやうざくなり（驚策）（七）、けさうたつ（懸想）（七）、けさうぶ（五）、けしきだつ（気色）（七）、けせうなり（顕証）（五）、けちえんなり（掲焉）（七）、このましげなり（六）、さうどく（騒動）（六）、さかしだつ（賢）（五）、さして（七）、ざればむ（戯）（六）、さりがたし（避）（五）、さわがす（一〇）、さわやぐ（爽）（五）、しづめがたし（鎮）（六）、じねんに（自然）（八）、すきがまし（八）、すぐしがたし（六）、すてがたし（二〇）、すぞろなり（漫）（五）、そねむ（嫉）（六）、たわむ（六）、たをやぐ（嫋）（八）、ちかやかなり（五）、とけがたし（解）（五）、とぢむ（閉）（六）、ながめがちなり（六）、なごやかなり（七）、なよびかなり（柔）（一〇）、なよぶ（一四）、はしたなむ（端）（一三）、はじらふ（一六）、はづかしむ（九）、はぶく（省）（七）、はやりかなり（逸）（一二）、ひかさる（引）（五）、ひとめく（人）（七）、ふかげなり（八）、ふりがたし（古）（一七）、ほそる（五）、むつぶ（睦）

（二四）、ゆくりかなり（九）、よしめく（由）（五）、よそほし（装）（一二）、よだけし（五）、わかぶ（若）（一六）、わざとがまし（一〇）、わざとなし（一二）、わららかなり（笑）（五）、わろぶ（悪）（五）、をんなし（女）（七）

これらの語は、初出語とはいっても、享受した読者にとっては耳慣れた言葉が多いのである。つまり、基になる言葉はすでに源氏以前のかな文学作品に用例があり、日常的に用いられていた言葉であり、それらを『源氏物語』が文章化するに当たり、既存の接尾語（接辞）を付加して、品詞を変更して活用した語が多いからである。

③—1　形容動詞への変更

「か」、「らか」、「やか」、「げ」、「がち」などの接尾語を名詞、形容詞、副詞などに付けて、形容動詞として表現された初出語が多い。囲み線内に挙げた例では、「なよびかなり（柔）」、「おもりかなり（重）」、「かろらかなり（軽）」、「わららかなり（笑）」、「あをやかなり（青）」、「なごやかなり（和）」、「あやふげなり（危）」、「うらめしげなり（恨）」、「ながめがちなり（眺）」などが挙げられる。これらの語は（　）内に漢字で記したように、基になる意味は明白であり、初出語といえども分かり易い言葉であったと思われる。しかしながら囲み線内の冒頭に挙げた「あえかなり」という語はいささか趣が違う。もちろん「あえか」の「か」は接尾語であり、「あえ」という状態を表す語に付いて、それが目に見える状態であることを表現する形容動詞をつくっていることは同じである。しかしながら「あえかなり」は一七例[10]もの用例がありながら、その基となる「あえ」の意味がはっきりしないのである。松岡静雄の『日本古語大辞典』[11]では「物の正当でないことを意味する語アヤ（過）の転じてできたアエには、こぼれ落ちるの意があり、そこから、風にも堪えぬ風情をいう」と説明し、『日本国語大事典』[12]においてもこの説を取り上げてはいる。しかしながら納得しづらい面もある。落ちるを意味する「あゆ」は『万葉集』に三例の用例しかなく、それ以降は『枕草子』に至るまでほとんど見られない語であり、その『枕草子』の用例では「汗などもあえしを」と汗がしたたり落ちる意味を表現している。その「あえ」に「か」を付けて「あえか」を「女性の弱々しく、きゃしゃな様子」と解釈するのは少し困難ではないか。たとえそうであったとしても、源氏の享受者にとっては耳慣れない言葉だったと思われる。そのような違和感のある初出語を大量に物語内に取り込んだ意義は重要と考え、本論文では第五章で「あえかなり」という『源氏物語』独特の言葉の果たした役割について考察した。

③―2　動詞への変更

「む」、「ぶ」、「だつ」、「やぐ」、「めく」、「がる」などの接尾語を名詞、形容詞、形容動詞などに付けて、「〜のようになる」、「〜のようにする」といった意味の動詞が多くつくられている。囲み線内では「あはむ(淡)」、「かろむ(軽)」、「むつぶ(睦)」、「わかぶ(若)」、「うるはしだつ(麗)」、「さかしだつ(賢)」、「さわやぐ(爽)」、「たをやぐ(嫋)」、「おやめく(親)」、「ひとめく(人)」、「おやがる(親)」などが挙げられる。また、「おびやかす(怯)」のように、動詞に「かす」を付けて、使役的な動詞に変えたり、「あざればむ(戯)」のように動詞に「ばむ」を付けて、「〜の状態にする」という意味の動詞をつくる例なども多々見られる。

③―3　形容詞への変更

「がまし」「めかし」などの接尾語を名詞、副詞、動詞、形容動詞などに付けて、「すきがまし(好)」や「いろめかし（色）」のように、「～の様子である」という意味の形容詞を多くつくっている。また「かなひがたし（叶）」、「さりがたし（避）」、「しづめがたし（鎮）」のように、動詞に接尾語「がたし」を付加して困難なさまを表現する初出語も多い。本論文では初出形容詞の中で、接尾語を持たない「いつかし（斎）」という形容詞に注目した。

「いつかし」は物語中に七例の用例があるが、『うつほ物語』や『枕草子』に用例のある「いつくし（厳）」とは異なり、当時の社会で日常的に使用されていなかった言葉と思われ、諸本間における異同も多い。「いつかし」と「いつくし」の意味の違いも微妙である。しかしながら『源氏物語』では明らかに初出語「いつかし」七例を「いつくし」一六例と書き分けていると思われる。この問題を第六章第一節で取り上げた。

③—4　漢語の導入

また、すでに『うつほ物語』に多く見られるように、漢語を和語に仕立て上げて物語内に取り込んだ語も多い。③の冒頭で列挙した例にあるように、「かうざく（警策）・なり」、「けちえん（掲焉）・なり」、「じねん（自然）・に」のように、漢語をそのまま用いて形容動詞化及び副詞化した例や、「けしき（気色）・だつ」、「けさう（懸想）・ぶ」、「さうど（騒動）・く」のように接尾語を付加して動詞化した例も多い。山口仲美の整理[13]によると、『源氏物語』の全語彙のうち一三パーセントが漢語で、『竹取物語』八パーセント、『伊勢物語』『土佐日記』六パーセント、『蜻蛉日記』九パーセントと比較して、漢語含有率の高さを示している。

③―5　「ほほゑむ」、「かをる」、「おほけなし」

「あえかなり」や「いつかし」のように初出語ではないが、源氏以前の主要かな文学作品においては僅かな用例しかなく、享受者にとっては耳慣れない言葉でありながら、『源氏物語』が大量に取り込んだ言葉が数例ある。その中で、「ほほゑむ」、「かをる」、「おほけなし」という語については、物語内部において特殊な機能を果たしているのではないかと考えた。「ほほゑむ」は「ゑむ」という語がありながら、「かをる」は同じ意味の「にほふ」という語がありながら、両者はなぜ書き分けられなければならなかったか。それぞれ第二章と第四章で考察した。また「おほけなし」は貴公子柏木に多用される語であるが、その表現するところの意味に注目して、第七章第三節で掘り下げた。

注

（1）大野晋は『日本語はいかにして成立したか』（中央公論新社、二〇〇二年）の第十二章において、「源氏物語は朗読のための台本などでは決してない」と言及している。
（2）吉村研一「うつほ物語における語彙」（『うつほ物語大事典』学習院大学平安文学研究会、勉誠出版、二〇一三年）。
（3）大野晋「基本語彙に関する二三の研究」（『国語学　第二十四集』国語学会編、一九五六年）。
（4）T・イーグルトン『文学とは何か』の序章に紹介されている文学定義の一つ。ただしイーグルトンはこの定義を不十分なものと言及している。新版の日本語訳は一九九七年に大橋洋一訳で岩波書店より。
（5）『源氏物語大成』（第七冊～十一冊）池田亀鑑（中央公論社、一九八五年版）。
（6）『古事記総索引』高木市之助、富山民蔵（平凡社、一九七四年）
『萬葉集索引』古典索引刊行会編（塙書房、二〇〇三年）

『萬葉集總索引』正宗敦夫編（平凡社、一九七四年、復刻版）
『古今集總索引』西下経一、滝沢貞夫編（明治書院、一九五八年）
『後撰和歌集総索引』西端幸雄編（和泉書院、一九九七年）
『拾遺和歌集の研究（索引編）』片桐洋一編（大学堂書店、一九七六年）
『竹取物語總索引』山田忠雄編（武蔵野書院、一九五八年）
『伊勢物語総索引』大野晋、辛島稔子編（明治書院、一九七二年）
『土佐日記本文及び語彙索引』小久保崇明、山田瑩徹編（笠間書院、一九八一年）
『大和物語語彙索引』塚原鉄雄、曾田文雄編（笠間書院、一九七〇年）
『平中物語総索引』曾田文雄編（初音書房、一九六九年）
『宇津保物語本文と索引』宇津保物語研究会編（笠間書院、一九八二年）
『うつほ物語の総合研究・索引編』室城秀之ほか共編（勉誠出版、一九九九年）
『平安日記文学総合語彙索引』西端幸雄ほか共編（勉誠社、一九九六年）
『落窪物語総索引』松尾聡、江口正弘編（明治書院、一九六七年）
『三宝絵詞自立語索引』中央大学国語研究会編（笠間書院、一九八五年）
『枕草子総索引』榊原邦彦等編（右文書院、一九六八年）

（7）沖森卓也『語と語彙』（朝倉書店、二〇一二年）によれば、語構成としてまず①単純語（一つの形態素からなるもの）と②合成語に分け、合成語をさらに派生語と複合語に分類している。「派生語は形態素または語に接頭語か接尾語がついてできている語。複合語は二つ以上の単純語、または派生語から構成されている語」としている。

（8）伊井春樹編『世界文学としての源氏物語　サイデンステッカー氏に訊く』（笠間書院　二〇〇五年）一〇九～一一〇頁。

（9）工藤力男氏「古代日本語における畳語の変遷」（『万葉・第一二二号』万葉学会、一九八五年八月号）によると、「畳語の形成は、奈良時代にはなお重複法が活力を有していたが次第にその活力が衰えてゆき、平安時代には反覆法が主流になった」という。

（10）河内本系では一八例。
（11）一九六三年版　刀江書院（一九三七年刊の復刻版）。
（12）小学館、二〇〇六年版。
（13）山口仲美『平安朝の言葉と文体』（風間書房、一九九八年）。

第一章　感情表現としての「笑い」について

第一節　「わらふ」系、「ゑむ」系、「ほほゑむ」系についての出現実態

「笑う」、「泣く」、そしてそこに至る感情表現は、言葉のみならず、身体の動きによっても描かれうるであろうし、登場人物が言葉にも態度にも出さずに心の奥底でその感情に浸っているケースも存在するかもしれない。読者としては言外に伝えようとしている感情の動きを察して、物語を読み進めていく必要がある。しかしながら本書では、あくまでも言葉によっての表現方法に限定して論じていくわけであり、この第一章でも「笑い」の感情が、どういった言葉によって、どのように表現されているかという観点に絞って考察を進める。

『源氏物語』において「笑い」を表現する言葉は、「わらふ」に代表される言葉（ここでは便宜的に「わらふ」系と名付ける）、「ゑむ」に代表される言葉（「ゑむ」系）、「ほほゑむ」に代表される言葉（「ほほゑむ」系）の三種類に大別され、全編で三四五例の出現を見る（本書の例数はすべて『源氏物語大成』に従う）。以下にその三四五例の内容を示す。なお、「わらふ」系二〇七例のうち、ゴシックで記した「わらひくさ」「ものわらひ」「ひとわらへ」「ひとわらはれ」の計六三例は「世間から非難されること」の意味で用いられており、今回の集計からは除く。

ア「わらふ」系　二〇七例→ゴシックを除き一四四例

・わらふ　六八例　・うちわらふ　五九例
・わらひあふ　一例　・うちあさわらふ　一例
・ささめきわらふ　一例　・おもひいてわらひ　一例
・わらひ　三例　・なきみわらひみ　一〇例
・わらひくさ　一例　・ものわらひ　四例
・ひとわらへ　四二例　・ひとわらはれ　一六例

イ「ゑむ」系　六九例

・ゑむ　一〇例　・うちゑむ　四六例
・ゑみさかゆ　五例　・うちもゑむ　一例
・ゑみひろこる　一例　・ゑみまく　一例
・かたゑむ　一例　・ゑまし　一例
・ひとりゑみ　二例　・ゑみかほ　一例

ウ「ほほゑむ」系　六九例

・ほほゑむ　六一例　・うちほほゑむ　八例

合計　三四五例→ゴシックを除き二八二例

登場人物が実際に笑う行為を表現しているのはゴシック体のものを除いた一四四例である（以下の「わらふ」系の数はこの数を用いる）。一方「ゑむ」系六九例、「ほほゑむ」系六九例はすべてが登場人物の実際の笑う行為である。この実際の行為としての三種類の笑いで出現割合を比較すると、以下のように「わらふ」系がほぼ半分で、「ゑむ」系と「ほほゑむ」系が四分の一ずつといったバランスになっている。

ア「わらふ」系（一四四例）　50％
イ「ゑむ」系（六九例）　25％
ウ「ほほゑむ」系（六九例）　25％

このバランスを同時代の女流文学作品と比べてみる。イ「ゑむ」系及び、ウ「ほほえむ」系の言葉の使用頻度が『源氏物語』は突出して多いことをまず押さえておきたい。

表1

	ア「わらふ」系	イ「ゑむ」系	ウ「ほほゑむ」系
蜻蛉日記	一九例	二例	○例
枕草子	一四二例	一三例	三例
和泉式部日記	四例	一例	○例

また、登場人物別に「わらふ」、「ゑむ」、「ほほゑむ」の出現回数を記すと、次のようになる。

表2

	合計	ア「わらふ」系	イ「ゑむ」系	ウ「ほほゑむ」系
光源氏	九〇例	三九例	一三例	三七例
頭中将	一九例	一五例	一例	三例
夕霧	一七例	*一〇例	*三例	四例
薫	一一例	*七例	*二例	二例
紫上	九例	四例	二例	三例
匂宮	九例	六例	一例	二例
柏木	六例	一例	〇例	五例

笑いの表現が五例以下の登場人物は省略した。また、*印を付した例の内数には赤子のときの笑いを含む。夕霧が「わらふ」と「ゑむ」で一例ずつ、薫が二例ずつである。薫の場合「ゑむ」は二例とも赤子のときの笑いということになる。

光源氏の笑う例が圧倒的に多いのは、主人公で登場機会の多さからも当然のことかもしれないが、特筆すべきことは、光源氏の笑いのうち「ほほゑむ」系が四割以上（九〇例のうち三七例）を占めていることである。先ほどの出現バランス（「わらふ」系が半分「ゑむ」系「ほほゑむ」系が四分の一ずつ）と比較して明らかに「ほほゑむ」に偏っている。また、「ほほゑむ」系全体の出現数は六九例であるから、その過半数は光源氏の笑いだということになる。作者は「ほほゑむ」を主人公に集中的に使用したのである。作者は主人公を「ほほゑむ」貴族として演出している。対照的に頭中将は「わらふ」貴族として演出されている。また、数は少ないが極端なのは柏木である。柏木には「ゑむ」がなく「わらふ」も一例のみで、「ほほゑむ」に極端に偏っている。

さて、作者が光源氏に集中させた「ほほゑむ」とはいったい何だったのであろうか。次章において、その意味合い、内容について検討していく。

第二節　「ほほゑむ」の表現するもの

「若紫」巻と「紅葉賀」巻で、まだ幼少（推定十〜十一歳）の紫上に対して光源氏が「ゑむ」場面がある。

（紫上が）やうやう起きゐて（絵などを）見たまふに、鈍色のこまやかなるが、うち萎えたるどもを着て、何心なくうち笑みなどしてゐたまへるが、いとうつくしきに、（源氏は）われもうち笑まれて見たまふ。

（『新潮日本古典集成』若紫　二三七頁　第二節は以下同本）

今日は、二条の院に離れおはして、祭見に出でたまふ。西の対にわたりたまひて、惟光に車のこと仰せたり。（源氏）「女房出で立つや」とのたまひて、姫君（紫上）のいとうつくしげにつくろひたてておはするを、うち笑みて見たてまつりたまふ。

（紅葉賀　七四頁）

これらの「ゑむ」はいずれも単純明快な「にっこり笑い」である。いずれも幼い紫上の無邪気な様子、美しく着飾っている様子が大層可愛らしく思えたので、源氏はほほえましくて、「にっこり」と笑ったのである。これに対して同じく幼少の紫上に対して源氏が「ほほゑむ」場面がある。

（源氏）「いで、君も書いたまへ」とあれば、（紫上）「まだ、ようは書かず」とて、見上げたまへるが、何心なくうつくしげなれば、（源氏は）うちほほゑみて、「よからねど、げに書かぬこそわろけれ。教えきこえむかし」とのたまへば、うちそばみて書いたまふ手つき筆とりたまへるさまのをさなげなるも、らうたうのみおぼゆれば、心ながらあやしとおぼす。（若紫　二三八頁）

「何心なくうつくしげなれば、**うちほほゑみて**」とあるので、「ゑむ」と同じように、その様子が可愛らしいので単純に「にっこり笑った」と読めそうにも思える。それならば、なぜ物語は「うち笑みて」を使わずに「うちほほゑみて」と表現したのだろう。単なる気まぐれだろうか。それとも意図的な使い分けであろうか。使い分けであるとすれば、物語はどのような意図、こだわりをもって、そのような使い分けをしたのであろうか。

この節では「ほほゑむ」の一つ一つの本文を分析して、それが表現するものを解明していく。六九例のうち、ここでは光源氏の主要な「ほほゑむ」を中心に取り上げ、その他の登場人物については特徴的なものを挙げることにする。

① あざけりの笑い（嘲笑）

さてもあさましの口つきや、これこそは手づからの御ことの限りなめれ、侍従こそとりなほすべかめれ、また筆のしりとる博士ぞなかべきと、いふかひなくおぼす。(末摘花が)心を尽くして詠みいでたまへらむほどをおぼすに、(源氏)「いともかしこきかたとは、これをもいふべかりけり」と、ほほゑみて見たまふを、命婦、面赤みて見たてまつる。(末摘花　二七七頁)

(源氏は末摘花が詠んだ「唐衣君が心のつらければ袂はかくぞそほちつつのみ」の歌を「なんてひどい詠みぶりだろう」とあきれて苦笑いしている。)

(右大臣は)軽らかにふとはひ入りたまひて、御簾引き上げたまふままに、「いかにぞ。いとうたてありつる夜のさまに、思ひやりきこえながら、参り来でなむ。中将、宮の亮などさぶらひつや」などのたまふけはひの、舌疾にあはつけきを、大将(源氏)は、もののまぎれにも、左の大臣の御ありさま、ふとおぼしくらべられて、たとしへなうぞほほゑまれたまふ。(賢木　一八五頁)

(源氏と朧月夜との密会が父の右大臣に見つかってしまう直前の場面である。右大臣のせかせかして早口で落ち着きのないことを、左大臣と比べてひどい違いだと思って嘲笑している。)

(源典侍は)いとど昔思ひ出でつつ、古りがたくなまめかしきさまにもてなして、いたうすげみにたる口つき思ひやらるる声づかひの、さすがに舌つきにて、うち戯れむとはなほ思へり。(源典侍)「言ひこしほどに」など聞こえかかるまばゆさよ。今しも来たる老のやうになど、(源氏は)ほほゑまれたまふものから、ひきかへ、これもあはれなり。(朝顔　二〇二頁)

(「お互いに年をとりました、恋のお相手としては五分五分ですね」と、歯が抜け落ちて口もとがすぼんでしまっているのに、いまだに色っぽく迫ってくる源典侍に対して、源氏は「突然年をとったわけでもあるまいに（以前から典侍は老いていたではないか）」とあきれ、かつ、そのかわらぬ好色ぶりを嘲笑する。）

（源氏）「いと多かめる列に離れたらむ後るる雁を、強ひて尋ねたまふが、ふくつけきぞ。［中略］さても、もて離れたることにはあらじ。（内大臣も）らうがはしくとかくまぎれたまふめりしほどに、底きよく澄まぬ水にやどる月は、曇りなきやうのいかでかあらむ」と、ほほゑみてのたまふ。（常夏　八七頁）
（内大臣の落胤として近江君が名乗り出てきたことについて、源氏は内大臣が若いときに、身分の低い女のところにも所かまわず忍び歩きしていたことを思い出し、苦笑する。）

これらの「ほほゑみ」はいずれも源氏が相手を「嘲笑」するという分かりやすい笑いである。しかしながらいずれも相手を強烈にあざ笑っているわけではなく、どこかに「まったくしょうがないなあ」といった相手に対する許容の気持も感じられ、温かみも感じられるのである。これに対して典型的なあざ笑いの例を揚げる。いずれも柏木の笑いである。

（近江君）「あなかま。皆聞きてはべり。尚侍になるべかなり。宮仕へにと急ぎ出で立ちはべりしことは、さやうの御かへりみもやとてこそ、なべての女房たちだにつかうまつらぬことまで、おりたちつかうまつれ、御前のつらくおはしますなり」と、恨みかくれば、皆（柏木達は）ほほゑみて、「尚侍あかば、なにがしこそ望まむと思ふを、非道にもおぼしけるかな」などのたまふに、（御幸　一七七頁）

この「ほほゑむ」は、近江君が「自分はこんなに献身的な奉仕をしているのに、尚侍になれないのは女御さまが薄情でいらっしゃるのです」と恨み言を言うのに対し、柏木達の男連中が「にやにや」と近江君を愚弄する笑いであり、そこには近江君に対する温かみといった感情は存在しない。

主人の院（源氏）「過ぐる齢に添へては、酔ひ泣きこそとどめがたきわざなりけれ。衛門の督（柏木）心とどめて**ほほゑまるる**、いと心はづかしや。さりとも今しばしならむ。さかさまに行かぬ年月よ。老はえのがれぬわざなり」とて、うち見やりたまふに、（柏木は）人よりけにまめだち屈じて、まことにここちもいとなやましければ、いみじきことも目もとまらぬここちする人をしも、さしわきて、空酔ひをしつつかくのたまふ。（若菜下　二五八頁）

ここに強烈な「あざけり笑い」が炸裂する。作者はここに柏木を絶望に追い込む爆弾を仕掛けた。源氏から「寄る年波には勝てないもので、酒を飲むと、泣けて仕方のないものだ、そこにいる衛門の督（柏木）は私に目をつけて「にやにや」とあざ笑っているが、全く気のひけることです」という強烈な皮肉だ。源氏は、「あなたがあざ笑っているのは単に私の酔っ払っている様子をではなく、妻を寝取られた愚かな亭主ぶりをなのでしょう」と、言外に匂わせているのである。すくなくとも、柏木はこの源氏の言葉により、すべてが露見していることを感じ取ってしまう。そしてこの後柏木は寝込んでしまい、結果的に死に至るのだ。このときの源氏の言葉は「衛門の督、心とどめて**ゑまるる**」ではいけないし、「衛門の督、心とどめて**わらはるる**」でもニュアンスが変わってしまい、柏木に源氏の本意が伝わらない。作者が「ほほゑむ」に含ませている最も典型的な意味合いの一つをここで表現していると考える。このような嘲笑を表現する「ほほゑむ」は掲出例を含めて、光源氏で一一例、全体で二三例と多い。一方「ゑむ」にはこの種の「あざけりの笑い（嘲笑）」を見いだすことはできなかった。

② 遊戯的笑い（からかい・冗談）

（源氏）「さて、この若やかに結ぼほれたるは誰がぞ。いといたう書いたるけしきかな」と、ほほゑみて御覧ずれば、（胡蝶　四五頁）

（源氏は玉鬘に届けられた恋文のなかに、いかにもうぶらしく固く結ばれている手紙を見つけて「この手紙は誰からのか、大層綿々と書いてあるようだね」と冷やかしからかって笑う。）

（源氏）「君（紫上）こそは、さすがに隈なきにはあらぬものから、人により、ことに従ひ、いとよく二筋に心づかひはしたまひけれ。さらに、ここら見れど、御ありさまに似たる人はなかりけり。いとけしきこそものしたまへ」と、ほほゑみて聞こえたまふ。（若菜下　一九三頁）

（紫上が嫉妬していた明石君を、今では寛大な気持で許しているのを、源氏は「あなたは相手により事情次第で上手に二通りの心の使い分けができるのですね。あなたのように行き届いた人はいませんでした」と褒めながらも、「ただ嫉妬心が強いのが玉にきずだけど」とからかって笑っている。）

逆に紫上が源氏をからかう場面もある。

(紫上)「ものの心得つべくはものしたまふめるを、うらなくしもうちとけ、頼みきこえたまふらむこそ心苦しけれ」とのたまへば、(源氏)「などたのもしげなくやはあるべき」と聞こえたまへば、(紫上)「いでや、われにても、また忍びがたう、もの思はしきをりをりありし御心ざまの、思ひ出でらるるふしぶしなくやは」とほほゑみて聞こえたまへば　(胡蝶　四九頁)

(この「ほほゑむ」は、源氏が玉鬘に好き心を抱いていることを察知した紫の上が、「にやにや」と笑いながら「あなたの浮気心には本当に苦しみました」と、からかう場面である。そもそも「からかい笑い」とは、自分の気持ちにゆとりがある場合に生じることが多いと思われるが、ここでの紫上は「いろいろあったが、結局は源氏にとって私が一番の女なのだ。私は安泰なのだ」という安心感に満ちている。)

③　照れ・失敗の笑い

その夜さり、亥の刻餅参らせたり。かかる御思ひのほどなれば、ことことしきさまにはあらで、こなたばかりに、をかしげなる檜破籠などばかりを、色々にて参れるを見たまひて、君(源氏)、南のかたに出でたまひて、惟光を召して、「この餅、かう数々に所狭きさまにはあらで、明日の暮れに参らせよ。今日はいまいましき日なりけり」と、うちほほゑみてのたまふ御けしきを、(惟光は)心ときものにて、ふと思ひ寄りぬ。　(葵　一一七頁)

(風習である亥の子の餅の餅にからめて、紫上とのお祝いの「三日の夜の餅」を明日の暮れにもってきなさいと惟光に命じながらも、源氏は照れ笑いしてしまう。)

中将（頭中将）、御土器（源氏に）参りたまふ。

（中将）それもがと今朝ひらけたる初花におとらぬ君がにほひをぞ見る

（源氏）ほほゑみて取りたまふ。

「時ならで今朝咲く花は夏の雨にしをれにけらしにほふほどなくおとろへにたるものを」と、うちさうどきて、

（賢木　一八二頁）

（源氏は、日頃ライバルである頭中将に、面とむかって褒められたので、照れ笑いして盃を取っている。）

照れ笑いの典型的な例としては、柏木の「ほほゑむ」がある。

（源氏）「太政大臣の、よろづのことにたち並びて、勝負の定めしたまひしなかに、鞠なむえ及ばずなりにし。はかなきことは、伝へあるまじけれど、ものの筋はなほこよなかりけり。いと目も及ばず、かしこうこそ見えつれ」とのたまへば、うちほほゑみて、

（柏木）「はかばかしきかたにはぬるくはべる家の風の、さしも吹き伝へはべらむに、後の世のため異なることなくこそはべりぬべけれ」と申したまへば、

（若菜上　一三〇頁）

（柏木は源氏から「今日のあなたの鞠は大層上手であった」と褒められて、照れ笑いをしながらも、「鞠などが上手でも大したことはありません」と謙遜している。）

④「してやったり」の満足笑い

（源氏）「いとさことことしき際にはあらぬを、わざとうるわしくも取りなさるかな」とて、したり顔にほほゑみたまふ。（源氏）「げに、けしうはあらぬ弟子どもなりかし。琵琶はしも、ここに口入るべきことまじらぬを、さいへど、もののけはひ異なるべし。おぼえぬ所にて聞き始めたりしに、めづらしきものの声かなとなむおぼえしかど、そのおりよりは、またこよなくまさりにたるをや」と、せめてわれがしこにかこちなしたまへば、女房などは、すこしつきしろふ。（若菜下　一八〇頁）

（女君たちの演奏を夕霧が大層褒めたので、源氏はしてやったりと得意げに「にっこり」と笑って、これもすべて自分の指導のたまものだと、すべて自分の手柄のように自慢する場面である。）

源氏の満足笑いはこれ以外に、紫上に対するものと、兵部卿宮に対するものの二例があり、源氏以外では、上達部たちが、夕霧の字をつける儀式において、したり顔にうちほほゑむ場面一例がある。

⑤「してやられた」の苦笑い

さすがに（源氏の）親がりたる御言葉も、（玉鬘は）いと憎しと見たまひて、御返り聞こえざらむも、人目あやしければ、ふくよかなる陸奥紙に、ただ、「うけたまはりぬ。乱りごこちのあしうはべれば、聞こえさせぬ」とのみあるに、かやうのけしきは、さすがにすくよかなりとほほゑみて、怨みどころあるここちしたまふ、うたてある心かな。（胡蝶　五五頁）

（源氏は玉鬘の返事を見て「なるほど、してやられたな、うまく逃げるものだな、こういったやり方はしっかりしているわい」

と苦笑しつつも感心し、玉鬘にますます興味を抱いている。）

この種の「ほほゑみ」は源氏においてはこの一例だけであり、源氏以外では薫に一例見られる。状況は似通っていて、薫が浮舟に出した匂宮との浮気を疑う手紙が「何かの間違いでしょう」と浮舟からそのまま戻ってくる。そのときに薫が「してやられたな、浮舟もなかなか機転がきくものだ」と、「ほほゑむ」場面である。「してやったり」と「してやられた」は、気持ちとしては正反対のようであるが、どちらをも表現する「ほほゑむ」があるのは興味深い。

⑥ 意思を伝達する笑い（同意・否定等）

（夕顔）「なほあやしう、かくのたまへど、世づかぬ御もてなしなれば、もの恐ろしくこそあれ」と、いと若びて言へば、（源氏は）げに、とほほゑまれたまひて、（源氏）「げに、いづれか狐なるらむな。ただはかられたまへかし」と、なつかしげにのたまへば、女もいみじくなびきて、さもありぬべく思ひたり。（夕顔　一三九頁）

（源氏が身分も明かさず、覆面までして人に隠れて出入りするので、夕顔が「こんな普通ではないお扱いですもの、なんだか恐ろしゅうございます」と、言ったのに、源氏は同意して「まったくだね」と微笑する場面である）

前斎院よりとて、散り過ぎたる梅の枝につけたる御文持て参れり。宮、聞こしめすこともあれば、（兵部卿宮）「いかなる御消息のすすみ参れるにか」とて、をかしとおぼしたれば、ほほゑみて、（源氏）「いと馴れ馴れしきこと聞こえつけたりしを、まめやかに急ぎものしたまへるなめり」とて、（前斎院の）御文は引き隠し

たまひつ。（梅枝　二五五頁）

（兵部卿宮が、前斎院（朝顔）より源氏に来た手紙が恋文であるかのように誤解したことに対して、源氏は「そうではない」と微笑して事実を説明した。つまり否定をあらわす「ほほゑみ」である。）

源氏のこの種の「ほほゑみ」は、頭中将に同意を示す一例と、車の中にいる女房達にサインを送る一例、花散里の言葉に対して同意でも非同意でもない困惑の「ほほゑみ」一例がある。源氏以外では五例あり、その中に特筆すべき「ほほゑみ」があるのでこれを挙げる。

（内大臣）「春の花いづれとなく、皆開け出づる色ごとに、目おどろかぬはなきを、心短くうち捨てて散りぬるが、うらめしうおぼゆるころほひ、この花のひとり立ち後れて、夏に咲きかかるほどなむ、あやしう心にくくあはれにおぼえはべる。色もはた、なつかしきゆかりにしつべし」とて、うちほほゑみたまへる、けしきありて、にほひきよげなり。（藤裏葉　二八五頁）

これは内大臣の名言である。内大臣はわが娘（雲居雁）をひとり立ち後れて咲く藤の花にたとえて、夕霧との結婚を承諾しているのである。究極の意思伝達の「ほほゑみ」である。そして単なる結婚の許可にとどまらず、夕霧の人間性も認め、夕霧に対して好意をも示し、かつ昔冷たく扱ったことの許しを乞うているようにも感じられる。何とも人間味あふれる「ほほゑみ」ではないだろうか。

⑦ 好き心・恋心・いとおしさの笑い

この種の源氏の「ほほゑみ」は全部で七例ある。源氏の心の奥底の大変繊細な気持が表現されており、解釈もなかなか難しい部分がある。

五節（源氏の昔の恋人）は、とかくして聞こえたり。
琴の音にひきとめらるる綱手縄　たゆたふ心君知るらめや
すきずきしさも、人なとがめそ。
と聞こえたり。（源氏は）ほほゑみて見たまふ、いとはづかしげなり。（須磨　二四三頁）
（源氏は須磨流浪のとき、昔の恋人五節の君の艶っぽい思わせぶりな手紙を読んで、好き好きしい気持が湧き上がってきて、思わず「ほほゑんだ」のである。）

宮の御をば、女別当して書かせたまへり。
（斎宮）国つ神そらにことわる仲ならば　なほざりごとをまづやたださむ
大将（源氏）は、御ありさまゆかしうて、内裏にも参らまほしくおぼせど、うち捨てられて見送らむも、人わろきここちしたまへば、おぼしとまりて、つれづれにながめゐたまへり。宮の御返りのおとなおとなしきを、ほほゑみて見ゐたまへり。御年のほどよりはをかしうもおはすべきかな、とただならず。（賢木　一三六頁）
（源氏は一四歳の斎宮（秋好中宮）の返歌が女別当の代作であるのに気づかず、大人びた内容なので、斎宮に対して「きっと美しくなられているのだろうな」と想像して好き心が生じて「ほほゑんだ」のである。女としてのただならぬ興味を抱いたのであろう。）

（明石君）「めづらしや花のねぐらに木づたひて　谷の古巣をとへる鶯声待ち出でたる」などもあり。「咲ける岡近に家しあれば」など、ひき返しなぐさめたる筋など書きまぜつつあるを、（源氏は）取りて見たまひつつほほゑみたまへる、はづかしげなり。（初音　一八頁）

（源氏は、明石君が部屋に書き残してあった手習い・歌などを見て、その中に明石君が自分の生んだ姫君と別れて暮らす悲しさにも、気を取り直して自分を慰めているような部分を見つけて、たまらない「いとおしさ」を感じて「ほほゑんだ」のである。この「いとおしさ」とは恋心とは異なり、「いじらしさ・愛情」といった種類の感情である。）

（玉鬘）「脚立たず沈みそめはべりけるのち、何ごともあるかなきかになむ」と、ほのかに聞こえたまふ声ぞ、昔人にいとよくおぼえて若びたりける。ほほゑみて、（源氏）「沈みたまへりけるを、あはれとも今はまた誰かは」とて、心ばへいふかひなくはあらぬ御いらへとおぼす。（玉鬘　三二二頁）

（母の夕顔によく似た声の玉鬘、その玉鬘に対して、源氏は好き心を抱いて「ほほゑんだ」のであろう。）

（藤壺）「唐人の袖振ることは遠けれど　立居につけてあはれとは見きおほかたには。」とあるを、（源氏は）限りなうめづらしう、かやうのかたさへたどたどしからず、ひとのみかどまで思ほしや御后言葉の、かねても、と、ほほゑまれて、持経のやうにひき広げて見ゐたまへり。（紅葉賀　一三頁）

（源氏は藤壺からのめったにない返事に喜び、「いかにもお后になるにふさわしい格調のある歌だなぁ」と感心しながらも、藤壺がいとおしくてたまらず「ほほゑんだ」のである。この「いとおしさ」はまさに恋心からくるものである。）

御返り、白き色紙に、

（紫上）風吹けばまつぞ乱るる色かはる　浅茅が露にかかるささがに

とのみあり。（源氏）「御てはいとをかしうのみなりまさるものかな」と、ひとりごちて、うつくしとほほゑみたまふ。（賢木　一五九頁）

（源氏は上達した紫上の筆跡を見るにつけても、紫上のことをいとおしく思って「ほほゑんだ」のである。このとき紫上は一六歳であり、「うつくし」は単なる可愛いではなく、女性に対する情愛を示してしている。源氏は紫上にいとおしさ、情愛を抱いて「ほほゑんだ」のである。）

さてここまで実例を検討してくると、この第二節の冒頭で紹介した、源氏が幼い紫の上に対して「ゑむ」ではなく「ほほゑんだ」理由が明らかになってくる。その部分を今一度引用する。

（源氏）「いで、君も書いたまへ」とあれば、（紫上）「まだ、ようは書かず」とて、見上げたまへるが、何心なくうつくしげなれば、（源氏は）うちほほゑみて、「よからねど、むげに書かぬこそわろけれ。教えきこえむかし」とのたまへば、うちそばみて書いたまふ手つき筆とりたまへるさまのをさなげなるも、らうたうのみおぼゆれば、心ながらあやしとおぼす。（若紫　二三八頁）

源氏は「まだ上手に手習いなどできません」と紫上に見つめられて、やはり、そこに単なる可愛らしさを感じたのではなく、それ以上のもの、つまり、女としてのいとおしさ、恋心を感じたのである。直後に続く波線部「らうたうのみおぼゆれば、心ながらあやしとおぼす」との説明を加えていることが重要で、「あどけない紫上（十歳）なのに、その仕草を見るにつけ、いとおしさが込み上げてくるのが、われながら不思議だ」といった意味合いであろうが、物語は、この源氏の紫上に対する特別な気持ちを「ゑむ」とは使い分けて表現したかったのである。

第三節　「ゑむ」と「ほほゑむ」の使い分け

「ほほゑむ」の意味するもの

第二節で取り上げた「ほほゑむ」以外の用例も含めて、全六九例の結果をここにまとめるが、単純な「明るい微笑」といった笑いは一切みられなかった。

①　あざけりの笑い（嘲笑）　二三例
②　遊戯的笑い（からかい・冗談）　一一例
③　照れ・失敗の笑い　八例
④　強い満足の笑い（してやったり）　四例
⑤　相手を認める笑い（してやられた）　三例

⑥　意思を伝達する笑い（同意・否定等）　一〇例
⑦　好き心・恋心・いとおしさの笑い　九例
〇　前後の文脈からは解読不能のもの　一例
計六九例

「ほほゑむ」を以上のように七通りに分類することができた。「あざけりの笑い」が最も多いが、多義に渡っていて複雑である。そしてそれぞれの笑いに何らかの意味をもたせている。反射的に出る笑いではなく、頭で考えている笑い、もしくは特殊なこだわりをもった笑いなのである。そこには無邪気な笑いといったものは存在しない。現代の「ほほえむ」とは異なった使われ方をしているのは明らかである。

「ゑむ」の意味するもの

一方、「ゑむ」についても本文のすべての用例を分析した。その結果、六九例の「ゑむ」は①から⑦のこのような分類にはまったくあてはまることはなく、以下のようにAからDに分類することができた。『源氏物語』においては、「ゑむ」と「ほほゑむ」は別次元の笑いなのである。

A　美しい・可愛い・すばらしいと感動する笑い　二三例
B　うれしさの笑い（喜びの笑い）　三〇例
C　おかしさの笑い（滑稽の笑い）　七例

D　赤子の笑い　五例
○　前後の文脈からは解読不能のもの　四例

「ゑむ」のA〜D四通りはいずれも単純な「にこにこ笑い」であり、現代において用いられている「ほほえむ」と同じ使われ方である。

Aは「見るにゑまるるさま」で表現されるように、顔かたちの美しさを見て思わずほほえみが込み上げてくるケースが代表的で、衣装の美しさ、様子の可愛らしさ等を見ての「ゑむ」も多い。また、美しい管絃の調べを聞いて感動しての「ゑむ」も出現する。

BとCは笑いの一般的なものであるが、「ゑむ」は圧倒的にBの「うれしさ」を表現することが多い。Cの「おかしさ」の表現は声を出しての「わらふ」が使用されることが多く（全体で二六例）、「ゑむ」は全体で七例だけである。

Dの「赤子の笑い」は無邪気であり、まさに人間の本能によってもたらされる生理的笑いといっていいであろう。冷泉、夕霧、明石姫君、薫に見られる。重要なのは、「ゑむ」にはこの赤子の笑い五例以外に、まだ成人しない子供の笑いが四例、呆けた老人の笑いが八例あることだ。一方、「ほほゑむ」にはこのような笑いは全く見られない。つまり、「ほほゑむ」が頭を使って笑うのに対して、「ゑむ」は反射的に出る笑いなのである。頭を使わない生理的な笑いなのである。少なくとも物語はそのように使い分けている。

さて、「ほほゑむ」については松尾聰が『源氏物語を中心とした語意の紛れ易い中古語攷』[1]の中で、中古以降少なくとも中世前半期までの「ほほゑむ」について述べているが、それをまとめると以下のように定義できる。

・笑い方はすべて「にやにや笑い」で、「にこにこ笑い」は基本的には存在しない。
・心情的には(1)相手のひけ目や劣弱性を知って、自分がそれに対する何らかの意味での優越者としての立場から、相手の様相を余裕をもって楽しんで見る心情。及び、(2)自分が自分自身の、今あらわそうとする行動に若干のひけ目を意識して相手に対してはにかむ心情。のどちらかである。

松尾のこの研究は意義深いものであるが、「ほほゑむ」のすべてを「にやにや笑い」、すべてを(1)、(2)どちらかの心情とする説には無理があると思われる。確かに私が分類した「ほほゑむ」の七種類のうち①「あざけりの笑い」②「遊戯的笑い」は「にやにや笑い」が主流であり、(1)の心情であてはまる。また、③「照れ・失敗の笑い」も「にやにや笑い」で、(2)の心情そのものである。しかしながら、④「強い満足の笑い」は疑いようもなく「にこにこ笑い」であるし、⑥「意思を伝達する笑い」、⑦「好き心・恋心・いとおしさの笑い」も「にこにこ笑い」が主流である。また心情的にも(1)、(2)とは異なるものである。第二節で検討したように、紫上、藤壺に対する光源氏の「ほほゑみ」は「にやにや」ではなくあきらかに「にっこり」だと思われるし、そのときの心情においても(1)の「優越性」や(2)の「はにかみ」を抱いているとは考え難い。やはり光源氏は「恋心・いとおしさ」という特殊な感情を覚えて「ほほゑんだ」に違いない。

以上を踏まえて、私なりに源氏物語における「ゑむ」と「ほほゑむ」についての違いを端的にまとめると次のようになる。

「ゑむ」系の笑い

笑い方は「にこにこ笑い」。反射的、生理的な笑いで、明るく単純・無邪気な笑い。

「ほほゑむ」系の笑い

笑い方は「にやにや笑い」と「にこにこ笑い」。頭で考えた笑い、もしくは特殊なこだわりをもった笑いで、何らかの意志を持つ。赤子、子供、呆け老人には発生しない。

第四節　源氏以前の文学作品における「ほほゑむ」

この論文の趣旨は「ゑむ」と「ほほゑむ」の違いを言語学的に分析することでもないし、また松尾氏の論文に反論することでもない。物語はどのような意図、こだわりをもって、「ゑむ」と「ほほゑむ」を使い分けたのかを分析することである。そのための手続きとして、まず前節までにおいて、物語がその時の気分や、ただ何となく「ゑむ」を用いたり「ほほゑむ」を用いたりしたのではないことが分かった。はっきりと意味を持った使い分けが成されていることが理解できたのである。では、同じ中古において、源氏以前の文学作品も同様に意識して明確に使い分けているのであろうか。まず、以下に出現数を列記する（表3）。

源氏以前の作品で使用される「ほほゑむ」の数は非常に少ない。『竹取物語』から『和泉式部日記』までの合計で「ほほゑむ」はたった一九例しか使用されていないのである。歌物語、日記類での使用は皆無であるし、

表3

	「わらふ」系	「ゑむ」系	「ほほゑむ」系
竹取物語	三例	〇例	一例
伊勢物語	二例	〇例	〇例
大和物語	〇例	〇例	〇例
平中物語	〇例	〇例	〇例
うつほ物語	一四七例	一〇例	一〇例
落窪物語	八六例	一三例	五例
枕草子	一四二例	一三例	三例
土佐日記	三例	〇例	〇例
蜻蛉日記	一九例	二例	〇例
和泉式部日記	四例	一例	〇例
合計	三〇六例（84％）	三九例（11％）	一九例（5％）
源氏物語	一四四例	六九例	六九例
紫式部日記	九例	三例	二例

「わらふ」が一四二例も出現する『枕草子』においてもわずか三例しか使用されていない。『うつほ物語』一〇例と『落窪物語』五例が若干目をひくが、これらも「わらふ」の使用頻度に比べると著しく少ないのである。当時の文学作品は「ほほゑむ」という言葉をほとんど用いなかったのである。換言すれば、これらの作者にとっては「ほほゑむ」という言葉で人の行為、動作を表現する手法を特に採用しなかったのである。むろん「わらふ」「ゑむ」「ほほゑむ」を書き分けるといった意識も持っていなかったと考えられる。

源氏以前のこの一九例の「ほほゑむ」の内容を分析すると以下のようになる（表4、①〜⑦、ＢＣは前節での分類記号と同じ）。

表4

	竹取物語	うつほ物語	落窪物語	枕草子
① あざけりの笑い（嘲笑）	一例			
② 遊戯的笑い（からかい・冗談）		一例	一例	一例
③ 照れ・失敗の笑い		一例	二例	一例
⑥ 意思を伝達する笑い（同意・否定等）		一例		
⑦ 好き心・恋心・いとおしさの笑い		一例		
Ｂ うれしさの笑い（喜びの笑い）		二例	一例	
Ｃ おかしさの笑い（滑稽の笑い）		三例	一例	
○ 前後の文脈から解読不能のもの		一例		一例

『源氏物語』ではすべて「ゑむ」系で表現されたＢやＣの明るく単純な笑いが、『うつほ物語』、『落窪物語』では「ほほゑむ」でも表現されている。『源氏物語』のような書き分けは成されていないのである。このことは、当時の社会一般においても「ゑむ」と「ほほゑむ」が意味の違う言葉として明確には区別されていなかったと言えるであろう。参考までに『うつほ物語』からＢうれしさの笑い、Ｃおかしさの笑い、を表現する「ほほゑむ」をそれぞれ一例ずつ挙げておく（引用はいずれも小学館の『新編日本古典文学全集』）。

Ｂ　宮の御叔父の、中納言と聞こゆる、御車にさし寄りたまへれば、簾押し上げて、（中納言）「さも、幻のや

うにも」と聞こえたまへば、うちほほ笑みて、（仲忠）「蓬萊の山にまかりたりつるや」とのたまへば、

（楼の上・上　四八九頁）

ここは、仲忠の娘・いぬ宮が、琴の伝授のために造営された三条京極殿の楼に移り渡る場面である。その出立する儀式は多くの牛車が連なり、色彩も美しく、豪華で、夢の中の出来事のように見事なものであった。中納言・忠澄（いぬ宮の母・女一宮の叔父）が、「幻を見ているように素晴らしいね」と仲忠に話しかけ、仲忠が「まるで蓬萊の山に来たようです」と喜び感激して「ほほゑむ」のである。

C　（忠康）「この御返りは聞こえさせよとか。さらばいらへ聞こえむ」といらへたまふ人のなきに、空答へをしたまひつつ、（忠康）「さらば」と聞こえたまへば、一の宮、（女一宮）「あな見苦しや。御使の見るに。賜へ、その文」とのたまへば、なほ聞こえ取りたまひ、（忠康）「御心地苦しとのたまはす」などのたまへば、大将（仲忠）、いとをかしと思して、うちほほ笑みたまへば、

（国譲・中　二〇一〜二頁）

ここは、あて宮から女一宮に消息があり、その返事を女一宮の弟で、あて宮の求婚者でもあった忠康（弾正の宮）が酔いにまかせて「自分があて宮への返事を書きましょう」とおどける場面である。「みっともないから、その手紙をこちらにおよこしなさい」と言う女一宮に、忠康は「ご気分が悪いとおっしゃるのですね」とわざと聞き間違えたふりをしたので、居合わせた仲忠がそのやり取りをたいそう滑稽に思って「うちほほゑむ」のである。

また同時代の女流日記である『蜻蛉日記』、『和泉式部日記』には「ほほゑむ」の用例が無いのに対し、『紫式部日記』においては二例使用されていることも付け加えておきたい。一例は①あざけりの笑い、今一例は②遊戯的笑い、であり、やはり「ゑむ」とは異なった使われ方が成されている。紫式部こそ、我が国で初めて「ほほゑむ」という言葉を多用し、かつ「ゑむ」と書き分けた作家と位置付けたい。

第五節　「ほほゑむ」の果たした役割

このように、「ほほゑむ」は使用頻度においても、使用内容においても、同時代の作品とは異なるレベルで用いられていることが分かったが、その意図はどのような理由によるものだったのか。それを解明するために、「わらふ」、「ゑむ」、「ほほゑむ」という笑いの表現が、物語の中で果たした役割を考えることは重要である。このことは『枕草子』と比較しながら検討することで見えてくる部分がある。

(1)「わらふ」系、「ゑむ」系、「ほほゑむ」系の出現割合

	枕草子	源氏物語
「わらふ」系	91%	50%
「ゑむ」系	8%	25%
「ほほゑむ」系	1%	25%

前節でも述べたが、『枕草子』は、ほとんどが「わらふ」系であり、『源氏物語』のように、「ゑむ」系、「ほほゑむ」系を織り交ぜながら、様々な笑い方を表現してはいない。もちろんこれらを使い分けて、登場人物の固有の笑いを演出することもしてはいない。

(2)「笑い」の内容別出現割合（「わらふ」「ゑむ」「ほほゑむ」合算）

	枕草子	源氏物語
おかしさの笑い（C）	53%	11%
うれしさ・感動・赤子の笑い（ABD）	7%	26%
あざけりの笑い（①）	14%	21%
その他の笑い（②〜⑦）	20%	35%
判読不可	6%	7%

枕草子は「おかしさの笑い」が過半数を占めている。これに対して源氏物語は「おかしさの笑い」はそれほど多くなく、いろいろな種類の「笑い」が散りばめられていることがわかる。

(1)、(2)から、『枕草子』は「くすくす」や「けらけら」、「げらげら」という有声の「おかしさの笑い」が主流を占めていて、『源氏物語』は有声の笑いと「にこにこ」、「にやにや」といった無声の「笑い」が同頻度出現し、その笑いの意味内容も様々であると分析することができる。

これを我々の日常生活における現代の「笑い」の出現と照らし合わせてみるとどうであろうか。「おかしさの笑い」、つまり滑稽を感じて笑うことは、実はそれほど多くないのではないか。むしろ、安堵、快感、感動、幸福、愛情、満足から引き起こされる「うれしさ・感動の笑い」や、人と相対しているときの、共感・同調の笑いや、好意を表す笑い、また、否定、拒絶といった「意思伝達の笑い」なども多く発生しているのではないか。笑いを科学的に分析した桑山善之助氏はその著書『笑いの科学』(2)の中で、次のように述べている。

今までの笑いの研究者は、おかし味の笑いを重要視し、あるいは、おかし味による笑いを、笑いの全部と見たとしか思えないふしがあるのですが、私のみるところでは、おかし味の笑いはそれほど多いとは思えません。人生において、おかし味の笑いは、ある特殊な（異例な）情報に直面したときおこるので、笑いが三種類（一、生理的に表出するよろこびの笑い。二、おかし味の笑い。三、それ以外の倫理的笑い）あるということから、私たちが生活の中で起こる笑いの回数を公平に三分したとしても、おかし味の笑いが、全体の三分の一を占めるかどうかは疑問であります。社会生活の濃度の高い私達としては、第三の倫理的笑いが、一番多いのではないでしょうか。また、別な見方をして、社会生活の上での重要さ、という観点からするならば、おかし味の笑いが、笑いの中で、他の二つの笑い以上に重要であるとは思えません。

『源氏物語』における「笑い」は、日常生活における状況そのままを反映し、当時の宮廷における貴族達の笑いを自然のままに表現しているのではないかと考えられる。それに対し、『枕草子』は、日常的にはそれほど発生しない特殊で異例な情報を寄せ集めて、目まぐるしいばかりに滑稽を展開させ、意図的に笑いを生み出したのではないだろうか。原岡文子は「（枕草子における）笑いの頻出は『をかし』の世界を『構築』し、維持していくための『虚構』に近い方法ではないか」[3]と指摘する。

『源氏物語』は「笑い」をそのような意図的でゆがめられた手段としては用いず、あくまでも人々の日常の生活、生き様をありのままに描き出すために用いた。「笑い」によって、言葉では伝えにくい人の心の動き、内面で揺れ動く喜怒哀楽の心情を微妙に描き出そうとした。登場人物によって「笑い」を書き分ける必要にも迫られた。そして、これらの課題を満たすためには、声を出して笑う「わらふ」以外に、人が日常の行為でそうしているように、声を出さない笑い「ゑむ」「ほほゑむ」を、物語の中でも多用することが必要だったのである。そして作者はその声を出さない笑いの中でも、喜び、おかしみのと笑いとは違う第三の笑い、桑山氏のいうところの「倫理的な笑い」が実生活の中で意外に多いことを重要に考えて、この種の笑いを表現するために「ゑむ」と区別して「ほほゑむ」を用いたのではないだろうか。私は「ほほゑむ」とは、反射的かつ単純な明るい微笑ではなく、頭で考えた意味のある笑いだと分析したが、物語は、人間的、知的ともいうべき笑いを「ほほゑむ」に求めたのである。

光源氏は、玉鬘、五節君、秋好中宮には好き心を抱いて「ほほゑ」み、明石上のいじらしさに接しては思わず「ほほゑ」み、そして藤壺と紫上には強い恋心を感じて「ほほゑ」んだ。また、末摘花、源内侍、頭中将や右大臣に対して、あざけりの気持や批判精神を込めて「ほほゑ」んだ。ただ、そこには悪意といったものは感じられず、むしろ暖かい人間味が読み取れるのである。光源氏は「ほほゑ」むことにより、人間としての個性を発揮し、読者に共感を抱かせているのではなかろうか。

紫式部は源氏物語以前の現存する主要文学作品を合計してもたった一九例しか用いられていなかった「ほほゑむ」という言葉を、物語全体で六九例も使用した。さらに主人公光源氏一人に過半数の三七例も集中させた。作者は同時代の使われ方と異なる次元で「ほほゑむ」を駆使して、その人物像を描き出したのだ。ここに源氏物語の一つの大きな独創性があると言えよう。

注

（1）松尾聰『源氏物語を中心とした語意の紛れ易い中古語攷』（笠間書院、一九八四年）一四三、二九二〜三頁。

（2）桑山善之助『笑いの科学』（同成社、一九七〇年）一〇頁。

（3）原岡文子「『枕草子』日記的章段の笑いについての一般論」（『平安文学研究』一九七七年六月号）。

第二章　感情表現としての「泣き」について

日本の代表的な文学作品には、泣くこと、涙をもって終了する作品が多々ある。その中でも特に広く読まれている作品に、伊藤左千夫の『野菊の墓』と川端康成の『伊豆の踊子』がある。それぞれの終わりの部分を引用する（……は省略部分）。

民子は左の手に紅絹（もみ）の切れに包んだ小さな物を握って其手を胸へ乗せているのです。……それが政さん、あなたの写真とあなたのお手紙でありまして……そのお手紙をお富が読みましたら、誰も彼も一度に声を立って泣きました。あれの父は男ながら大声して泣くのです。あなたのお母さんは、気がふれはしないかと思うほど、口説いて泣く、……私は話しては泣き泣いては話し、甲一語乙一語いくら泣いても果てしがない。……民子の愍然なことはいくら思うても思いきれない。いくら泣いても泣ききれない。……民子は僕の写真と僕の手紙とを胸を離さずに持って居よう。幽明遥けく隔つとも僕の心は一日も民子の上を去らぬ。

（新潮文庫『野菊の墓』より）

私はカバンを枕にして横たわった。頭が空っぽで時間というものを感じなかった。涙がぽろぽろカバンに流れた。「何か御不幸でもおありになったのですか」「いいえ、今人に別れて来たんです」……船室の洋燈（ランプ）が消えてしまった。船に積んだ生魚と潮の匂いが強くなった。真暗ななかで少年の体温に温まりながら、私は涙を出委せにしていた。頭が澄んだ水になってしまっていて、それがぽろぽろ零れ、その後には何も残らないような甘い快さだった。

（新潮文庫『伊豆の踊子』より）

『野菊の墓』の政夫は「泣き」、『伊豆の踊子』の私は「涙を流す」。この言葉が逆に用いられたとしても、つまり政夫が「涙を流し」。私が「泣いた」としても意味は通じる。国語としては間違っていない。しかし、この二作品が文学である以上、逆になることは考えられない。

この二つの言い回しの違いは、人の心の動き、心情の発露を表現しようとしてきた文学が、築き上げてきた書き分けなのではないか。この章においては、『源氏物語』における「泣き」の表現方法において、どのような書き分けがあったのか、そのこだわり、思い入れを分析してみたい。

『源氏物語』において、登場人物が実際の行為として「泣く」場面は非常に多く出現している。前章までと同様に『源氏物語大成』に従うと六六四例を数える。これは前章で取り上げた、実際の行為として「笑う」場面の二八二例と比較すると倍以上の出現回数である。さらに、「笑い」を表現する言葉が基本的には「笑ふ」「ゑむ」「ほほゑむ」の三つで、それらに接頭語をつけたり、複合語にしたりで、異なり表現数は二四種類であるのに対して、「泣き」の表現は同一八一種類と著しく多種多様である。枕草子が「笑い」によって演出された文学だとすれば、源氏物語はむしろ「泣き」によって演出された文学と言っても過言ではないだろう。

本章ではこれらの「泣き」の表現全てを抽出し、それぞれの言葉がどのような心境の「泣き」を表現しているのかをまず分類・研究する。そしてそこには作者による意図的な使い分けがあるのか、さらに男女による使い分けがあるのかどうか、泣く原因によっても何か特徴があるのか、同時代の作品と比較検討することも含め、源氏物語が「泣き」の表現方法に独特のこだわりを持っていたとすれば、それはどういうものなのかを探っていきたい。そしてそれらを踏まえた上で、登場人物にそれらがどのように反映しているのか、つまり作者は「泣き」によって登場人物をどのように描き分けているのかを論じていきたい。

第一節　「泣く」系、「涙」系、「その他」系についての出現実態

「泣き」を表現する言葉は、「泣く」に代表される言葉（ここでは便宜的に「泣く」系と名付ける）、「涙」に代表される言葉（「涙」系）、それ以外の言葉（「その他」系）に大別され、全編で一八一種類、六六四例の出現を見る。ただしここでの一種類とは一語ではなく、「涙落つ」、「涙こぼす」のように、言い回しも含めた表現数である。以下にその六六四例の内容を示す。

①　「泣く」系　三二五例・異なり表現数三五種類

泣く（一三六例）　うち泣く（七三）　泣く泣く（三九）　泣きまどふ（一〇）　泣きさはぐ（七）　酔ひ泣き（六）
泣きあふ（五）　泣きに泣く（五）　泣き沈む（四）　恋泣く（四）　音泣きがちなり（三）　泣き入る（三）
泣き満つ（二）　泣き臥す（二）　泣きとよむ（二）　よろこび泣き（二）　泣きこがる（二）　泣き恋ふ（二）
泣きは（腫）る（二）　（以下は各一例）　泣き（などす）　泣き嘆く　泣き暮らす　泣きわぶ　泣きかはす

はぢ泣く　うち泣きうち泣き　泣きののしる　泣き叫ぶ　泣きまさる　泣きむつかる　愁へ泣く　泣きゐる
泣き濡らす　泣きしほる　泣き寝に臥す

②「涙」系　一八八例・同六八種類

涙ぐむ（三六例）　涙落つ（一六）　涙こぼる（一五）　涙落とす（一三）　涙をしのごふ（八）　うち涙ぐむ（六）
涙にくる（六）　涙浮く（六）　涙をのごふ（五）　涙とどめず（五）　涙もろなり（五）　涙がちなり（三）
涙流る（二）　涙いで来（二）　涙に沈む（二）　涙ぐまし（二）　涙とまらず（二）　涙にまつはる（二）
涙とどまらず（二）　涙のいとまなし（二）（以下は各一例）　涙漏らし落とす　涙こぼす　涙とどめがたし
涙流す　涙にひつ　涙さしぐむ　涙こぼれそむ　涙ぐみあふ　涙流れ出づ　涙の残りなくおぼす
涙を落としあふ　涙をのごひあふ　涙はとりあへず　涙に霧ふたがる　涙をまぎらはす　涙のみ心をくらす
涙もとどめあへず　涙もあらそふ　涙さへそそのかす　落つる涙　涙絶ゆる時なし　涙流れ添ふ
進み出でつる涙　涙をせきとめず　涙の出で来に出で来　涙の人わるさ　乱れおつる涙　涙のもよほし
涙のみ先立つ　涙を払いあえず　涙の玉をばもち消つ　涙の干る世なく　涙おとさぬなし　涙とまるまじ
こぼるる涙　涙の雨のみ降りまさる　涙もろさはこぼれ出づ　降り落つる涙　涙の滝（もくれまどふ）
涙の川（に渡る）　涙をのごひ隠す　涙もつつまず　涙出で立つ　涙のとめがたし　涙におぼほる　涙尽くす
涙のふり落つ　とまらぬ涙

③「その他」系

A「涙省略」系　三五例・同一六種類

をしのごふ（一三例）　せきあへず（三）　忍びあえず（二）　こぼる（二）　こぼれそむ（二）

せきとむ方なし（二）　こぼれ出づ（二）（以下は各一例）うちこぼる　とめがたし　つつみあへず

乾す世もなし　流し添ふ　降りに降り落つ　せきとどめがたし　こぼす　え念じず

B「袖・濡らす」系　一六例・同一三種類

濡らし添ふ（三例）　袖ぬらす（二）（以下は各一例）袖ども潤ひわたる　袖もえ引き放たず　袖よりあまる

袖濡れがちなり　袖も濡る　濡れたる単衣の袖　袖のしぐれをもよをす　衣の濡る

袖もしぼるばかりになる　袖も泣き濡らす　そほつ（濡つ）

C「泣くを意味する別の動詞・形容動詞」系　四〇例・同一三種類

うちしほたる（八例）　しほたる（八）　うちひそむ（六）　むせかへる（六）　うちしほる（三）

おぼ（溺）ほれゐる（二）（以下は各一例）おぼほれあふ　藻塩たる　しほたれがちなり　しほたれまさる

ひそむ　うちひそみあふ　ひそみにひそむ

D「目・鼻」系　三〇例・同二〇種類

鼻うちかむ（五例）　いや目（になる）（四）　目おししぼる（二）　目も見えず（二）　鼻声（二）

（以下各一例）目も暗し　濡れゆくそば目　目おしする　もの見えず　目くれまどふ　うちはれたるまみ
うち赤むまみのわたり　をししぼる　まみのうち濡る　まみのわたりうちしぐる　目もきる（霧）
鼻をかみわたす　鼻すすりあふ　鼻すする　うちかむ

E「自然比喩・暗示」系　一六例・同一〇種類

露けし（五例）霧りふたがる（二）　枕浮く（二）　（以下は各一例）雪の雫に濡れ濡れ　軒の雫も濡れ濡れ
露けさまさる　雫ぞ落つ　虫の音にきほへる　櫂の雫も耐えがたし　海人も釣すばかりに

Fその他　一四例・同六種類

泣きみ笑ひみ（九）（以下各一例）うらみみ泣きみ　うらみても泣きても　音をのみものす
ものも聞こえやらず　声もおしまず

全体をまとめて使用例の多い順に表現を並べると次のようになる。

1	泣く	一三六例	15	うち涙ぐむ	六例
2	うち泣く	七三例	15	酔ひ泣き	六例
3	泣く泣く	三九例	15	涙にくる	六例
4	涙ぐむ	三六例	15	涙を浮く	六例

5 涙落つ　一六例
6 涙こぼる　一五例
7 涙落とす　一三例
7 をしのごふ　一三例
9 泣きまどふ　一〇例
10 泣きみ笑ひみ　九例
11 涙をしのごふ　八例
11 しほたる　八例
11 うちしほたる　八例
14 泣きさはぐ　七例
15 うちひそむ　六例
15 むせかへる　六例
23 泣きあふ　五例
23 泣きに泣く　五例
23 涙をのごふ　五例
23 涙とどめず　五例
23 鼻うちかむ　五例
23 露けし　五例
（ここまで二六種類の表現）

以下、四例出現する表現が四種類、三例の出現が六種類、二例の出現が二七種類と続き、五四帖中でたった一例しか出現しない表現が一一八種類も存在するのである。私はこれこそ『源氏物語』の真骨頂なのだと考える。そもそも『源氏物語』は宮廷という狭い社会空間の中での男女の恋物語をテーマにした作品であり、男女の同じようなシチュエーション、行動、心の動きが繰り返される物語である。「泣く」という感情表現にしても、場面によってそれほど大きな違いが生じるとは思われない。むしろ類型的、ステレオタイプ的な「涙」が流されているはずである。しかしながら、作者は「泣き」の実態、本質をこまかく分析して、精細にその状況を書き分けているのだ。「泣く」人の人間性、「泣く」に至った精神構造などを、文字言語だけで適切に読者に伝えるために、

頭をひねりながら一八一種類の「泣き」を描き分けたのである。(1)

第二節　「泣く」系、「涙」系、「その他」系についての表現傾向

「泣く行為」と「涙を流す行為」について、山折哲雄は『涙と日本人』(2)の中で、次のように興味ある分析を述べている。

ところが面白いことにというか、不思議なことにというべきか。万葉歌人のなかでも、涙を流すよりは泣く行為そのものに関心を寄せたらしい歌人と、それよりはむしろ涙を流すことの方により深い感情移入をして歌をつくった歌人がいたようだ。悲泣・指向型と流涙・志向型である。その対照をくっきりとみせてくれるのが、悲泣型の山上憶良と大伴旅人ではないだろうか。(このあと山折氏は両者の歌を分析しているが引用が長くなるので略す)誇張をおそれずにいえば、人目をはばかってすすり泣いている憶良、それにたいして誰はばかることなく涙を流して嘆き悲しんでいる旅人、――そんな光景が浮かぶ。くぐもった泣き声が耳についてくるような憶良、頬をぬらす大粒の涙をきわだたせている旅人、そのようなコントラストが二人の人間的な肌ざわりの違いまでをわれわれに想像させてやまない。

果たして『源氏物語』はこの二つのコントラストをどのように取り扱い、どのように描き分けたのであろうか。ここでは「泣く」系と「涙」系、及び「その他」系の表現傾向について考察いたしたい。

まず、「泣く」という言葉について考えてみよう。『角川古語大事典』によると「1・鳥・獣・虫などが声を立てる。2・人が悲哀・悔恨・憤怒・苦痛などのために感情が高ぶり、涙を流し、涙声を発する」とあり、『岩波古語辞典』によると1と2が入れ替わり「1・人間が声を立てて涙を流す。2・鳥・獣・虫などが、声を立てる。」とある。「涙」系の泣きとの基本的な違いは、声を立てて泣くか、立てないで泣くかと理解していいだろう。ところで古代には哭女《なきめ》という存在があった。哭女について『古代語を読む』(3)から引用すると、

〈なく〉ということばは、葬送儀礼の重要な語彙でもあった。アメワカヒコの死を知った父アマツクニタマの神とその妻子は高天原から葦原中国に降り、そこに喪屋を作って葬礼を営んだ、と記紀に伝えられている。この葬送儀礼には「哭女」が登場する。哭女は葬礼に際して儀礼的に哭泣する女性を言うが、幸い哭女の習俗は古代の文献のみならず民族の事例としても数多く残されていた（浅田芳郎「傭泣の民族」『旅と伝説』昭一一・九〜一〇）。いうまでもなく哭女は儀礼的・職業的に哭泣する点に特徴をもつ。それゆえに葬送儀礼に哭女は不可欠の存在だったのであり、哭女の行動こそ魂よばいの習俗などと等しく、死者の身体から遊離しかかっている霊魂を再び呼び迎えてもとの身体に鎮定させようとする重要な儀礼だったのである。（保坂達雄）

また、武田佐知子は『なぜ泣くの——涙と泣きの大研究』(4)において、「古代社会では死と睡眠の境界が不確かで、人々の睡眠中、魂は体から遊離していくものと考えられた。魂が永遠に帰ってこないことが認識された段階が死であった。と言い。それが眠りか死かを確かめるために、そして死者を揺り動かして蘇生させるためにも大声を出す必要があった」と論じている。

このように、古代の人の死に際しての「泣き」は声を出すことが重要であり、かつ、その役割を女性が中心になって担っていたことをまず踏まえておきたい。

① 「泣き」の原因

人間はなぜ泣くのだろうか。感情の涙（エモーショナル・ティアーズ）について、トム・ルッツは『人はなぜ泣き、なぜ泣きやむのか――涙の百科全書』(5)の中で、「初期のキリスト教会の聖職者は、涙にはいくつもの種類があるとして複雑な説を打ち立てていた。ある説では、涙は**痛悔**の涙、**悲しみ**の涙、**喜び**の涙、**恵み**の涙と四つに分かれており、また別の聖職者は若干異なる分類を行なったが、どの説にも必ず甘美と喜びに満ちあふれた涙というカテゴリーが含まれている」と述べている。また、同本においてさらに「大修道院長イサークによれば、涙には四種類あり、四種類の感情ないしは内省から生じるという。それは**罪の意識**、**畏敬**、**恐怖**、**同情**の四つであり、四つの異なる感情が、それぞれの種類の異なる涙をもたらすとされていた。」と紹介し、さらに現代のアーサー・ケストラーの『創造活動の理論』（一九六四年）の中での「涙を流すのは五つの場合があり、**歓喜**、**悲嘆**、**安堵**、**感情移入**、**自己憐憫**である」という説も紹介している。また、ウィリアム・Hフレイは『涙――人はなぜ泣くのか』(6)の中で、エモーショナル・ティアーズの原因を研究するためのアンケートを実施したときのカテゴリーとして、**悲しみ**、**幸福感**、**怒り**、**同情**、**心配**、**恐怖**の六つを示している。

本章では、「泣き」を次のように四つの原因に分類し、「泣き」の表現方法との関係性を文析する上でのカテゴリーとして位置付けた。カテゴリーとしてはいささか幅が広すぎるかもしれないが、細かく分けることでの煩雑さを回避するため、この分類を用いることとする。

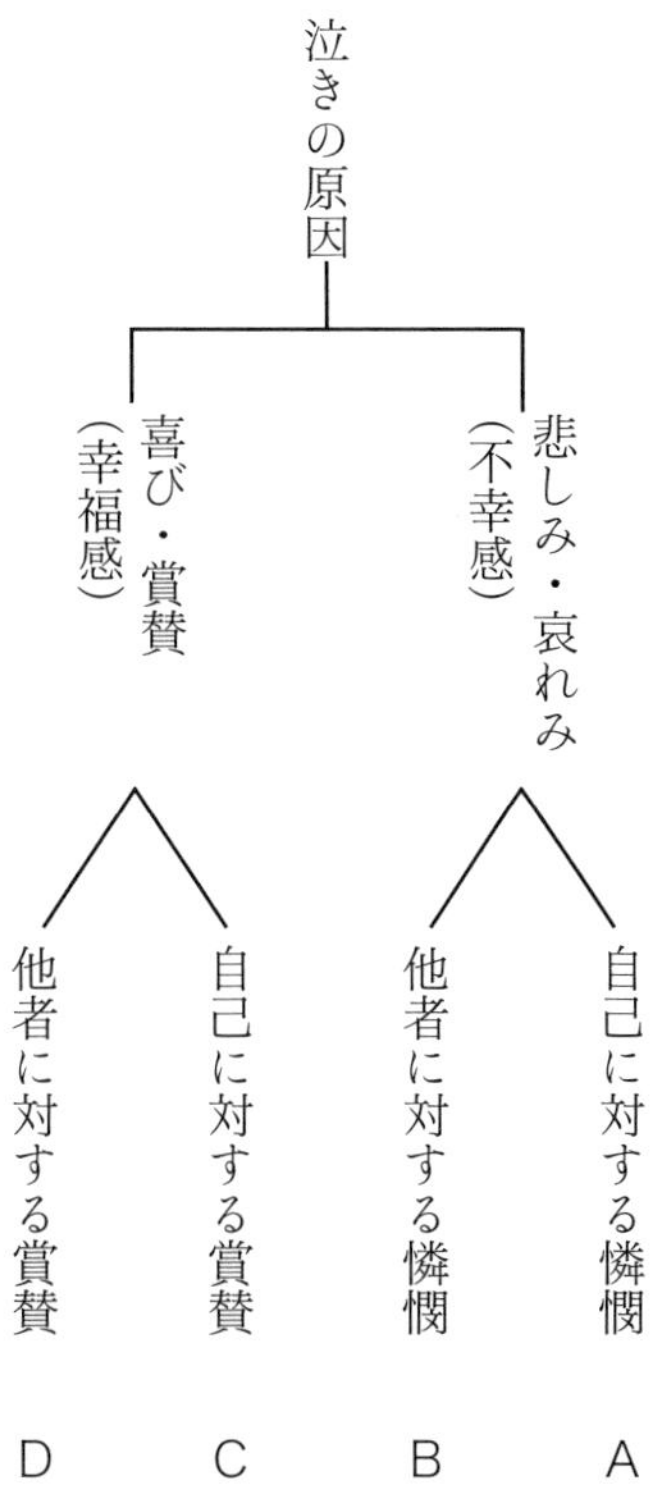

A　自己に対する憐憫…自分の不幸を意識して泣く「悲しみ」の泣き
B　他者に対する憐憫…他者の不幸を意識して泣く「憐れみ」の泣き
C　自己に対する賞賛…自分の幸福を意識して泣く「喜び」の泣き
D　他者に対する賞賛…自分の外部に存在するものに「感動」しての泣き

たとえば「妬み」や「恨み」、「怒り」による「泣き」は他者に対する気持ちかもしれないが、結局は他者によって自分が不幸になっていることであり、A自己憐憫の一形態と分類できる。また、人の死に直面しての「泣き」は、大事な人を失ったことにより自分自身が不幸にもなるわけであるが、やはり他者に対する憐憫の最大の形態と解釈した。

②「泣く」系と「涙」系の特徴

第一節で示したように、「泣く」系の表現は三二五例で、物語全体六六四例の約半分を占め「泣き」を表す主流表現となっている。ただし異なり表現数としては三五種類にとどまり、全体の一八二種類の二割にしかすぎない。これは「泣く」、「うち泣く」の二種類が極めて多く用いられているからである。それでも一例しか用いられない表現が一六種類も出現し、作者が的確に状況を伝えようと苦労した様子はうかがえる。

一方、「涙」系の表現は一八八例で、物語全体六六四例の約三割を占める。この「涙」系の特徴としては異なり表現数の多いことで、六八種類を数え、「泣く」系の倍の表現数となる。物語中に一回限りしか使われない表現は四八種類にものぼり、涙の流し方にこの物語の強いこだわりを見ることができる。さて、以下に「泣く」系と「涙」系のそれぞれを、ア男女別、イ原因別に分けて分析してみる。

②―1　男女の違い

A　すべての「泣き」(六六四例)の内訳

男	二九九例	45%
女	三四四例	52%
男女*	二一例	3%
		(100%)

*男女が同時に泣いたことを意味する

B　「泣く」系（三二五例の内訳）

男	一〇二例	31%
女	二一一例	65%
男女	一二例	4%
		（100%）

C　「涙」系（一八八例の内訳）

男	一一一例	59%
女	七一例	38%
男女	六例	3%
		（100%）

まず男女の違いによる書き分けを考えると明らかな傾向が見いだせる。a全体の「泣き」が男女ほぼ同数であるのに、b「泣く」系三二五例においては、男の「泣き」が一〇二例であるのに対して女の「泣き」は二一一例と、圧倒的に女の方が多いのである。一方c「涙」系の「泣き」は男一一一例に対して女七一例と逆転して男が多い。これを別の角度から見ると、女はb「泣く」系がc「涙」系の三倍を数え、泣き方の主流を成していて、男はb「泣く」系とc「涙」系がほぼ同数で、どちらの「泣き」が主流とも言えないことが分かる。声を出して泣くことが仕事であった哭女の習俗を受け継いで、当時の女はそのような傾向であったのかもしれないが、少なくとも『源氏物語』においては、女は声を出して泣くように演出されていたのである。

②―2 「泣き」の原因との相関関係

「泣く」系の三二五例と、「涙」系の一八八例を一つ一つ吟味して、①「泣き」の原因で分類したAからDのカテゴリーに振り分ける作業を行った（前後の文脈から判断できないものは除外した）。

		「泣く」系		「涙」系	
A	自己に対する憐憫	一四四例	53%	六六例	45%
B	他者に対する憐憫	一〇三例	38%	四四例	30%
C	自己に対する賞賛	一七例	6%	一六例	11%
D	他者に対する賞賛	八例	3%	二一例	14%

この結果から総括的に分析できる傾向は、「泣く」系はA、Bの憐憫の「泣き」に九割程度集中しているが、「涙」系は憐憫の「泣き」が多いとはいえ集中度は七割五分で、C、Dの賞賛の「泣き」に二割五分が使用されていることである。特に「D他者に対する賞賛」においては二一例を数え、「泣く」系の八例をはるかに上回っている。「涙」は「喜び」「感動」の象徴として多く活用されているのである。

A　自己に対する憐憫

物語における「泣き」の原因で最も多く、「泣く」系、「涙」系ともほぼ半数を占めている。現実の社会においては、大半がこの種の「泣き」と考えられ、BCDの比率の多さが、まさに物語的であるといえるだろう。この

Aの「泣き」は、嫉妬・悔恨・悩み・辛さ・疎ましさ・心配・怒りなど、社会の中で人と接して生活を営んでいれば、ごく当たり前に日常的に発生する「泣き」であるが、それゆえに「泣く」系と「涙」系による明確な書き分けといったものは見出せなく、その場面場面で状況に応じた表現が取られている。またA全体としては女の「泣き」が七割を占めていることは特筆でき、物語のテーマの一つに「女の苦悩」が掲げられていることが納得できる。

B　他者に対する憐憫

Bの原因を大きく二種類に分けることができる。B1他者が亡くなったことによる憐憫の情と、B2それ以外の他者の不幸を哀れむ情である。ここにおいて「泣く」系と「涙」系の明確な使い分けが見える。「泣く」系一〇三例の内訳はB1が六七例、B2が三六例であるのに対して、「涙」系四四例の内訳はB1が一七例、B2が二七例と逆になっている。別の角度から見ると、B1の合計八四例のうち大半の六七例に「泣く」系が用いられ、B2においては「泣く」系と「涙」系がほぼ両立していることになる。つまり、他者の死に対する悲しみの表現は「泣く」系が主流で描かれていて、これはこの第二節の冒頭に、古代の人の死に際しての「泣き」は声を出すことが重要と言及したことを裏付けているように見える。一方、他者の不幸を哀れむ表現は「涙」系も多く描かれていて、同情、共感といった表現には、「涙」が効果的な道具であることを物語は示唆している。

C　自己に対する賞賛

数としては「泣く」系と「涙」系はほぼ同数であるが、それぞれの構成比率からの比較では「涙」系が主流と言ってよい。Cの全体では女が圧倒的に多く七割を占める。女はAの自己憐憫でも七割を占め、自己に向かう内的な「泣き」が多い。

D　他者に対する賞賛

数としてもそれぞれの構成比率からしても「涙」系が主流である。明らかに他者に対する賞賛・感動の象徴として「涙」が用いられている。これは哭女が死者への儀礼として哭泣したのと同じように、感動を与えてくれた他者に対して「涙」をもって儀礼するかのような意味を持たせたとも思えるのである。また、この二一例の「涙」系のうち八例が「涙を落とす」という他動詞表現であることは注意するべきで、これについては第三節で考察するとともに、第六章第三節でさらに発展させる。

②―3　自分が泣いてはいけないと思う「泣き」

自分が泣いていることを光源氏に知られまいと思って、紫上が涙を隠す名場面が二つある。その一つは須磨巻で、源氏が須磨に出立する直前に、和歌を詠み合う別れの場面である。

(源氏) 身はかくてさすらへぬとも君があたり去らぬ鏡の影は離れじ　と聞こえ給へば、

(紫上) 別れても影だにとまるものならば鏡を見てもなぐさめてまし　柱隠れにゐ隠れて、涙をまぎらはし給へるさま、猶ここら見るなかにたぐひなかりけり、とおぼししらるる人の御ありさまなり。

(『新日本古典文学大系』須磨　一三頁　第二章は以下同本)

もう一つは若菜上巻で、雪の朝、女三宮のもとから帰ってきた源氏を迎える場面で、

(源氏)「こよなく久しかりつるに、身も冷えにけるは。をぢきこゆる心のをろかならぬにこそあめれ。さるは、罪もなしや」とて、御衣ひきやりなどし給に、すこし濡れたる御単衣の袖をひき隠して、うらもなくなつかしき物から、うちとけてはたあらぬ御用意など、いとはづかしげにおかし。（若菜上　二四四頁）

特に後者の場面は、紫上が亡くなったあとに、幻巻で「袖のいたう泣き濡らし給へりけるを引きかくし」と、源氏は紫上のいじらしさを悲しく思い出す。源氏にとっては心に残る思い出だったのである。「すこし濡れたる」が思い出の中では「いたう」になっているところが面白いが、それはともかくとして、この二つの場面における紫上の「泣き」の原因は前者は源氏との別れ、後者は女三宮への嫉妬であり、いずれもA自己憐憫が原因であるが、紫上としては源氏に泣いたことを気付かれたくなかった、隠したかったわけである。それは言い換えると、自分はここでは泣くべきではない、この「泣き」は好ましくないと自ら判断している。具体的には一、泣くのを堪えようとしたが泣いてしまった。二、泣いたことを隠そうとした、という二つの行為に分けられる。これらを合算して、物語中にはこのように「泣いてはいけないと思う泣き」が四六例見られる。男女内訳は男が三二例で女が一四例、その女の一四例のうち、特筆すべきこととして、泣いてしまったあとそれを隠そうとした行為はたった二例しかなく、しかもその二例とも紫上なのであり、このことは第四節で考察する。さて以下にこの四六例を「泣く」系、「涙」系、「その他」系に分別する。

合計（四六例）

b「泣く」系	四例	9％
c「涙」系	一九例	41％
d「その他」系	二三例	50％

ここには極端な書き分けが見られる。c「涙」系とd「その他」系を合わせると全体の九割をも占め、ほとんどがこの二種類で占められていることが分かる。さらにd「その他」系二三例のうち「涙省略」系（六一頁参照）が一七例を占める。この「涙省略」は「涙」という言葉が省略されているだけであるから、実際は、泣いてはいけないと思う「泣き」の大半が「涙」によって表現されていることになる。泣き声はこらえることができるが、涙は耐えることができず、意に反してこぼれ落ちてしまうという演出の妙である。

一方、b「泣く」系は僅か四例を数えるにすぎない。登場人物は「泣く」とか「うち泣く」といった「泣く」系の言葉で泣いたときは、泣いても仕方がないと思っていて、「泣くこと」を忍ぼうともしないし、隠さないし、拭おうともしない。ある意味堂々と泣くといった傾向が描かれている。その典型的な例が人の死に直面した際のわあわあと泣き声を立てる大泣きである。むしろ自分が泣いていることを人に知ってもらいたいかのような「泣き」である。「泣く」系で泣いたときは、自分の気持を分かってもらいたいというコミュニケーションの役割を果たすことが考えられ、これも「哭き女」の伝統をどこか引きずっているのであろうか。

次に、自分が泣いてはいけないと思う「泣き」を原因別に分析する。

			合計（四六例）	
A	自己に対する憐憫	二九例	63％
B	他者に対する憐憫	一五例	33％
C	自己に対する賞賛	二例	4％
D	他者に対する賞賛	○例	0％

C、Dがほとんど見られずAに集約されることは、この種の「泣き」の性格上当然と思われるが、意外にもBの他者に対する憐憫が一五例もある。さらに奇異に感じられるのは、この一五例のうち、人の死に直面して「泣き」を押さえようとする行為が八例もあることだ。これまでの分析では、他者の死に直面しての「泣き」は周囲に気使うことなく、声を出して泣くのが主流のはずである。実はこれら八例の「泣き」こそ、夕霧、匂宮、薫という三人の殿方たちの人間性を浮き彫りにした演出であり、四節で取り上げるものである。

③「その他」系の特徴

「その他」系の「泣き」を三二～三三頁の項目ごとに原因別に分類する（文脈から判断不可なものは除外）。

③—1　「涙省略」系（「をしのごふ」等）（三五例）

A	自己に対する憐憫	二○例	57％
B	他者に対する憐憫	一三例	37％

C　自己に対する賞　二例　6％

D　他者に対する賞賛　○例　0％

「涙」という言葉が文字に起こされていないだけで、実際は涙を流しているわけであるが、ここでの表現傾向は「涙」系とはしっかりと書き分けられている。「涙」系ではCD合わせて四分の一の占有率があり、「泣く」系との顕著な違いとして示すことができたが、この「涙省略」系ではCが僅か二例、Dの他者に対する賞賛においては全く用例が無いのである。やはり「涙」という言葉そのものに意味を持たせているのであろう。他者に感動し、他者を賞賛するには、「涙」をもって儀礼することが物語において必要だったのである。

③—2　「袖・濡らす」系（「袖ぬらす」等）（一六例）

A　自己に対する憐憫　一一例　69％

B　他者に対する憐憫　五例　31％

C　自己に対する賞賛　○例　0％

D　他者に対する賞賛　○例　0％

ブルガリア人、ツベタナ・クリステワは、『とはずがたり』のブルガリア語訳を世に出したとき、ブルガリア人愛読者から「昔の日本人のいくら濡れても濡れきらないあの袖は、タオルのような生地でできていたのであろうか」という質問があまりにも繰り返し出てきたので、頭の中に疑問の種が植えつけられ、それが『涙の詩学』(7)

を著述するきっかけになった、と述べている。この「袖・濡らす」系の表現は歌語として遍く用いられていた言葉で、『古今和歌集』に一六例、『源氏物語』中の和歌に四〇例もの用例を見出すことができる。本論文では実際に泣く行為のみを扱っているため和歌中の「泣き」は対象外であるが、物語の全和歌（七九五首）中に「泣き」を表現する言葉は一一〇例ほどで、この「袖・濡らす」系が四割以上を占めている。

さて、この「袖・濡らす」系一六例の男女の内訳は、男九例、女七例で男の方が多い。男の袖も涙でくたくたになっていたのである。原因別にみるとすべてＡＢの不幸の涙に集中している。喜びや感動の涙は袖には落ちないのである。

③―３　「別動詞」系（「しほたる」等）　（三八例）

Ａ	自己に対する憐憫	二八例	74％
Ｂ	他者に対する憐憫	五例	13％
Ｃ	自己に対する賞賛	三例	5％
Ｄ	他者に対する賞賛	二例	8％

ＡＢＣＤすべての原因に渡っているが、Ａの自己憐憫が大半を占めている。さらにＡの内訳として、人との別れの際の「泣き」、人や過去を偲ぶといった「泣き」に偏っている。これは「しほたる」、「ひそむ」という動詞がこれらの「泣き」に集中して用いられているからである。これについても第四節で取り上げる。

③―4 「目・鼻」系（「鼻すする」等）（三〇例）

A 自己に対する憐憫 一七例 57％
B 他者に対する憐憫 一二例 40％
C 自己に対する賞賛 一例 3％
D 他者に対する賞賛 〇例 0％

Bの他者憐憫が一二例と、「その他」系の中では比較的に多い。これは人の死に直面しての「泣き」が一一例をも数えるためで、この種の「泣き」の特徴になっているからである。さらにこの一一例のうちの多くが「鼻」系であり、やはり音を出すことが死者を弔うポイントになっている。

③―5 「自然比喩・暗示」系（「露けし」等）（一六例）

A 自己に対する憐憫 一二例 75％
B 他者に対する憐憫 四例 25％
C 自己に対する賞賛 〇例 0％
D 他者に対する賞賛 〇例 0％

この「自然比喩・暗示」系の表現も和歌に多く、『古今和歌集』に五例、『源氏物語』中の和歌に一五例の用例を見出すことができる。すべて不幸感の「泣き」として書き分けられていて、「袖・濡らす」系と同様にCDという喜びや感動の「泣き」は見られない。

第三節　「涙落つ」と「涙落とす」の使い分け

はじめに

「涙落つ」は自動詞表現であり「涙落とす」は他動詞表現である。他動詞と自動詞とはどういった違いがあるのだろうか。村上本二郎『初歩の国文法』(8)の自動詞・他動詞の説明を引用すると、

ぷつんと　糸が　切れる。
はさみで　糸を　切る。

前者の例は、だれかが糸を切ったのではなく、ひとりで糸が切れたのである。後者の例は、だれかが糸を切ったのであってひとりで切れたのではない。すなわち、ある動作が、自分ひとりでする形に表現されているか、他の何かがそうする形に表現されているかに両者のちがいがある。前者のような動詞を自動詞といい、後者のような動詞を他動詞という。

とある。しかしながらこの説明は「涙落つ」と「涙落とす」にはうまく当てはまらない。

思わず　涙が　落ちる。
思わず　涙を　落とす。

前者の例は、ひとりで涙が落ちたのではない。当然だれかが涙を落としたのであり、だれかが泣いたという意味としては後者と同じことである。もちろん文法的には、自動詞「涙落つ」の主語は「涙」であり、他動詞「涙落とす」の主語は「人」であり、そういう意味では異なってはいるのだが、一般的な自動詞と他動詞のような明確な意味の違いを有してはいない。また、後者は他動詞表現ではあるが、涙の主が「涙」に対して「落ちろ」と作用を及ぼした訳ではなく、意に反して涙を落としたのであり、そういう意味でも両者の明確な違いは見いだせない。しかし『源氏物語』では、この「涙落つ」と「涙落とす」にははっきりとした使い分けが認められるのである。この節では同時代の作品との比較も含め、その差異性について考察する。

「涙落つ」は全編で一六例、「涙落とす」は一三例の用例があるが、その用例すべてを以下の①②に列挙する。なおそれぞれの引用本文の末尾に（源氏　A・自憐）などとあるのは、泣いた人間が源氏で、泣いた原因が四カテゴリーのA・自己憐憫であることを示す。

①「涙落つ」（一六例）

①—1　光源氏の「涙落つ」（四例）

a　（紫上は）いはけなくかいやりたるひたいつき、髪ざしいみじううつくし。ねびゆかむさまゆかしき人かな、と（源氏は）目とまり給。さるは、限りなう心をつくしきこゆる人（藤壺）にいとよう似たてまつれるがまも

らるゝなりけり、と思ふにも涙ぞ落つる。　源氏　A・自憐（若紫　一五八頁）

b　袖ぬるゝ露のゆかりと思ふにも猶うとまれぬやまとなでしこ　とばかり、ほのかに（藤壺が）書きさしたるやうなるを、（命婦は）よろこびながらたてまつれる、（源氏は）例の事なれば、しるしあらじかしとくづをれてながめ臥したるに、胸うちさはぎて、いみじくうれしきにも涙落ちぬ　源氏　C・自賞（紅葉賀　二五四頁）

c　君（源氏）は塗籠の戸の細めに開きたるをやおらをし開けて、御屛風のはさまに伝ひ入給ぬ。めづらしくうれしきにも、涙落ちて（藤壺を）見たてまつり給ふ。　源氏　C・自賞（賢木　三六一頁）

d　九重に霧やへだつる雲のうへの月をはるかに思やるかな
と命婦して（藤壺の歌を）聞こえ伝へ給ふ。ほどなければ、御けはひもほのかなれど、なつかしう聞こゆるに、（源氏は）つらさも忘られて、まづ涙ぞおつる。　源氏　C・自賞（賢木　三七三頁）

①―2　光源氏以外の「涙落つ」（一二例）

e　（藤壺）「（前略）黒き衣などを着て、夜居の僧のやうになりはべらむとすれば、見たてまつらむ事もいとゞ久しかるべきぞ」とて泣き給へば、まめだちて、（冷泉東宮）「久しうおはせぬは恋しきものを」とて、涙の落つれば、はづかしとおぼして、さすがに背き給へる　冷泉東宮　A・自賞（賢木　三六五頁）

f　（夕霧）「（前略）もの隔てぬ親におはすれど、いとけゝしうさし放ちておぼいたれば、おはしますあたりに、たやすくもまいりなれ侍らず。東の院にてのみなん、御前近く侍る。対の御方（花散里）こそあはれにものし給へ、親いま一所おはしましさしかば、何事を思ひ侍らまし」とて、涙の御落つるをまぎらはい給へるけしき、いみじうあはれなるに、

夕霧　A・自賞（少女　三一六頁）

g　おはしますに当たれる高欄にをしかゝりて見渡せば、山の木どもも吹きなびかして、枝ども多くおれ伏したり。草むらはさらにも言はず、檜皮、瓦、所〳〵の立蔀、透垣などやうのもの乱りがはし。日のわづかにさし出でたるに、愁へ顔なる庭の露きら〳〵として、空はいとすごく霧りわたれるに、そこはかとなく涙の落つるを、をしのごひ隠して、

夕霧　A・自賞（野分　四一頁）

h　女御の君、たゞこなたをまことの御親にもてなしきこえたまひて、御方は、隠れがの御後見にて、卑下しものしたまへるしもぞ、なかく行く先頼もしげにめでたかりける。尼君も、やゝもすれば、耐えぬよろこびの涙、ともすれば落ちつゝ、目をさへのごひたゞらして、命長き、うれしげなるためしになりてものし給。

明石尼君　C・自賞（若菜下　三二〇頁）

i　（源氏）「（前略）（朱雀院は）もの心ぼそげにのみおぼしたるに、いまさらに思はずなる御名漏れ聞こえて、御心乱り給な。この世はいと安し。事にもあらず、後の世の御道のさまたげならむも、罪いとおそろしからむ」など、まほにそのこととは明かし給はねど、つく〴〵と聞こえつゞけ給に、（女三宮は）涙のみ落ちつゝ、

我にもあらず思ひしみておはすれば、

女三宮　Ａ・自憐（若菜下　三九七頁）

j　（紫上）「まろがはべざらむに、おぼし出でなんや」と聞こえ給へば、（匂宮）「いと恋しかりなむ。まろは、内の上よりも、宮よりも、ばゞをこそまさりて思きこゆれば、おはせずは心ちむつかしかりなむ」とて、目おしすりてまぎらはし給へるさま、おかしければ、ほゝ笑みながら涙は落ちぬ。

紫上　Ａ・自憐（御法　一六八頁）

k　人の見るらんもいと人わろくて、（匂宮は）嘆き明かし給ふ。（中君が）うらみむことはりなるほどなれど、あまりに人にくゝもと、つらき涙の落つれば、ましていかに思つらむと、さまぐあはれにおぼし知らる。

匂宮　Ａ・自憐（総角　四六五頁）

l　（浮舟は）まことにいとよしあるまみのほど、髪ざしのわたり、かれ（大君）をもくはしくつくぐとしも見給はざりし御顔なれど、これを見るにつけて、たゞそれ（大君）と思ひ出でらるゝに、例の涙落ちぬ。

薫　Ａ・自憐（宿木　一一四頁）

m　（匂宮）「心よりほかに、え見ざらむほどは、これを見たまへよ」とて、いとおかしげなるおとこ女もろともに添ひ臥したるかたをかき給て、「常にかくてあらばや」などの給も、涙落ちぬ。

匂宮　Ａ・自憐（浮舟　二一〇頁）

n　そのほど、かの人に見えたらばと、いみじきことどもを誓はせたまへば、いとわりなきことと思ていらへもやらず、涙さへ落つるけしき、さらに目の前にだに思移らぬなめり、と胸いたうおぼさる。
浮舟　A・自憐（浮舟　二二六頁）

o（尼君）「（前略）行ゑ知らで、思ひきこえ給人々侍らむかし」との給へば、（浮舟）「見し程までは、一人（母のこと）は物し給き。この月比亡せやし給ぬらん」とて、涙のおつるをまぎらはして、
浮舟　A・自憐（手習　三八二頁）

p（小君は）をさなき心ちにも、はらから多かれど、この君（浮舟）のかたちをば似る物なしと思ひしみたりしに、亡せ給ひにけりと聞きて、いとかなしと思ひわたるに、かくの給へば、うれしきにも涙の落つるを、はづかしと思ひて、「をゝ」と荒らかに聞こえゐたり。
小君　C・自賞（夢浮橋　四〇〇頁）

「涙落つ」の分析

○「泣き」の原因で分類すると
・a、e、f、g、i、j、k、l、m、n、o　↓　A・自己憐憫
・b、c、d、h、p　↓　C・自己賞賛
　となりB、Dは存在しないことがわかる。つまりすべて自分のための涙であり、人のための涙、人に捧げる涙は存在しない。

○　泣くことに納得しないで、無意識に、思わず落ちてしまう涙が多く、そのような涙であるから、涙が出てしまったことを隠すケースが多い。（網掛けで示している言い回しでそれらが表現されている。）

○　涙が主語として泣く人から独立しているため、いかに身分の高い人の涙であろうと、「落つ」に敬語をつけていない。

②「涙落とす」（一三例）

②―1　光源氏に対する賞賛の涙（六例）

a　（源氏が）かうぶりし給て、御休み所にまかで給て御衣たてまつりかへて、下りて拝したてまつり給ふさまに、みな人涙落とし給ふ。　人々　D・他賞（桐壺　二四頁）

b　（源氏の）さるいみじき姿に、菊の色ゝうつろひ、えならぬをかざして、けふはまたなき手を尽くしたる入り綾のほど、そゞろ寒く、この世の事ともおぼえず。もの見知るまじき下人などの、木のもと、岩隠れ、山の木の葉に埋もれたるさへ、少しものの心知るは涙落としけり。　人々　D・他賞（紅葉賀　二四三頁）

c　（源氏が）立ちて、のどかに袖返すところを一折れ、けしきばかり舞ひ給へるに、似るべきものなく見ゆ。左のおとゞ、うらめしさも忘れて涙をとし給ふ。　左大臣　D・他賞（花宴　二七五頁）

d　（源氏を）見たてまつりをくるとて、このもかのもに、あやしきしはふるひどもも集まりてゐて、涙を落としつゝ見たてまつる。
人々　D・他賞（賢木　三六九頁）

e　大将の君（源氏）、御衣ぬぎてかづけ給。例よりはうち乱れ給へる御顔のにほひ、似るものなく見ゆ。羅のなをし、単衣を着たまへるに、透き給へる肌つき、ましていみじう見ゆるを、年老いたる博士どもなど、とをく見たてまつりて、**涙落とし**つゝゐたり。
博士ども　D・他賞（賢木　三八五頁）

f　かくあはれなる御住まひなれば、かやうの人もをのづからものとをからで、ほの見たてまつる（源氏の）御さまかたちを、いみじうめでたしと**涙落とし**をりけり。
身分の低い使者　D・他賞（須磨　二八頁）

②―2　夕霧g、源氏一族の孫達h、への賞賛の涙（二例）

g　寮試受けんに、博士のかへさふべきふしぐを引き出でて、ひとわたり（夕霧が）読ませたてまつり給に、いたらぬ句もなく、かたぐに通はし読み給へるさま、爪じるし残らず、あさましきまでありがたければ、さるべきにこそおはしけれと、たれもく**涙落とし**給。
人々　D・他賞（少女　二八六頁）

h　いとうつくしき御孫の君たちのかたち、姿にて、舞のさまも世に見えぬ手を尽くして、御師どももをのく手のかぎりを教へきこえけるに、深きかどくしさを加へて、めづらかに舞ひ給を、いづれをもいとらうたしとおぼす。老い給へる上達部たちは、みな**涙落とし**給。
上達部たち　D・他賞（若菜下　四〇四頁）

②―3　哀れみの涙（五例）

i　（左馬の頭の会話文中）「（前略）心ひとつに思あまる時は、言はん方なくすごき言の葉、あはれなる歌を詠みをき、しのばるべき形見をとゞめて、深き山里、世離れたる海づらなどにはひ隠れぬるおりかし。童に侍しとき、女房などの物語読みしを聞きて、いとあはれにかなしく心深きことかな、と涙をさへなん落とし侍し。（後略）」
左馬の頭↓物語の女　B・他憐（帚木　四二頁）

j　（左馬の頭の会話文中）「（前略）『いで、あなかなし、かくはたおぼしなりにけるよ』などように、あひ知れる人来とぶらひ、ひたすらにうしとも思ひ離れぬ男聞きつけて涙落とせば、使ふ人、古御達など、『君の御心はあはれなりけるものを。あたら御身を』など言ふ。（後略）」
夫↓出家した女　B・他憐（帚木　四二頁）

k　（源氏）「われにいま一たび声をだに聞かせ給へ。いかなるむかしの契りにかありけん、しばしのほどに心を尽くしてあはれに思ほえしを、うち捨ててまどはし給がいみじきこと」と声もおしまず泣き給ふこと限りなし。大徳たちも、たれとは知らぬに、あやしと思ひてみな涙をとしけり。
大徳たち↓源氏　B・他憐（夕顔　一三四頁）

l　（源氏）「さかし。なまめかしうかたちよき女のためしには、なを引き出でつべき人ぞかし。さも思ふに、いとをしくくやしきことの多かるかな。まいてうちあだけすきたる人の、年積りゆくまゝに、いかにくやしきこと多からむ。人よりはことなき静けさと思ひしだに」などの給ひ出でて、かむの君の御ことにも涙す

こしは落とし給ひつ。　源氏↓朧月夜　B・他憐（朝顔　二七〇頁）

m（源氏は）例のまづ涙落とし給。「わづらひ給御さま、ことなるなやみにも侍らず、たゞ月ごろよはり給へる御ありさまに、はか〴〵しう物などもまいらぬつもりにや、かくものし給ふにこそ」など聞こえたまふ。

源氏↓女三宮　B・他憐（柏木　一五頁）

「涙落とす」の分析

○「泣き」の原因で分類すると

・a〜h　→　D・他賞

・i〜m　→　B・他憐

となり、A、Cは存在しないことがわかる。つまりすべて人のための涙、人へ捧げる涙である。

○泣くことを納得して、堂々と涙を落としている。涙が出てしまったことを隠すケース、恥じるケースは無い（「涙落つ」で網掛けで示したような表現は無い）。

○泣く人が主語であるため、「落とす」にはそれなりの敬語がつく。

○D・他賛の涙は、すべて光源氏およびその一族に向けられた賞賛の涙である。

○B・他哀の涙は、会話文中の二例を除き、すべて光源氏が人を哀れむ涙か、人から哀れに思われる涙である。

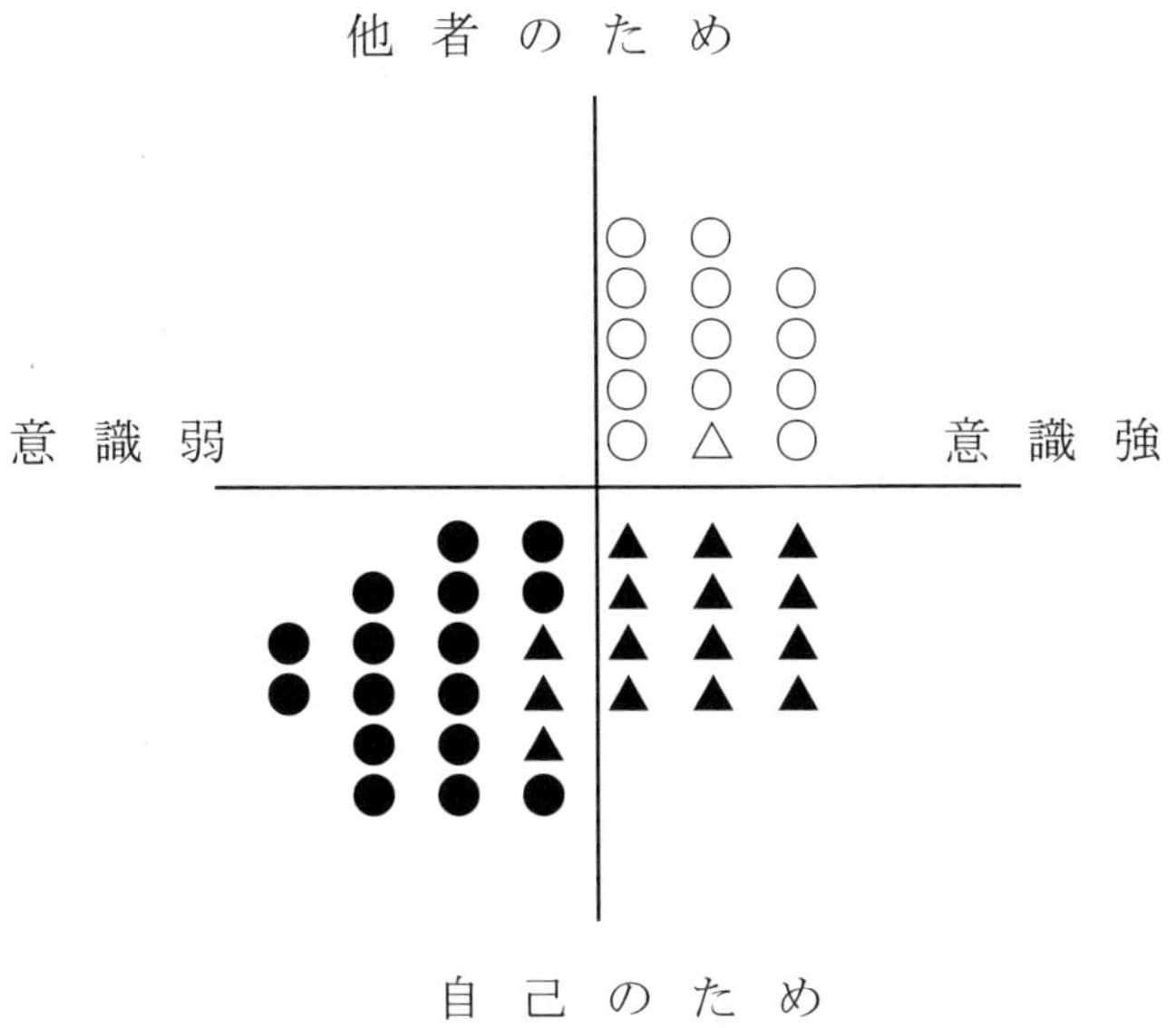

涙のイメージ図（●涙落つ、○涙落とす、▲涙こぼる、△涙こぼす）

以上のように、「涙落つ」と「涙落とす」をそれぞれ分析したが、今一度書き分けのポイントをまとめると、「涙落つ」はすべて自己のための内向きの涙であり、「涙落とす」はすべて他者のための外向きの涙ということができる。また、「涙落つ」は無意識に、不本意にも思わず落ちてしまう涙という傾向が強く、「涙落とす」は納得して堂々と落とす涙という傾向が強い。

さて、この「涙落つ」と「涙落とす」の書き分けを明確に映し出すために、縦軸に「誰のために泣くのか」、横軸に「泣こうとする意識の強弱」を取り、作図したイメージ図を掲げる。実は詳細説明は省略するが、自動詞「涙こぼる」（二五例）と他動詞「涙こぼす」（二例）も縦軸の「誰のために泣くのか」という観点からは同様の傾向が見られ、この図に組み入れた。

ここに意図的な使い分けの図式が明確に浮かび上がった。そして、この傾向が他の中古の文学作品にも見られるのか、もしくは『源氏物語』の独自手法であったかどうかを調べてみる。

	「涙落つ」	「涙落とす」	「涙こぼる」	「涙こぼす」
竹取物語	用例なし			
伊勢物語		一例	一例	
土佐日記	用例なし			
大和物語				一例
平中物語	用例なし			
うつほ物語	一〇例	一三例＊	七例	五例
蜻蛉日記	一例		六例	
落窪物語		一例		
枕草子	一例			
三宝絵詞	二例	七例		
和泉式部日記	一例			
紫式部日記	用例なし			
栄花物語	二例		一五例	

＊「涙落とさぬなし」は除く

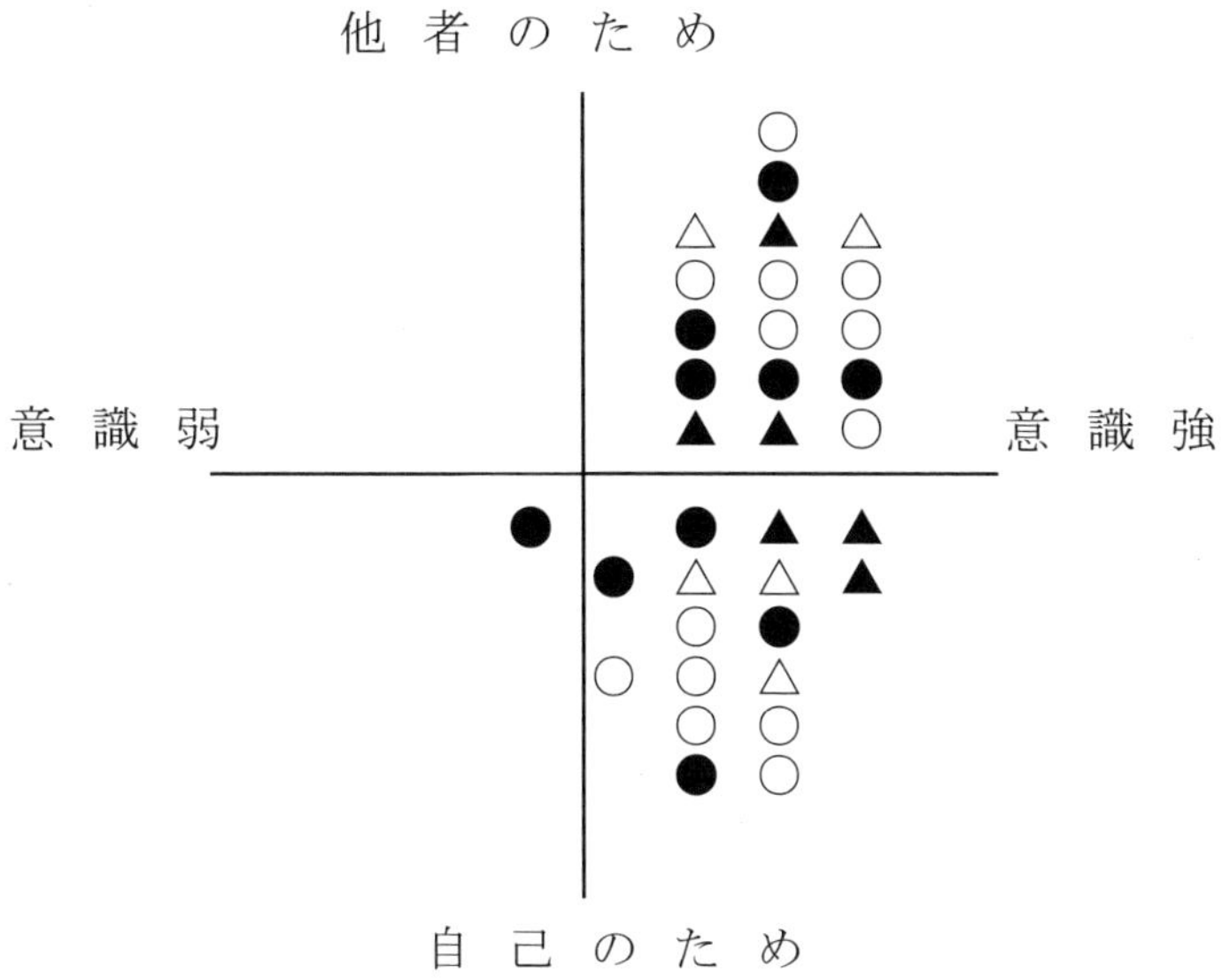

うつほ物語（●涙落つ、○涙落とす、▲涙こぼる、▲涙こぼす）

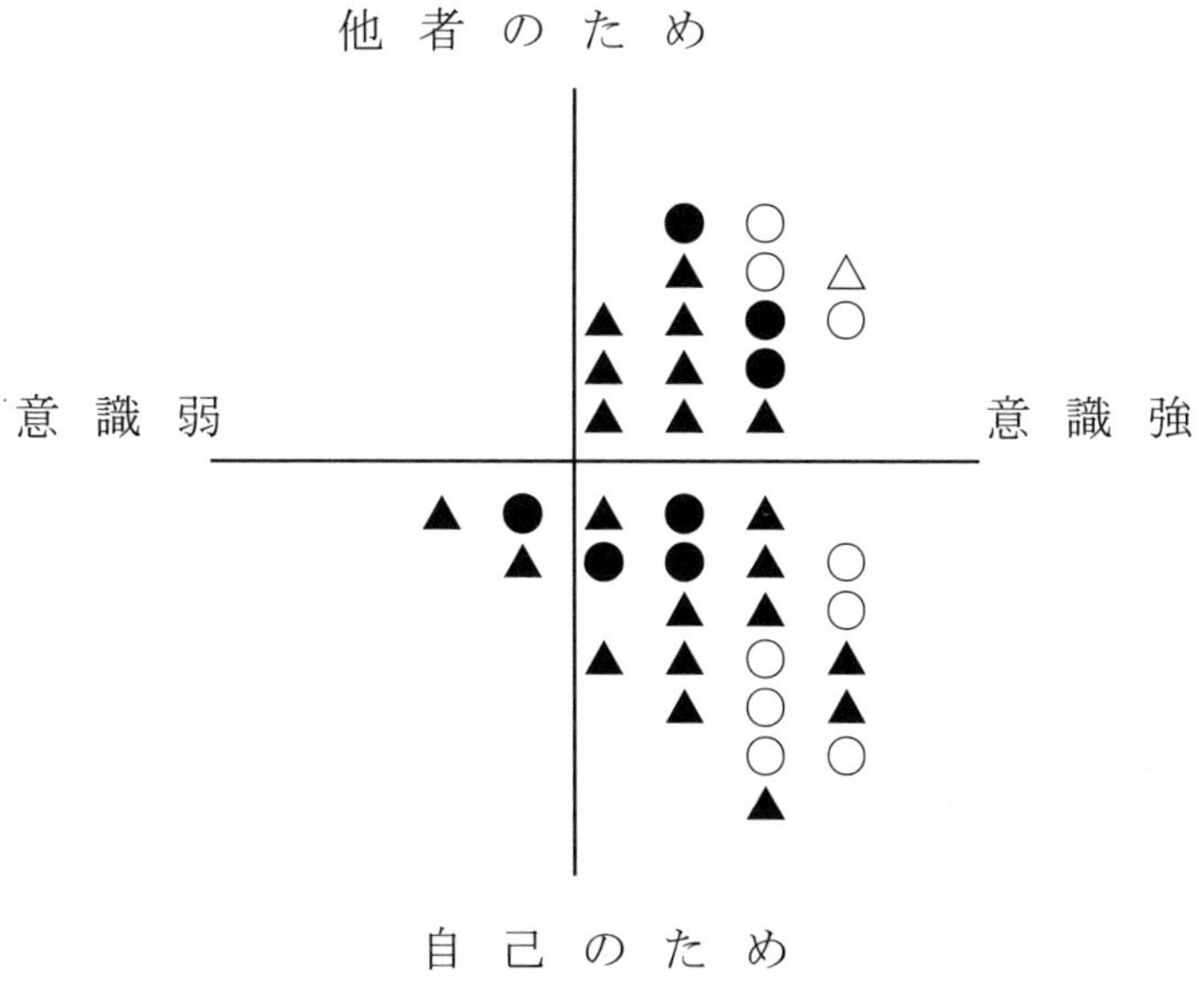

その他作品（●涙落つ、○涙落とす、▲涙こぼる、△涙こぼす）

ここではイメージ図だけを掲示するが、『うつほ物語』以外は用例が少ないので、まとめて一つの図に組み込んだ。このイメージ図から、中古における他の文学作品においては、自分のための涙、人のための涙、などという書き分けは見当たらないことが分かる（例一）。また、「涙落つ」は自動詞で涙が主語であるのにもかかわらず、泣く人に応じた敬語が使用されている（例二）。つまり、「落つ」の主語が「涙」から「泣く人」にすりかわっているという面があり、自動詞と他動詞の文法的整合性も取られていない。このことも『源氏物語』とは異なっている。

例一

『三宝絵詞』（上　一二二頁）(9)

太子庭に立ちてこれを見るに、涙落ちて土に流る。地すなはち震ひ動かす。

（太子の子供達への哀れみの涙であり、「涙落つ」でも他者のための涙）

『伊勢物語』（小学館・新編日本古典文学全集　九段一二〇頁）

から衣きつつなれにしつましあればはるばるきぬるたびをしぞ思ふ　とよめりければ、みな人、かれいひの上に涙おとしてほとびにけり。

（人々それぞれの旅愁による涙であり、「涙落とす」でも自己のための涙）

例二

『うつほ物語』（小学館・新編日本古典文学全集　楼の上・上　五〇二頁）

（俊蔭娘が）月の光に染みて居たまへりしほどを（兼雅が）見つけたまへりしこと、わりなく出でたまうし折の心地の思ひ出でられたまふに、いといみじう胸ふたがる心地したまひて、涙のつぶつぶと落ちたまふを、

『栄花物語』（小学館・新編日本古典文学全集　巻第三六　三三六頁）

内の大殿は、恨めしき方も添ひて、涙落ちさせたまふ。二葉よりことごと疑ひなく后がねとかしづききこえたまへるに、口惜しくいみじう思しめさる。

『源氏物語』は、もともとは大きな差異の無かった「涙落つ」と「涙落とす」という言い回しを、人の泣く時の原因や意識の違いによって書き分け、異なった感情の発露として描き分けたと言えるのではないだろうか。

第四節　「泣き」による登場人物の演出

人間の性格を表す最も分かり易い行動に喜怒哀楽の発露があると考える。言葉には嘘いつわりや、本心でない言い繕いが付きまとうが、「泣き」「笑い」「怒り」など咄嗟にでてしまう感情には人間の真の内面が露呈される。そのなかでも「泣き」は「笑い」、「怒り」に比べて物語中の出現頻度が多く、登場人物演出の重要な要素となっている。また当時は女が男に対して対等に物を言えなかった時代であって、「泣くこと」は女のコミュニケーションの手段でもあったはずだ。

この節では今までの分析を踏まえながら、「泣く」系、「涙」系、「その他」系など、どのような表現がその人

物の「泣き」に使用されているかという軸と、どのような原因がその人物を泣かせしめるのか（四つのカテゴリー）という軸との関係性をまず分析して、そこから導き出される主要登場人物の人物像の一端を割り出してみる。

①　光源氏

「泣く」系　三一例（A・自憐一八　B・他憐一三　C・自賞〇　D・他賞〇）
「涙」系　三九例（A・自憐二一　B・他憐一四　C・自賞四　D・他賞〇）
「その他」系　二六例（A・自憐二〇　B・他憐　五　C・自賞一　D・他賞〇）
文脈から原因不明の「泣き」は除外した（以下同じ）

光源氏の「泣き」は全編で約一〇〇例と多きを数えるが、「笑ふ」が九〇例で全体二八七例の三分の一を占めていたことと比較すると、全六六四例における六分の一以下にすぎず、それほど多くはないと言えるのではないか。むしろ「笑い」が極端に多いと言わねばならない。泣き方は「泣く」系、「涙」系、「その他」系がほぼ同程度に混在しており、「泣き方によって直接その性格や人柄を映し出すような偏った表現は取られていない。場面場面での状況に応じた描き分けが施されている。

一方、「泣き」の原因も多様に渡っているが、他の主要登場人物と比較して、B・他者憐憫に該当する「人の死に直面しての「泣き」が多く、それも「泣く」系と「涙」系が混在していることが特徴である。光源氏が人の死に直面して泣いたその対象は六人いる。巻の順に並べ、泣いた回数とそのときの源氏の年齢を（　）内に記すと、祖母（一回・源氏六歳）、夕顔（八回源氏一七歳）、葵上（三回・源氏二二歳）、藤壺（一回・源氏三二歳）、柏木（一回・源氏四八歳）、紫上（四回・源氏五一歳）となる。湯本なぎさは「これらの場面における源氏の涙の質の差は、源氏の精神成長の段階を反映しているもの」[10]と分析している。首肯できる論であるが、さらに、涙の対象となった相手との生前の関わり方の違いによっても大きく左右されるものと思われる。物語はその違いを泣き方の表現を変えることにより見事に書き分けている。ここでは、一例ずつしか泣きが出現しない祖母、柏木、藤壺を除いて、三人の妻・恋人について考察する。

まず夕顔の死に際してであるが、最多の八例という「泣き」が出現する。その主流の表現は「泣く」系である。すでに分析したように、死を悼む「泣き」の主流は「泣き」系で声を出してわあわあと泣く泣き方であり、その通りに源氏が泣いているのである。源氏は夕顔の死がただただ悲しくて泣く。源氏は夕顔の魅力に惹かれて逢瀬を重ねたが、そこには男女の関係を超えた「心の結びつき」といった関係にまでは至っていなかった。心の奥には常に藤壺の存在があったし、現実的には十二歳で結婚した葵上と六条御息所という恋人もいた。源氏はこの二人の気位の高い女性から逃げるように夕顔を愛した。可憐でおだやかな夕顔と一緒にいれば、何より心が安らいだからだ。しかしながら源氏にとっては、夕顔との間に愛すればこその、心の葛藤や悩み、裏返していうなら狂おしいほどの執着心は無かったはずだ。それがこの泣き方に表れている。確かに八例という回数の多さは他の女の死には見られないものであるが、それは二つ理由があると思う。一つは物心ついて初めて人の死を強烈に実感したこと、人の死に対して慣れておらず、泣くより他になすすべがなかった。もう一つは荒廃した邸などに夕顔を連れ出すのではなかったという後悔の気持、自分が殺してしまったようなものだ、という自責の念もあったと思われる。

これに対して葵上の死に際しては、「泣く」系の表現が一度も使われていない。葵上の死をただただ悲しんで泣き騒いでいるといった泣き方は見当らない。実は懺悔の涙に暮れているのである。つまり生前の葵上を妻として十分に愛せなかったことは仕方がないとしても、「どうして他の女との浮気に明け暮れあんなに嫌われるような振る舞いをしてしまったのだろうか」、「葵上は自分のことを薄情で冷たい男と最後まで思い通して亡くなってしまったのだ」、「葵上に対してもっともっとやってあげられることがあったはずなのに、何もできないで終ってしまった」と、そのことが悲しくて悔しくてたまらないのである。それが「いとゞ露けゝれど」、「しぐれさとしたるほど、涙もあらそふ」という表現に良く反映している。「自然比喩」系の表現の使用は、死そのものの悲しみよりも、はや昔のことをいろいろ偲んでいる気持を表していると考える。

そして紫上の死に際してであるが、ここでも「泣く」系の表現は用いられていない。「臥しても起きても、涙の干る世なく」、「霧りふたがりて」、「御涙を払ひあえ給はず」、「御涙のとまらぬを」といった「涙」系、「その他」系のみによって描写されている。源氏が死の直後に夕顔のときに見せたような「泣く」系による泣き騒ぎをしなかった理由は、次の二つのどちらかであると考えている。一つは紫上との生前の絆が強すぎて、あまりの悲しみに、泣くことすらもままならなかったからである。年齢的に成長していたから子供のように泣かなかったのではなく、紫上との関係が深く何よりも成熟したものであったから、死の直後は悲しみを通り越した感情に支配されたのではないだろうか。そしてもう一つの理由は、作者は光源氏が大泣きしたと書きたかったが、表現することができず、書くことが出来なかったのではないかと考える。書かなかったことで、読者に源氏の悲しみをより伝えようとしたのではないだろうか。

一方、C・自己賞賛という喜びの泣きであるが、物語全体での喜びの泣きの半分は「泣く」系で表現されているが、源氏の喜びの泣きは五例ともすべて「涙」系か「涙省略」系である。激しい喜びに打ち震えてわあわあと喜び泣きをするのではなく、はからずも涙が出てくるというイメージが強い。五例のうち三例はいずれも藤壺が原因となっている。藤壺がそこにいるだけ、逢えるだけ、返事が来るだけ、声が聞けるだけで、嬉しくて図らずも涙がこぼれてしまうのである。それが「涙落つ」という自動詞で、涙が勝手に落ちてしまうという様子が見事に伝わって来る。残りの二例だが、一例は息子夕霧の抜群の成績に嬉しくて泣く親ばか泣きで、人目を気遣って涙をおしぬぐっている。今一例は紫上の病気快癒に嬉しくて隠すことなく涙をいっぱいに浮かべて、紫上にこれ見よがしにその涙を見せている。源氏は「こんなにもあなたのことを心配していたんですよ」と紫上に伝えたかったのであろう。いずれも「泣く」系では表現できない繊細な「泣き」なのである。

最後にD・他者賞賛という感動の泣きであるが、この「泣き」の多くは光源氏の美しさ・素晴らしさによる人々の感涙なのであり、光源氏本人にとってはそのような対象が無く、感動の泣きは出現していない。人々の源氏に対する感涙については第五章三節で取り上げる。

②　朱雀帝

「泣く」系　　二例（A・自憐一　B・他憐一　C・自賞〇　D・他賞〇）
「涙」系　　一例（A・自憐一　B・他憐〇　C・自賞〇　D・他賞〇）
「その他」系　七例（A・自憐五　B・他憐二　C・自賞〇　D・他賞〇）

朱雀帝の泣き方の特徴は、「その他」系が主流であり、その七例のうちの五例までが「しほたる」か「うちしほたる」で統一されていることである。朱雀帝に「しほたる帝」というニックネームをつけたいくらいである。「しほたる」は『角川古語大事典』によると「①潮水にぬれて着物からしずくが垂れる。②涙にくれる。涙で袖をぬらす。斎宮忌詞でも『鳴を塩垂と云う』（皇太神宮儀式帳）のように、この語を用いている」とある。斎宮忌詞といえば仏語や不浄語を忌んで代わりに用いた語のことであるから、そういう意味では「泣く」は不浄な言葉だったということになるのであろうか。また「塩が垂れる」という言い回しは漢語には見いだせず、島国で四方を海に囲まれている我が国独特の発想と思われる。『古今和歌集』には在原行平が須磨に蟄居していたときの「わくらばに問ふ人あらば須磨の浦に藻塩たれつつわぶとこたえよ」にこの言葉がみられ、蓬生巻の冒頭でもこの歌を引いている。朱雀帝の「しほたる」はすべてA・自己憐憫で、秋好中宮との別れによるもの一例、女三宮に対する後悔一例、その他の三例は体調の悪化もあり、何かにつけ気弱になった心情に起因するものである。「泣き」系の一例は秋好中宮が斎宮となって旅立ったときの記憶として「いみじう泣き給し御さま」と語り手によって語られているだけで、そのときの実際の朱雀帝の泣きの表現は「しほたれさせ給ぬ」である。朱雀帝はわあわあと声をだして泣くことは皆無なのである。一方、この「しほたる」「うちしほたる」という言葉は光源氏が実際に「泣く」場面にはただの一度も使用されていない。源氏にはこの言葉は似合わないのである。兄弟であってもこの二人の性格は全く異なっている。「しほたる」という一つの言葉が兄、弟の性格の違いを明白に描き分けている。「しほたる」は、朱雀帝の一見控え目でつつましく、いかにも弱々しそうな性格を見事に表現している。

③　夕霧

「泣く」系　七例（A・自憐四　B・他憐三　C・自賞〇　D・他賞〇）

「涙」系　　一〇例（A・自憐五　B・他憐五　C・自賞〇　D・他賞〇）
「その他」系　三例（A・自憐二　B・他憐一　C・自賞〇　D・他賞〇）

夕霧の泣き方は「泣く」系、「涙」系、「その他」系が混在し、泣く原因もAとBが混在しているが、C、Dという幸福感の涙は見られない。夕霧の「泣き」は四つの場面で展開される。まず少女巻で雲居雁との結婚を反対される場面、二として柏木の死の場面、三が落葉宮との恋の場面、最後に紫上の死の場面である。この中での特徴的な「泣き」は、第二節②ウで指摘したように、人の死に直面しての「泣き」であるのに「涙」系の表現を使用していることであり、かつ、その涙を隠そうとしていることである。ここに夕霧の特別な人間性を垣間見ることができる。夕霧は柏木の死を悼んで、柏木の父親の前であまりに涙が乱れ落ちるので、それを「はしたなけれ」と思って隠そうとするのであるが、違和感がある。ここはいくら泣いても許される状況であり、しかも柏木とは親友であったわけだし、父親も十分それを知っている。むしろ泣きすぎてもいいくらいである。ここに夕霧の「自分がどう見られているか」といった常に周囲を気にする正確が吐露されている。このことは紫上の死に直面して、周囲の目から泣いたことを隠そうとしたことからも窺える。光源氏が藤壺の死を嘆きながらも、周囲の目を逃れるために「御念誦堂に籠りゐ給て」一日中泣き暮らしたのとは状況が違う。夕霧は紫上と密通していたわけではない。常識で考えても、夕霧は実母でこそないが、母である紫上の死を悼んで泣くことは自然なのであり、周囲を取り巻く人々も紫上の死に直面して泣き騒いでいるのである。「自分は密かに紫上に憧れていた」という心情を周囲には気付かれまいとする夕霧のこだわりがそうさせている。周囲を異常に気にするという夕霧の性格は、若き日の雲居雁との別離における一連の「泣き」にも表れている。夕霧は頭が抜群に良く、顔も良く、今でいうなら東大の法学部を首席で卒業し、エリート官僚のトップを走っているような男である。それが父親の方針で六位という低い身分に据え置かれたことで周囲の目をはばかるようになり、さらに雲居雁との仲を引き裂かれたことで世間の目をさらに気にするようになる。「かたみにものはづかしく」泣き、泣いたことを「人に見えんがはづかしきに」と思い、涙の落ちるのを「まぎらはして」泣くのである。また、夕霧は父親の源氏と違って女性との駆け引きは苦手である。それが夕霧巻での落葉宮と雲居雁に対する泣き方に描かれる。いずれも技巧がこらされた泣き方は表現されていない。夕霧は女性の心を摑む泣き方を父親から学んでいなかった、というより、父親のような泣き方をむしろ忌み嫌っていたのかもしれない。夕霧の「泣き」は二〇例あるが、「袖・濡らす」系、「比喩・暗示」系などの韻文的表現は用いられていない。実直タイプでロマンチストではないようである。

④ 柏木

「泣く」系　六例（A・自憐六　B・他憐〇　C・自賞〇　D・他賞〇）
「涙」系　〇例（A・自憐一　B・他憐〇　C・自賞〇　D・他賞〇）
「その他」系　二例（A・自憐一　B・他憐一　C・自賞〇　D・他賞〇）

柏木の泣き方の特徴は女性に多い「泣く」系が大半で、男性に多い「涙」系が皆無であることである。また、原因はA・自己憐憫がほとんどであり、女三宮との悲恋に苦しむ「泣き」が描かれている。B・他者憐憫と仕分けした一例も、密通というあやまちを恨んで子供のように泣き悲しむ女三宮の涙に同情するとともに、自分自身に対する満たされない恋の悩みも混じっていたことは否定できない。このように、柏木の「泣き」はすべて自己を憐憫する内的な行為であり、そこには夕霧に見られるように周囲を気にするといった涙はみられない。女のように女々しく「泣く」系で声を出して泣くのである。「その他」系二例では「露けさのみまさる」、「枕も浮きぬばかり人やりならず流し添へつゝ」と表現され、韻文色の漂う「泣き」もあり、柏木の独特な情緒的な内面が漂ってくるようだ。物語は同世代の男二人、夕霧と柏木を泣き方によって対照的に描き分けている。

⑤　薫

「泣く」系　一二例（A・自憐四　B・他憐七　C・自賞一　D・他賞〇）
「涙」系　一〇例（A・自憐八　B・他憐〇　C・自賞一　D・他賞一）
「その他」系　一二例（A・自憐五　B・他憐七　C・自賞〇　D・他賞〇）

薫の「泣き」は三四例あり、光源氏について多い。その泣き方は「泣く」系、「涙」系、「その他」系とバランス良く混在し、これも光源氏に類似している。泣く原因は大君と浮舟によってもたらされるものが多いが、その二人が元気なときには恋の悩み苦しみで涙を流すといったことはなく、二人が死ぬことによって初めて涙の対象となるのである。特に大君に対しての薫の「泣き」の回数はすさまじい。大君の死の直前直後の六回の「泣き」は当然のこととしても、大君の亡き後に大君を偲んで泣く「泣き」が一〇回と、しつこいまでに延々と続くのである。果たして薫は大君が生きているときに本当に強く恋していたのか疑わしい。生前の大君とはすれ違いの関係にしか至らず、薫としては強い葛藤、悩み、苦しみがあったはずである。であるのに恋の悩み、苦しみを原因とする薫の涙が存在していないのだ。薫はむしろこの世から消え去った大君に対して、大君の面影に対して恋する悩み、苦しみの涙を流している。浮舟に対しても完全にそれが言える。つまり、入水以前の浮舟は大君の身代りという存在にしかすぎないので、浮舟を思って恋の涙など流さない。しかしながら、浮舟入水後の面影に対しては狂おしいほどの「泣き」を見せるのである。薫は匂宮とは異なり、現実の中では本当の恋ができない人物として描かれているのである。亡き人に恋焦がれるのが薫の恋なのである。薫は中君に対してのみ恋の恨み、苦しみの涙を流すが、そのことがむしろ本当の恋心によるものではなく、いわゆる「すきずきしい」気持に起因していることを窺わさせる。薫は思い出の中の人、生身でない面影の女としか恋をすることができない男なのである。

⑥ 匂宮

「泣く」系　二例（A・自憐二　B・他憐〇　C・自賞〇　D・他賞〇）
「涙」系　八例（A・自憐三　B・他憐四　C・自賞〇　D・他賞一）
「その他」系　五例（A・自憐三　B・他憐二　C・自賞〇　D・他賞〇）

一方、匂宮は薫と異なり現実的な恋をする。それがA・自己憐憫の涙のうち、恋の苦しみによる「泣き」が多いことに表れている。A・自己憐憫のうちの七回はいずれも中君と浮舟に対する恋心がもたらしたもので、現実の中で生身の女性に恋をすれば必ずつきまとう涙である。七回のうち三回が中君に対する思い、四回が浮舟に対する思いで、恋のせつなさ恨めしさに苦しむ匂宮の心情が伝わってくる。特に次に引用した涙は圧巻である。

硯引き寄せて、手習などし給。いとおかしげに書きすさび、絵などを見所多くかき給へれば、若き心ちには、思ひも移りぬべし。「心よりほかに、え見ざらむほどは、これを見たまへよ」とて、いとおかしげなるおとこ女もろともに添ひ臥したるかたをかき給て、「常にかくてあらばや」などの給も、涙落ちぬ。

（浮舟　二一〇頁）

この「涙落ちぬ」が浮舟につのらせた恋情は計り知れない。匂宮は光源氏の血を引いているのだろう、絵も上手で、男と女が一緒に寝ている絵をたいそう見事に書いた。そしてそれを「私が逢いに来られないときはこの絵を見なさいね」と言いながら浮舟に渡し、さらに「いつもあなたとこうしていたい」とのろけながら、はらりと涙が落ちるのである。このような絵を当時の貴族が女性に渡すという習慣は異例と思われるし、現代で、愛する女性にいかがわしい絵を渡しながら、「いつもこうしていたい」などと面と向かって言えるだろうか、もし言えるとしても苦笑しながらがおちであろう。もしこのとき匂宮が「ほほゑみ（苦笑）」ながらそう言ったとしたら浮舟の心にはささらない。それでは男の「すき心」と感じられてしまい誠意とは取られない。そして同じ泣くにしても「涙落ちぬ」の表現が女性に対して絶妙なのである。「泣く」、「うち泣く」の女性に多い表現や、声を出す泣き、言い回しを駆使した表現ではかえって効果が薄い。ここは涙を使った自動詞「涙落つ」によって、つい落ちてしまった涙、こらえきれなかった涙を出してこそ、匂宮の気持が浮舟の心に伝わるのである。浮舟はこの涙を見て、よりいっそう匂宮に恋情を抱く。浮舟は入水自殺を決心した後にもこの絵を見返しては、匂宮のそのときの手つき顔つきをありありと思い出す。匂宮の泣き方はこのように女心をくすぐるものが多い、これはまさに祖父である光源氏の血を受け継いだものと言えるであろう。

匂宮と薫の違いを端的に表す「泣き」を以下に述べる。それは浮舟の死をめぐる二人の涙である。匂宮の「かくすぞろなるいや目のけしき」、「まぎらはし給とおぼす涙」という泣きの表現、薫の「こぼれそめてはいとどめがたし」という表現である。二人とも浮舟という、人の死に直面しての「泣き」であるのに「泣く」系で声を出して泣くことを控えている。むしろ、泣くつもりではないのに不本意に泣いてしまったという表現を取っているのである。これはお互いが浮舟の死を悼んで涙することを知られたくない気持がそうさせているのであるが、隠そうとする意味に根本的な違いがある。匂宮は、薫に浮舟と通じ合っていたことを知られたくないからである。一方薫は浮舟のことを匂宮に隠す必要は全く無い。薫はたかが受領階級の娘ふぜいに、単なる妾、それも大君の人形（ひとがた）にすぎない女のために、泣くほど悲しんでいるなどと、匂宮に思われたくないからではないか。薫はそういう心の持ち主であり、光源氏の血を継いでいないことが明らかに分かるのである。

⑦ 紫上

「泣く」系　一〇例（A・自憐九　B・他憐一　C・自賞〇　D・他賞〇）
「涙」系　六例（A・自憐六　B・他憐〇　C・自賞〇　D・他賞〇）
「その他」系　四例（A・自憐四　B・他憐〇　C・自賞〇　D・他賞〇）

紫上の泣き方は、女性としては珍しく「泣く」系に偏らず、「涙」系、「その他」系も混在していることである。泣きの原因は大半がA・自己憐憫で嫉妬、苦しみ、悩みといった女性特有のものである。そして二十代以降のその自己憐憫の要因は三段階に集約できる。第一段階は源氏を思う気持からの嫉妬心。第二段階は嫉妬心から逃れるために出家を志すが、それを源氏に許してもらえない辛さ・悔しさ、そういう境遇である自分に対する哀れみ。

そして第三段階は死を悟った自分の哀れさ、具体的には養女である明石女御の皇子達の成長振りを見られない辛さである。その第一段階の嫉妬心について、湯本なぎさは源氏が雪の朝に女三宮のもとから帰ってきたときの紫上の心情を取り上げて、それは自己憐憫ではなく、源氏に対する思いやりなのだと次のように分析する。(11)

紫上は、単衣で涙を拭い、源氏を待ち、また、「すこし濡れたる御単衣の袖をひき隠して」、悲嘆に暮れる胸中を努めて隠した。紫の上は、その悲嘆が、「源氏の心を苦しめ、苦しめれば源氏の女三宮への訪れの遠のくであろう必然的結果を思い、遠のけば女三宮や朱雀院の悲しむことまで、思い遣」（上坂信男『物語序説』からの引用）る。

——他者への思い遣り。それは源氏の愛情を一身に集める紫上の美徳に他ならず、六条御息所が生涯身に着け得なかったそれである。

確かに首肯できる分析ではある。しかしながら紫上が涙に濡れた袖を隠したのは、人を思いやる行為だけではなく、自己憐憫の気持ちもあったのではないだろうか。つまり自分が泣いていたことを源氏に見せたくないのは、嫉妬心を源氏に知られたくない、なぜならよけい自分が惨めになるから、という内的な気持も十分にあったと考えたい。紫上は女三宮が輿入れするのを源氏から初めて聞かされたときに、「このことで源氏や周囲に対して嫉妬がましい厭味は言うまい。当人どうしの恋愛から生まれた結婚ではなく、押し付けられて断ることのできないものだったのだから、と思うことにしよう。それより自分が愚かしくそれを苦にして悩んでいる様子を世間に知られて、世間から物笑いになることだけは避けよう」と決心しているのである。こう思うこと自体が嫉妬して自己憐憫に陥っていることの証明であるが、そのように心に誓うのである。そして、この日、女三宮の輿入れから三日目の晩、源氏が「今夜だけは仕方のない義理の最後の夜だから、許してくださいね」と紫上に言い訳をする場面でも、紫上は「私にそんなことを聞いたって分るわけがないでしょう」と冷笑して、けんもほろろにあしらう。さらに「目に近くうつればかはる世の中を　行く末遠く頼みけるかな」と詠み、私と貴方の仲が永遠に変わらないなどと、信じていた自分は何て馬鹿だったのだろう、と自嘲する。つまり紫上としては、自分はあなたから愛されることをあきらめたから、嫉妬なんてしてませんよ、女三宮をせいぜい大事にしてあげてくださいね、と振舞うのである。そんな紫上が源氏が翌朝戻ってくるまで嫉妬して泣いていたなどということは、絶対に源氏に知られたくない。この気持は女の意地ともいうべき究極の自己憐憫であり、思いやりの行為とはまた別ものと考えられる。

また、紫上の泣き方の表現については紫上の成長の様子が垣間見える。二〇例のうち半分の一〇例が「泣く」系であるが、少女時代の六例がすべて「泣く」系で統一されているからである。紫上の少女時代はわあわあと声をだしてよく泣くという、泣き虫な性格が表現され、育ての親である尼君からもその子供っぽさを嘆かれているのである。これが紫上の人間造形の一つの土台となっている。源氏と結婚してからの一〇代でも涙もろさは変わらない。源氏が雲林院に篭ったしばしの別れに「うち泣き」、須磨巻では別れの寂しさに涙が止まらない。しかし源氏が須磨から戻って来ての二〇代以降は、「泣く」系は影をひそめ、「涙」系が主流になっている。これは紫上の心の成長を表現するもので、泣くことを何とかこらえようとする気持の表れだと思える。泣くにしても声を出す激しい「泣き」ではなく、「涙ぐむ」、「涙落つ」、「うちこぼる」など、こらえぎみの涙が意志に反して流れるのである。

⑧　末摘花

「泣く」系　八例（A・自憐八　B・他憐〇　C・自賞〇　D・他賞〇）
「涙」系　〇例（A・自憐〇　B・他憐〇　C・自賞〇　D・他賞〇）
「その他」系　一例（A・自憐一　B・他憐〇　C・自賞〇　D・他賞〇）

末摘花の泣き方はその性格を端的に描写している。末摘花の「泣き」は八例が「泣く」系であり、「その他」系の一例も「いとゞ音をのみたけきことにてものし給ふ」と、大声を上げて泣いている。これらのうち七例が蓬生巻に集中していて、いずれも源氏が須磨から戻ってきたというのに訪れがないことを悲嘆する「泣き」である。見捨てられた悲しさ、口惜しさ、また、侍従からも捨てられる惨めさに、「音をのみ泣き」、「音泣きがちに」、「いとゞ音をのみたけき」、「いみじう泣い給ふ」と、ことさらに声を出して泣き騒いでいることを印象づけている。読者にとってはどうにも耳障りな泣き声である。亡き常陸宮の娘という高貴な生まれ、没落したとはいえ、かたくなにプライドを保ち世間に対して気位高く振舞う、そういった外見とはうらはらに、葛藤に悩む弱い内面が泣き声とともに吐露されている。片意地を張って生きてきてはいるが、それは父母のかつての栄華をなんとか汚すまいというこだわりに支えられているだけで、女の弱い内面が泣き声によって噴出しているのである。

⑨　浮舟

「泣く」系　二〇例（A・自憐二〇　B・他憐〇　C・自賞〇　D・他賞〇）
「涙」系　七例（A・自憐　七　B・他憐〇　C・自賞〇　D・他賞〇）

「その他」系　一例（A・自憐　一　B・他憐〇　C・自賞〇　D・他賞〇）

浮舟の「泣き」は全部で二八例と、登場人物の中の女君では一番多い。男女合わせても光源氏、薫の次に続く三番目の多さを数えている。奇しくも物語中の独詠歌の数（贈答歌除き）も光源氏五二首、薫一九首、浮舟一一首と同じ順番になっており、物語における浮舟の重要性、物語が浮舟に担わせた役割の重さが感じられる。

その浮舟の「泣き」であるが、二八例のうち、母親を偲んで泣く二例以外は、二六例すべてが自分の背負った葛藤、苦しみ、恨みなどが原因になっているのである。究極のA・自己憐憫の人生といっても差し支えないだろう。また、泣き方も二〇例が「泣く」系の表現であり、その中でも「泣く」、「うち泣く」という飾らない言葉が多用されている。浮舟は女に多く用いられる「泣く」系の表現で泣き、女に多く用いられる「苦しみ・恨み」という原因で泣くのである。物語は浮舟を「泣き」という感情表現において、典型的な女らしい女として位置付けようとしたのではないか。「泣く」、「うち泣く」といった飾らない言葉は、身分が低く、田舎育ちで、たいして聡明でもない女の有り様を描き出したとも思われる。父親が同じ姉妹でありながら、大君、中君とは全く異なった人間性がその「泣き」によって伝わってくる。

また、浮舟の「泣き」は、同じ「苦しみ・悩み」であっても、その実態は入水自殺を試みる前と後では全く異質なものである。入水前は、匂宮と薫の板ばさみになる葛藤、匂宮を想う恋心と薫に対する後ろめたさ、自分はどうしてこんなに苦しまなければならないのかという意識に苛まれる。これに対して入水以降は、死にきれなかった悔しさに変質している。自己憐憫というより自己嫌悪にむしろ近いものかもしれない。そして、その自己嫌悪を払拭するためにも出家を願って泣き、出家を果たしては泣き、出家した自分がそれでも哀れに思って泣くのである。果ては俗世界からの使者により、忘れていた薫や母親のことが懐かしく思いだされて、床にひれ伏して大泣きに泣く。この物語の最後に集中する浮舟の涙の一つ一つに、読者は翻弄され続け、そして浮舟のせつない心情に心を残したまま物語を読み終えることになる。

注

（1）大野晋は『日本語はいかにして成立したか』「第十二章・女手の世界」（中央公論新社、二〇〇二年）において以下のように述べている。

　しかし、『源氏物語』は朗読のための台本などでは決してない。また、何人もの人間によって書きつがれたものでもない。まがうかたなく一人の超えてすぐれた女、受領階級に生まれた女によって書かれ、完結された、一貫した主題の発展のある物語である。もし、語り、朗読するための文章ならば、もっと類型的表現が多くあるはずである。（あたかも「…なるこそあはれなれ」を繰り返す『平家物語』のように）。（中略）『源氏物語』は全く、個々の読み手がその女手による表現を一字一字、一語一語読み分け、味わい分けることを要求している作品である。ヤマトコトバだけの文章としては、遂にこれを超える作品は現われなかった。もしこれが存在しなかったら、日本語ははるかに貧弱な遺産しか持つことができなかっただろう。

（2）山折哲雄『涙と日本人』（日本経済新聞社、二〇〇四年）。
（3）古代語誌刊行会『古代語を読む』（桜楓社、一九八八年）。
（4）武田佐知子「古代をめぐるおおらかな泣き」（『なぜ泣くの――涙と泣きの大研究』朝日新聞社、一九九三年）。
（5）トム・ルッツ『人はなぜ泣き、なぜ泣きやむのか――涙の百科全書』（別宮貞徳・藤田未砂子・栗山節子訳、八坂書房、二〇〇三年）。
（6）ウィリアム・H・フレイ『涙――人はなぜ泣くのか』（石井清子訳、日本教文社、一九九〇年）。
（7）ツベタナ・クリステワ『涙の詩学』（名古屋大学出版会、二〇〇一年）。
（8）村上本二郎『初歩の国文法』（昇龍堂出版、一九九五年）。

（9）江口孝夫校注『三宝絵詞』（現代思潮社、一九八二年）。
（10）湯本なぎさ『源氏物語の方法』（明現社、一九九七年）。
（11）前掲注10と同じ。

第三章　「かをる」と「にほふ」について

『源氏物語』における「かをる」と「にほふ」というテーマについては、従来から様々な研究がなされてきている。代表的研究としては、赤羽淑「源氏物語における呼名の象徴的意義」(1)、藤田加代『『にほふ』と『かをる』人物』(2)等が挙げられる。これらの研究は、「かをる」と「にほふ」という二つの言葉の持つ意味をそれぞれ確定し、その上でその意味の違いを考察している。そして、その意味の違いを根拠に、薫と匂宮の人物像の違いを分析していこうとしている。

たとえば赤羽は、「かをる」とは、対象の本質的なものが自づと外部に発散してその周りに漂ふ状態で、色彩というより無色に近い白色、薄紫系統の中性色、いわば半感覚的なもの、と定義し、「にほふ」については、感覚的に把えられる対象の、印象的に鮮明華麗な色彩美、として対比させる。その上で、薫と匂宮の性格の相違はこの言語の持つ意味にそれぞれ適合すると分析する。すなわち薫の内面的で崇高な美に対し、匂宮の華美な官能美が象徴的な差異であるという。

また藤田は、「かをる」が発散性を欠き、ある空間にこもり漂いながら美的雰囲気をつくるのに対し、「にほふ」については、対象のもつ美質が強く発散し、明るく華やいだ雰囲気を広げる、と定義する。そして赤羽氏と同様に、意味の差異がそのまま二人の人物像の違いを描き出し、「愛で言えば、匂宮の愛は、いわば激しく発散する「にほふ」愛であり、薫の思いはこれに対して、世俗的抑制によって内にこもり静かに漂う「かをる」愛のかたちをとるのである」と述べている。

さて、本論文はこれらの研究とは異なった角度からアプローチしたものである。本論文の方法論は、この二つの言葉の意味を確定してから進行するのではなく、『源氏物語』がこれらの言葉をどのように物語中で使用しているのか、この観点から出発するものである。テクスト内での使用方法が言葉の意味を創出するといった現象に着目して、「かをる」と「にほふ」という二つの言葉についての考察を行なったものである。

第一節　『源氏物語』以前の「かをる」と「にほふ」

「かをる」と「にほふ」という言葉が、どのように『源氏物語』で活用されているかを論じるにあたり、まず本物語以前においてのそれぞれの言葉の使用状況について踏まえておきたい。次頁に主要仮名文学作品におけるそれぞれの言葉の用例数を挙げる。用例数については各索引本[3]に従った（ここで『和泉式部日記』を源氏以前とすることは問題かもしれないが、ほぼ同時期であり、「かをる」の用例が一例認められるので掲出した）。

【資料一】主要仮名文学作品における「かをる」と「にほふ」の用例数

	「かをる」系	「にほふ」系
万葉集	一	七九
古今和歌集	〇	二一

後選和歌集	○	一九
拾遺和歌集	○	一五
竹取物語	○	○
伊勢物語	○	四
土佐日記	○	一
大和物語	○	三
平中物語	○	○
宇津保物語	○	四一
蜻蛉日記(4)	○	三
落窪物語	○	六
三宝絵詞	○	五
枕草子	一	一二
和泉式部日記	一	○
源氏物語	四一	一九四

＊「かをる」系＝動詞「かをる」、「かをりあふ」等の複合語。名詞「かをり」。
「にほふ」系＝動詞「にほふ」、「にほはす」、「にほひあふ」等の複合語。
形容動詞「にほひやかなり」。名詞「にほひ」。

『源氏物語』では四一例も使用されている「かをる」という言葉であるが、それ以前の仮名文学作品においてはほとんど使用されていない、むしろ稀有の言葉であったことが分かる。一方「にほふ」については各文学作品に多くの用例を見出すことができる。次に「かをる」の使用例を揚げる。

【資料二】「かをる」の用例［①、⑥、⑦『新編日本古典文学全集』（小学館）より引用］

①万葉集一六二（六九四年）

明日香の　清御腹の宮に　天の下　知らしめしし　やすみしし　我が大君　高照らす　日の皇子　いかさまに　思ほしめせか　神風の　伊勢の国は　沖つ藻も　なみたる波に　塩気のみ　かをる（香乎礼流）国に

うまこり　あやにともしき　高照らす　日の皇子

《以降三〇〇年のあいだ「かをる」の用例見当らず》

②小野宮右衛門督君達歌合（九八一年）［②〜⑤『国歌大観』（角川書店）より引用］

あとならで　たくものやなき　ねやのうちに　かをりつきせぬ　枕ならでも

③能宣集

わがやどを　すぎがてにせよ　ほととぎす　花たちばなの　かをりたづねば

④花山院歌合

いにしへを　おもひぞいづる　さつきまつ　花たちばなの　かをりわすれで

⑤春夜詠二首歌合

まがふもの　なきにやあるらん　梅の花　夜ふくるままに　かをりまされり

⑥枕草子・三七段
節は、五月にしく月はなし。菖蒲、蓬などのかをりあひたる、いみじうをかし。

⑦和泉式部日記
かをる香に　よそふるよりは　ほととぎす　聞かばやおなじ　声やしたると

資料二の①は万葉集においてただ一例出現する「かをる」の用例である。西暦六九四年に持統天皇が夢の中で詠んだとされる歌で、「塩けのみ、かをれる国に」とある。これは、塩の気が立ちこめる、塩の気が一面にこもっている、という様子を表現していて、嗅覚としての「匂いがする」とは異なった意味の言葉として使用されていて、赤羽氏、藤田氏等の研究において「かをる」の意義を確定するさいの一つの根拠となっている。ただし、この「かをる」であるが、この歌以降は文学作品において三〇〇年の間全く見出すことができないのである。「かをる」が再び文学作品に出現したのが九八一年の歌合の中である。②〜⑦はほぼ『源氏物語』と同時代であるが、『源氏物語』の成立よりは、僅かに前であろうと推測できる作品である。「かをる」は六例しか見出せないが、いずれも嗅覚の「香が立つ」ことを表現し、橘、梅、菖蒲など、強い香を発する花との組み合わせで用いられている。

ではこの三〇〇年の期間は、「かをる」という言葉が死語になってしまったのかというとそうでもない。九世紀末から十世紀初頭頃に成立したとみられている『新撰字鏡』(5)には「芬芬」の説明として「調也秀也加乎留」とあり、また「淑郁」の説明に「香気之盛曰淑郁蘭加乎留馥弥多薫」とある。いずれも「香が立つ」の意味で「加乎留（かをる）」という言葉が存在していたことは確認できる。

また、十二世紀の『類聚名義抄』(6)と『色葉字類抄』(7)にも「かを（ほ）る」と訓点のある漢字が複数見いだせる。参考までに「にほふ」と訓点のある漢字も合わせて以下に書き出す。

【資料三】

『類聚名義抄』「かほる」↓蕿越、燻、匂、薫、酷烈、馥

「にほふ」↓婥媛、曄、暈、馦、匀、匂、薫、芳、馥

『色葉字類抄』「かをる」↓匂、薫、發越

「かほる」↓酷烈

「にほふ」↓匂、馦、薫、芬、馥、芳、發越

ここで「匂」「薫」「馥」「發越」については「かを（ほ）る」とも「にほふ」とも訓じていることに気がつくが、これについては後にふれるとして、いずれにしても「かをる」という言葉は上代・中古前半においては、和歌および仮名文学作品にほとんど見いだせないように、日常的な生活の場においてはあまり用いられることはなく、漢文・漢詩を訓読する際に限られて使用されていた言葉だったといえるのではないか。それが十世紀末の和歌に出現しだしたのは、当時の王朝サロン（一条帝を中心にして）において漢文・漢詩が重んじられたことに起因しているのではないかと思われる。当時は漢文や漢詩の秀句を抜き出して鑑賞評価する風習が盛んであり、漢詩の情趣を和歌に取り入れて表現するために、「かをる」という言葉を用いることが有効だったのではないだろう

か。次に掲げた漢詩の一節はいずれも『和漢朗詠集』よりの引用で、花の芳香を「薫」という漢字で表現しているが、これらは前述した②～⑦の十世紀末六例の「かをる」の用例と無関係であるとは思えないのである。

【資料四】〔『新潮日本古典集成』（新潮社）より引用〕

八九　題『梅』　作者・村上天皇

漸薫臘雪新村裏　偸綻春風未扇先

《漸くに薫ず臘雪の新たに封ずる裏　偸かに綻ぶ春の風のいまだ扇がざる先》

一七二　題『橘花』　作者・後中書王＝具平親王

枝繋金鈴春雨後　花薫紫麝凱風程

《枝には金鈴を繋けたり春の雨の後　花は紫麝を薫ず凱風の程》

二八九　題『蘭』　作者・橘直幹

曲鷰楚客秋絃馥　夢断燕姫暁枕薫

《曲鷰いては楚客の秋の絃馥し　夢断えては燕姫が暁の枕に薫ず》

一方「にほふ」という言葉はどうであろうか。例を挙げて詳細に述べることは省略するが、上代においては「赤く照り映える」「美しく染まる」という視覚的感覚を表現し、中古に入って「香が立つ、香気がただよう」という嗅覚的感覚をも意味し、仮名文学の世界で広く使われてきた言葉である。つまり「かをる」と「にほふ」という二つの言葉はそのルーツも生きてきた世界も異なる、まったく交わっていなかった言葉なのである。『源氏物語』はこの二つの言葉を同じ土俵の中に取り込んだ初めての文学作品ということができる。

第二節　「かをる」と「にほふ」の互換性

まず、二つの言葉の全編における分布状況を把握しておく。

【資料五】

	「かをる」系			「にほふ」系		
	視覚	嗅覚	その他	視覚	嗅覚	その他*
正編	九	一六	〇	七五	三八	七
続編	二	一四	〇	二九	四〇	六
合計	一一	三〇	〇	一〇四	七八	一三

*「にほふ」系の「その他」は「何かをほのめかす・暗示すること」及び「威光・繁栄」等を表現。

用例の分布として「かをる」は正・続編合わせて視覚一一例に対して嗅覚三〇例と嗅覚が多くを占めているが、「にほふ」は視覚一〇四例、嗅覚七八例と視覚の方がやや上回っている。これを正編と続編とに分けた分布でみると極端な傾向が現れる。嗅覚表現「かをる」は続編一四例（正編一六例）、嗅覚表現「にほふ」は続編四〇例（正編三八例）であり、使用回数では続編と正編はほぼ同程度であるが、物語の字数ボリュームにおいて続編は正編の半分程度しかないことを踏まえれば、続編における使用頻度は極めて多いことがわかる。続編の物語空間には芬芬たる匂いと薫りに満ちあふれているのであるが、「かをる」と「にほふ」という言葉そのものに満ち溢れているのである。資料一に掲出した他の中古文学作品と比較してもその使用頻度の突出ぶりは特徴的である。

さて、問題はこの「かをる」と「にほふ」の物語中における使われ方であるが、この二つの言葉の使用方法には極端な互換性が見い出せるのである。以下にこの互換性について説明していく。

①　互換性Ａ（主語と述語の互換的使用方法）

この使用方法とは、一つの文に「かをる」と「にほふ」という二つの言葉が主語と述語という形で同時に存在するケースである。ある文では「かをる」が主語で「にほふ」が述語、別の文では逆に「にほふ」が主語で「かをる」が述語、それでいて言葉が置き換えられたこの二つの文が同じ内容を述べているという何とも不思議なケースである。つまり①―1「かをり」が「にほふ」という表現（例、橘のかをりなつかしくにほひて↓後述①―1ａ）と、逆に①―2「にほひ」が「かをる」という表現（例、袖のにほひも、いとところせきまでかをり満ちたるに↓後述①―2ｅ）が物語の中に混在し、どちらの表現においてもその示された内容から判断して、主語でなければならない必然性、述語でなければならない必然性が認められないのである。もちろん主語と述語が異なるのであるから、①の1と2ではそれなりのニュアンスの違いは理屈づけできるのかもしれない。ただし当時の物語を享受する者にとって果たしてその違いが明白であったかどうかは疑問である。何よりも二つの言葉が互換的に主語と述語に用いられたということが重要なのである。そのような関係にある言葉は他になかなか思いつかない。「ひかる」と「かがやく」というよく似た言葉においても物語中でそのように互換的に用いられている例は無い。現代においても「光が輝く」とは言うが「輝きが光る」とは言わない。

①―1 「かをり」が「にほふ」ケース〔第三章の『源氏物語』の引用は『新編日本古典文学全集』（花散里 一五六頁、以降「頁」は省略）〕

a （軒端に）近き橘のかをりなつかしくにほひて（花散里 一五六）

b えならずにほひたる御簾の内のかをりも吹きあはせて（若菜下 一八八）

c 荷葉の方を合はせたる名香、密をかくしほほろげて焚きにほはしたる、ひとつかをりにほひあひていとなつかし。（鈴虫 三七四）

d 露にうちしめりたまへるかをり、例の、いとさまことににほひ来れば「なほめざましくおはすかし。心をあまりをさめたまへるぞ憎き」など、あいなく若き人々は聞こえあへり。（宿木 三九二）

①―2 「にほひ」が「かをる」ケース

e おし拭ひたまへる袖のにほひも、いとところせきまでかをり満ちたるに、（夕顔 一三九）

f 名香の煙もほのかなり。大将の御にほひさへかをりあひ、めでたく、極楽思ひやらるる夜のさまなり。（賢木 一三二）

g 香のかうばしきさぞ、この世のにほひならず、あやしきまで、うちふるまひたまへるあたり、遠く隔たるほどの追風も、まことに百歩の外もかをりぬべき心地しける。（匂兵部卿 二六）

h　げにやつしたまへると見ゆる狩衣姿のいと濡れしめりたるほど、うたてこの世のほかのにほひにやと、あやしきまでかをりみちたり。（橋姫　一四四）

i　風につきて吹きくるにほひのいとしるくうちかをるに、ふとそれとうちおどろかれて、御直衣奉り、乱れぬさまにひきつくろひて出でたまふ。（総角　二五九）

j　げに、かくとりわきて召し出づるもかひありて、遠くよりかをれるにほひよりはじめ人に異なるさましたまへり。（宿木　三七七）

①―1の四例と①―2の六例の計一〇例はすべて「芳香」が「漂っている」ことを表現している。主語の内容で分類すると、橘の花の香がaの一例、薫物の香がb、cとe、fの四例で、残りの五例のd、h、i、jはすべて薫中将の体臭を表現している。e、fについてはいずれも光源氏の香であるが、体臭ではなく衣服に焚きしめた薫物の芳香が漂っていると解釈すべきである。どの例をみても主語の「かをり」と「にほひ」を入れ換え、述語の「にほふ」と「かをる」を入れ換えることが可能であると思われるが、特筆すべきは、同じ薫中将の体臭の発散を表現しているdとh、i、jの互換性である。これらの例などは、意図的に同じ意味として「かをる」と「にほふ」を逆に用いたとさえ解釈したくなる。二つの言葉に、この物語なりの微妙で繊細な使用区分の違いがあるはずだ、という考え方も疑問になってくるのである。そして、少なくともこのような香を発する主体の違いによって「かをる」と「にほふ」が使い分けられていないことは、次の互換性Bからも分かる。

② 互換性B

Aとは違うタイプの互換性をBとして分類した。これは一つの文の中での主語と述語の互換性ではなく、別々の文における「かをる」と「にほふ」の互換性という観点である。別々の文において、二つの言葉を置き換えて使用しているケースである。

まず、先にも述べたように、何の匂いかによって、つまり、匂う主体の種類、特性等によって使い分けられているのではないかという可能性があるが、次の②―1、②―2のように、主体が同一であっても、互換的に用いられている。

②―1　御簾内にこもる香

a　御簾の内のかをりも吹きあはせて、（若菜下　一八八）

b　梅の香も御簾の内のにほひに吹き紛ひて、（初音　一四三）

②―2　空薫き物から生じる香

c　そらだきものいと心にくくかをり出で、（若紫　二一一）

d　そらだきもの心にくきほどににほはして、（蛍　一九八）

また、その匂い方の概念によって使い分けられているということが考えられるが、②―3のように、離れた空間から飛来する場合でも、②—4のように、同じ空間に満ちている場合でも、いずれも互換的に用いられている。

②—3　漂って来る香

e　雨すこしうちそそくに、風はいと冷やかに吹き入れて、言ひ知らずかをり来れば、（東屋　九〇）

f　下﨟の尼のすこし若きがある召し出でて花折らすれば、かごとがましく散るに、いとどにほひ来れば、（手習　三五六）

②—4　あたりに満ちる香

g　狩衣姿のいと濡れしめりたるほど、うたてこの世のほかの匂ひにやと、あやしきまでかをり満ちたり。（橋姫　一四四）

h　探り寄りたるにぞ、いみじくにほひ満ちて、顔にもくゆりかかる心地するに思ひよりぬ。（箒木　一〇〇）

また、嗅覚ではなく視覚的な意味としても、互換性を有して用いられている。

②—5　まみの描写への使用

i　（明石姫君の）この春より生ほす御髪、尼のほどにてゆらゆらとめでたく、つらつき、まみのかをれるほどなど言へばさらなり。（薄雲　四三三）

j　（冷泉東宮の）まみのなつかしげににほひたまへるさま、おとなびたまふままに、ただかの御顔を抜きす

べたまへり。（賢木　一一六）

iでは明石の姫君のまみを「かをれる」、jでは冷泉東宮のまみを「にほひたまへる」と表現していて、どちらもその目元のつややかな美しい様子を描写している。

②―6　笑顔の描写への使用

k（冷泉東宮の）御歯のすこし朽ちて、口の内黒みて、笑みたまへるかをりうつくしきは、女にて見たてまつらまほしうきよらなり。（賢木　一一六）

l（明石姫君の）うち笑みたる顔の何心なきが、愛敬づきにほひたるを、いみじうらうたしと思す。（松風　四一〇）

kで冷泉東宮の笑顔に「かをり」、lで明石姫君の笑顔に「にほひ」を用いていて、②―5の用い方と入れ替わっている。男の子と女の子で「かをり」と「にほひ」を使い分けるといった意図もないことが分かるのである。

②―7　同じ人物（玉鬘）への使用

m　まずこの姫君（玉鬘）の御さまのにほひやかげさを（光源氏は）思し出でられて、例の忍びやかに渡りたまへり。（胡蝶　一八五）

n　見るまにいと（玉鬘は）愛敬づきかをりまさりたまへれば、なほさてもえ過ぐしやるまじく（光源氏は）

思し返す。（常夏　二三五）

いずれも光源氏が玉鬘の魅力に感じ入る場面である。mの場面は玉鬘二一歳の春、nは同じ年の夏である。この二つの言葉で異なった魅力を書き分けているのであろうか。しかし、春には「にほひやか」であった玉鬘の魅力が夏には「かをり」へと変化したのではない。「かをりまさりたまへれば」とあるように、春の時点でも「かをりをかしげ」であり、「かをり」の度合いがさらに増したと表現しているのである。

これら視覚表現の「かをる」が示しているもの、これこそ『源氏物語』がもたらした互換作用の特徴的な産物なのである。「にほふ」は本来視覚的な美しさを表現した言葉であるので、人の視覚的な美しさに用いる言葉として一般的であり、源氏以前の用例も多く見られる。しかし、「かをる」が用いられることはどのような効果を狙ったものなのであろうか。漢詩・漢文で「かをる」と訓読みする漢字に視覚的美しさの意味を持つ例は見当たらず、一〇世紀後半になって初めて物語文学や和歌の中で使われ出してきた仮名の「かをる」にしても、花の香気を表現はしたが、人の美しさは表現していない。源氏以前の「かをる」には、視覚的美しさの概念は有していないのである。これは本物語のなかで、二つの言葉が交じり合って生まれた結果とも言えるのではないだろうか。「かをる」が「にほふ」と嗅覚的意味で近接し互換性を持つことによって、「かをる」に本来は無かった「にほふ」の視覚的美しさの意味までも備わり、視覚的意味をも表現することが不自然でなくなるという現象が生じたのではないだろうか。

『源氏物語』はいわば当時あまり用いられていなかった「かをる」という言葉を、「にほふ」と混ぜ合わせることによって、互換性を持つように仕立て上げたのではないだろうか。前述した一二世紀の訓点資料において、

「匂」「薫」「馥」「發越」については「かを（ほ）る」とも「にほふ」とも訓じられていると指摘したが、『源氏物語』こそがその根本原因を創出した可能性があるとさえ思えるのである。

第三節　薫と匂宮という人物への転用

さて、物語ではこのように二つのことばを互換的に仕立て上げて、第三部における二人の人物に転用した。「薫中将」と「匂兵部卿」である。ただし当初から続編のことを意識して正編において二つの言葉を互換的に使用したとは考えにくい。正編の製作段階において続編が視野に入っていたとするのは無理がある。続編の構想が決まってから二つの互換的言葉を転用することに思い至ったのであろう。

以下はそのニックネームのいわれを説明した本文である。

①薫中将のいわれ

（源中将の）a香のかうばしさぞ、この世のにほひならず、あやしきまで、うちふるなひたまへるあたり、遠く隔たるほどの追風も、まことにb百歩の外もかをりぬべき心地しける。［中略］あまたの御唐櫃に埋もれたる香の香どもも、cこの君（源中将）のはいふよしもなきにほひを加へ、御前の花の木も、はかなく袖かけたまふ梅の香は、春雨の雫にも濡れ、身にしむる人多く、秋の野に主なきd藤袴も、もとのかをりは隠れて、なつかしき追風ことにをりなしながらなむまさりける。（匂兵部卿　二六）

②匂兵部卿のいわれ

かく、あやしきまで（源中将が）人の咎むる香にしみたまへるを、兵部卿宮なん他事よりもいどまし思して、それは、わざとよろづのeすぐれたるうつしをしめたまひ、朝夕のことわざに合はせいとなみ、〔中略〕老を忘るる菊に、おとろへゆく藤袴、ものげなきわれもかうなどは、いとすさまじき霜枯れのころほひまで思し棄てずなどわざとめきて、f香にめづる思ひをなん立てて好ましうおはしける。（匂兵部卿　二七）

③例の世人は、にほふ兵部卿、かをる中将と聞きにくく言ひつづけて、（匂兵部卿　二八）

←

①は、「かをる中将」のいわれであるが、a「香のかうばしさぞ、この世のにほひならず」c「この君のはいふよしもなきにほひを加へ」とある。中将の体臭の直接表現は「かをる」ではなく「にほふ」なのである。「かをる」ということばが二箇所出てくるが、傍線bは百歩香にちなむ表現、傍線dの「もとのかをり」とは藤袴の香気をさしていて、間接的に中将と結び付けているにすぎない。

一方②は「にほふ兵部卿」のいわれを示す本文であるが、どこにも「にほふ」という言葉は出てこない。傍線部e「すぐれたるうつしをしめたまひ」f「香めづる思いをなん立てて」とあるように、すぐれたお香を焚き染めたり、菊や藤袴などの花の香に執着する、という内容が提示されているだけである。お香にしても花にしても、その香が立つことを「かをる」という言葉でも表現されており、匂兵部卿は「かをる兵部卿」でもよかったわけである。しかしながら物語はさも当然の如く③のように、「にほふ兵部卿」、「かをる中将」と世間に呼ばせている。二つの言葉の指し示す意味からいえば、逆の呼称でも成立したわけである。

薫中将の体臭の概念が「かをる」でも「にほふ」でもどちらでもよかったことは、資料六からもわかる。これは物語が薫中将の体臭を表現するに当たり、二つの言葉のどちらを使用したかを調べたものである。

【資料六】(例文はそれぞれ一例のみ掲出)

A 「かをる」のみで表現 → 三例

(例) 中将の御**かをり**のいとどしくもてはやされて、いひ知らずなまめかし。(匂兵部卿 三四)

B 「にほふ」のみで表現 → 一七例

(例) 花の香も客人の御**にほひ**も、橘ならねど昔思ひ出でらるるつまなり。(早蕨 三五六)

C 「かをる」と「にほふ」の両方を用いて表現 → 五例

(例) 風につきて吹きくる**にほひ**のいとしるく**うちかをる**に、ふとそれとうちおどろかれて、御直衣奉り、乱れぬさまにひきつくろひて出でたまふ。(総角 二五九～七)

薫中将の香(=体臭)は「かをる」のみで表現されているわけではない。むしろそれはAにあるように三例にしかすぎない。意外に感じるが、Bのように「にほふ」のみで表現されていることのほうが一七例と圧倒的に多いのである。またCのように両方が用いられているケースが五例ある。このように、薫中将の体臭はもっぱら「にほふ」で表現されるか、二つの言葉の併用で表現されるかが大半なのである。

本来ニックネームで二人の人物を対比させる場合は、体型であれば「大」と「小」とか、性格であれば「柔」と「剛」のように、二人のはっきりとした特徴の差異をもって区別するのが通常の方法である。「かをる」と「にほふ」とは確かに違う言葉である。しかし双方がこのように交換可能な言葉として機能している以上、その違いは違いのための違いという「差異」性の問題として考えるべきだということである。そして重要なのは、「かをる」、「にほふ」という区別困難で互換的な呼称が使われていることと、物語の構造とがパラレルな対応関係にあるということである。

第四節　互換性の象徴としての取り違い

宇治十帖のドラマトゥルギーとは何かということを考えていただきたい。最大の事件は匂宮と浮舟との密通である。この事件の以後、浮舟は薫と匂宮との間に挟まれて身動きが取れなくなる。追い込まれた浮舟は入水自殺を図り、それが未遂に終わり覚醒してからも、若くして出家という道を選択するに至る。そして、そもそも二人の密通を可能成らしめたのは、薫と匂宮との互換性ゆえにである。

匂宮は薫の振りをし、浮舟側はそれを薫と誤解して、二人の密通は成立した。その誤解をもたらした決定的要因は二人の香の同一性なのである。「かをる」と「にほふ」の同一性が引き起こした取り違いに起因する物語の展開、これこそが宇治十帖の作劇法なのである。

(匂宮は)いと細やかになよなよと装束きて、a香のかうばしきことも劣らず。近う寄りて御衣ども脱ぎ、馴れ顔にうち臥したまへれば、（右近）「例の御座にこそ」など言へど、ものものたまはず。［中略］（浮舟は）b─はじめよりあらぬ人と知りたらば、いかが言ふかひもあるべきを、夢の心地するに、やうやう、そのをりのつらかりし、年月ごろ思ひわたるさまのたまふに、この宮と知りぬ。（浮舟　一二四）

右近と浮舟の二人は薫の体臭はよく知っているはずである。しかしながら傍線部a「香のかうばしきことも劣らず。」b「はじめよりあらぬ人と知りたらば、」とあるように、右近も浮舟も、薫と匂宮の、「かをり」と「にほひ」を区別することができなかった。ここに密通は成立し浮舟は自殺へと追いやられるのである。物語はこの取り違え事故を可能とするために、薫の生まれつきの香と匂宮の香に対する異常な執着を設定したのではなかろうか。この密通事件以降は二人の体香について語られなくなるのもそのことを裏付けている。

宇治十帖のこの密通事件は全くの不可抗力といえる。女の側からしてみれば、浮舟にしても右近にしてみても、思いもよらなかった「取り違えによる偶発的密通」なのである。しかしながらこれは取り違え事故ではなく、「かをる」と「にほふ」の言葉の互換性、同一性が示唆するように、薫と匂宮という人物の互換性、同一性がまさに顕現した事件、起こるべくして起きた必然的な密通だと位置づけたい。

ここで薫と匂宮の人物像を今一度考える。この二人の性格を一言で定義するならば、藤村潔の表現「薫は光源氏マイナスあだあだしさ、匂宮は光源氏プラスあだあだしさ」(8)が分かりやすい。この二人はかたや「まめ人」かたや「すき者」に造型され、正反対な位置に対照的に置かれている。行動にしても薫が内向的で実行の前に熟慮するのに対し、匂宮は欲情のままに猪突猛進する。そして多くの先行研究は薫のこの内向的性格は罪の子の意識の成せるものと分析する。確かにそれはそうなのであろうが、この相反する意識なるものは、一人の人間の心の中においで同時に存在するものとは言えないのか。ここに竹河の巻の薫の心内を引用する。

尚侍の君、奥の方よりゐざり出でたまひて、「うたての御達や。恥づかしげなるまめ人をさへ、よくこそ面なけれ」と忍びてのたまふなり。（薫）まめ人、とこそつけられたりけれ、いと屈じたる名かな、と思ひゐたまへり。（竹河　六九）

侍従の君（薫）、まめ人の名をうれたしと思ひければ、二十余日のころ、梅の花盛りなるに、にほひ少なげにとりなされじ、すき者ならはむかしと思して、藤侍従の御もとにおはしたり。（竹河　七〇）

この竹河巻における薫は自分が「まめ人」と思われることを忌み嫌っている。自分が色恋に縁のない男と思われることはひどく屈辱的であると感じ、「すき者」でありたい、人からもそう思われたいと願っている。藤村はこの竹河巻の薫像について「出生の秘密に懊悩する匂宮巻の薫も、出生については全く疑問を示さない竹河巻の薫も共に宇治十帖の作者の創出にかかわるものとすると、二つの薫像が同時に成立するということはないわけであるから、どちらかが先に成立したことになる」(8)と述べ、竹河巻の薫像が先に成立して、それが匂宮巻の薫像に改められた、という説を取っている。であるならば、薫と対極に位置するように、匂宮の人間像も同時に改められたはずである。(9)私はこのときに、罪の子の意識のある「まめ人」の薫と、同じ実体でありながら罪の子の意識のないもう一人の「すき者」薫に分断され、「すき者」薫は物語の構想上、匂宮として造型されたのではないかと考えている。つまり匂宮は薫の別人格であり、同じ薫という一人の人間の相反する意識なのである。そして、このように造型し直された薫と匂宮が橋姫巻以降の宇治十帖を展開していくのである。

「まめ人」薫は大君に接近するが、常に罪の意識を背負っているために内向的な愛し方しかできない。それを歯がゆく思うがゆえに、もう一人の「すき者」薫(=匂宮)は中君に対し猪突猛進するのである。物語の本文は、薫が宇治の姫君達の情報を匂宮にわざわざ伝達するという不可解な形を取っていて、匂宮が姉妹に対して関心を抱くように煽っている。が、あれは薫がもう一人の薫に、つまり自分自身に語りかけて自分自身を煽っているのではないか。中君も奪ってしまえと。宇治十帖の物語展開はことごとくこのような方法を取っていると思われる。

薫と匂宮は浮舟に対する愛情の形・表現方法も異なるが、一人の人間の相反する意識がもたらす差異性にすぎない。罪の意識を背負った「まめ人」薫は浮舟を大君の形代と定義付けして初めて愛することができるのであり、もう一人の「すき者」薫は浮舟を大君からも中君からも独立した一人の女として自由勝手に愛することができるのである。

おわりに

「まめ人」薫と「すき者」薫は表層上は別の二人であり、平常時は薫中将と匂兵部卿という別々の登場人物として対極に置かれているが、この取り違え密通という異常事件において、物語は二人の互換性、同一性をあばき出している。さらに手習巻で浮舟が思い出に浸って詠んだ歌

袖ふれし人こそ見えね花の香のそれかとにほふ春のあけぼの　(手習　三五六)

この「袖ふれし人」「それかとにほふ」が示しているのは、果たして薫なのか匂宮なのかという問題があるが、今だにどちらとも特定できないことこそ両者の同一性を物語ってはいまいか。(10)

同一性の問題については池田和臣が「手習巻物怪攷」(11)において、浮舟を助けた物の怪の化身が薫と匂宮の両者を示唆することから、この二人が本質的に同一であることを論じ、「二人は背中合わせの双児」と定義する。また神田龍身は、『物語文学、その解体』(12)において、「薫と匂宮、二人は通常対極のように評されているが、むしろ同じだと評した方がよいのかもしれない。逆に言えば同じだからこそ対極たらんと欲しているのである。個人を個人たらしめる他者との差異などというものは、所詮、虚妄にすぎないのであり、あるいはソシュール的に言えば、ここには差異しかないということなのでもある」と論を展開し、二人の差異の虚構性を強調する。同一性の問題については今後様々な角度から研究を進めていきたいと考えているが、本論文においては、言葉の使用方法という観点、互換的に差異が無く使用された「かをる」と「にほふ」という言葉が、二人の呼称に転用されたことを捉えて、二人の同一性を問題提起したものである。

繰り返すが、『源氏物語』は「かをる」と「にほふ」という、そのルーツも生きてきた世界も異なる、まったく交わっていなかった言葉を同じ土俵の中に取り込んだ。そしてこの二つを交じり合わせて使用することにより、互換性のある同一概念の言葉に仕立て上げた。まずここに、この物語の一つの大きな独創性を認めることができる。その上で、「かをる」と「にほふ」という言葉の互換性が、そのまま二人の登場人物の互換性、同一性と相同関係にあることを再確認しておきたい。

注

（1）「『源氏物語』における呼名の象徴的意義――『光』『匂』『薫』について」（『文芸研究28』一九五八年三月号）。

（2）『「にほふ」と「かをる」――源氏物語における人物造型の手法とその表現』（風間書房、一九八〇年）。

（3）『萬葉集索引』（古典索引刊行会編、塙書房、二〇〇三年）
『萬葉集總索引』（正宗敦夫編、平凡社、一九七四年　復刻版）
『古今集總索引』（西下経一・滝沢貞夫編、明治書院、一九五八年）
『後撰和歌集総索引』（西端幸雄編、和泉書院、一九九七年）
『拾遺和歌集の研究（索引編）』（片桐洋一編、大学堂書店、一九七六年）
『竹取物語總索引』（山田忠雄編、武蔵野書院、一九五八年）
『伊勢物語総索引』（大野晋・辛島稔子編、明治書院、一九七二年）
『土佐日記本文及び語彙索引』（小久保崇明・山田瑩徹編、笠間書院、一九八一年）
『大和物語語彙索引』（塚原鉄雄・曾田文雄編、笠間書院、一九七〇年）
『平中物語総索引』（曾田文雄編、初音書房、一九六九年）
『宇津保物語本文と索引』（宇津保物語研究会編、笠間書院、一九八二年）
『平安日記文学総合語彙索引』（木村雅則・西端幸雄・志甫由紀恵共編、勉誠社、一九九六年）
『落窪物語総索引』（松尾聡・江口正弘編、明治書院、一九六七年）
『三宝絵詞自立語索引』（中央大学国語研究会編、笠間書院、一九八五年）
『枕草子総索引』（榊原邦彦等編、右文書院、一九六八年）
『源氏物語大成第七冊〜十一冊』（池田亀鑑編著、中央公論社、一九八五年）
『源氏物語語彙用例総索引（自立語篇）』（上田英代・村上征勝・今西祐一郎・樺島忠夫・上田裕一編、勉誠社、一九九四年）

（4）『蜻蛉日記』において、『日本古典文学大系』三一二頁では、「菖蒲ふくなれば、みな人もおきて格子はなちなどすれば、『しばし格子はなまいりそ。たゆくかほらせん。御らんぜんにもともなりけり』などいへど、みなおきはてぬれば、事をこなひてふかす。」とあり、「かほる」の用例がある。しかしながら、底本である『桂宮旧蔵古鈔本』の本文では「かまへえせん」となっており、これでは意味が不明のため、『日本古典文学大系』が独自に書き換えたものである。現在「かまへてせん」を採用する諸本が多く、『新・日本古典文学大系』においても「かまへてせん」に改訂されている。

（5）『新撰字鏡（天治本附享和本、群書類従本）』（京都大學国文學研究室編、臨川書店、一九六七年）。

（6）『類聚名義抄』（正宗敦夫編纂校訂、風間書房、一九五四年）。

（7）『色葉字類抄　研究並びに索引』（中田祝男、峰岸明編、風間書房、一九六四年）。

（8）「源氏物語の人物造型『薫』」（『国文学解釈と鑑賞』至文堂、一九七一年五月号）。

（9）稲賀敬二は「源氏物語の人物造型『匂宮』」（前掲注8と同本）において、「竹河巻では女性に心動かさぬ匂宮、女性に心動かす薫という、正反対にも近い人間設定が読者に印象づけられている」と述べている。

（10）拙稿「『飽かざりし匂ひ』は薫なのか匂宮なのか」（『源氏物語をいま読み解く2　薫りの源氏物語』翰林書房、二〇〇八年）にて詳細を検討した。本書補論にて詳述する。

（11）「手習巻物語攷——浮舟物語の主題と構造」（『論集中古文学5　源氏物語の人物と構造』笠間書院、一九八二年）。

（12）『物語文学、その解体——《源氏物語》「宇治十帖」以降』（有精堂、一九九二年）。

補論　「飽かざりしにほひ」について

――「飽かざりしにほひ」は薫なのか匂宮なのか

はじめに

文学作品において、嗅覚の「匂い」は鼻腔で感じる単なる化学的感覚の領域にとどまるものではなく、人の心を動かす情緒的感覚に踏みこむという重要な機能を果たしている。『源氏物語』においても全編を通じて様々な香が漂い、薫りは空間に満ちている。そして登場人物が体験する「匂い」は、そのつど重要な役割を担わされ、心情の趣に繊細な影響を与えるものとして描き出されている。ただし、物語中の女君が、「匂い」によって直接男君を思い慕うといった設定は意外に少なく、次の三例を数えるのみである。

まず、紫上が遠く須磨に流浪した光源氏を偲ぶ場面。

二条院の君（紫上）は、そのままに起き上がり給はず、尽きせぬさまに思しこがるれば、さぶらふ人々もこしらへわびつつ心細う思ひあへり。もてならしたまひし御調度ども、弾きならしたまひし御琴、脱ぎすてたまへる御衣の匂ひなどにつけても、今はと世に亡からむ人のやうにのみ思したれば、

（小学館『新編日本文学全集』（須磨　一八九頁　以下同本））

次に、明石君が都へ帰っていく光源氏の形見としての衣の香に心を動かす場面。

御身に馴れたるどもを遣はす。げにいまひとへ忍ばれたまふべきことを添ふる形見なめり。えならぬ御衣の匂ひの移りたるを、いかが人の心にもしめざらむ。（明石　二六九）

そして今回のテーマに取上げた「飽かざりし匂ひ」の場面である。

閨のつま近き紅梅の色も香も変らぬを、春や昔のと、こと花よりもこれに心寄せのあるは、飽かざりし匂ひのしみけるにや、後夜に閼伽奉らせたまふ。下﨟の尼のすこし若きがある召し出でて花折らすれば、かごとがましく散るに、いとど匂ひ来れば、

（浮舟）袖ふれし人こそ見えね花の香のそれかとにほふ春のあけぼの（手習　三五六）

入水自殺の未遂から一年が過ぎて、また紅梅の咲く春が巡ってきた。浮舟はその紅梅の香に感情が湧き上がり、歌を書きながした。この「飽かざりし匂ひ」、「袖ふれし人の匂ひ」とは同一人物のことを詠んでいるのは間違いないが、さてそれは薫であるのか匂宮であるのか、という問題である。前述した紫上と明石君の場面は、いずれも匂いの主が光源氏であることは明らかであるが、浮舟が詠んだこの手習歌の匂いの主を特定するのは難し

い。浮舟本人がこの歌を詠む以前に、薫と匂宮の香を紅梅の香と結びつけて意識したことはなく、本文のある部分と直接照らし合わせての結論が出せないからである。物語は敢えて分かりにくいように表現しているかのようだ。これまでの研究でもいろいろな議論がなされて来たが、いまだに結論が出ていない。本章ではこの問題について考察する。

第一節　近年の研究

まず、「薫」であると主張するのは山岸徳平、高田祐彦、藤原克己等であるが、それぞれの根拠を掲げる。山岸[1]は匂宮巻において薫の芳香を説明する部分「御前の花の木も、（薫が）はかなく袖かけたまふ梅の香は、春雨の雫にも濡れ、身にしむる人多く」（匂宮　二七）を取上げて、「飽かざりし匂ひのしみけるにや」は「薫の袖の匂と見るべきである、と論じている。また、高田は[2]、「薫、匂宮いずれとの逢瀬においても浮舟は薫香を意識したことがなかった」ので、ここは梅の香と人物の関係性から考えるしかなく、「梅の香に喩えられるのは圧倒的に薫が多く、匂宮は梅を単に賛美する人にすぎない」と分析する。そして、薫が梅の香に喩えられる場合、

色よりも香こそあはれと思ほゆれ誰が袖ふれし宿の梅ぞも　（古今集　春歌上三三）

春の夜の闇はあやなし梅の花色こそ見えね香やはかくるる　（古今集　春歌上四一）

古今和歌集所収のこの二首を多く引歌にしていると説明する。この二首と浮舟の手習歌「袖ふれし人こそ見え

ね……」は、「誰が袖ふれし」と「袖ふれし」が重なり、さらに「色こそ見えね」と「人こそ見えね」が重なり合うことからも、手習歌の「人」は薫と推測できる、と結論している。

また藤原は、(3)浮舟の心情面を汲み取ることによって、薫と判断できるという。「出家の直前、わが半生を回顧する浮舟の心内を叙した箇所に、匂宮については『こよなく飽きにたる心地す』と語られていた。それとの照応を考えれば、この『飽かざりし匂ひ』は匂宮のそれではありえまい」と述べ、「一方の薫についての浮舟の心内は『いつかは見むずる、とうち思ふ』と語られていて、この接頭語の『うち』と接尾語の『ふ』は薫への未練愛執の絶ちがたさを暗示していよう。まさにそれを受けて、『飽かざりし匂ひのしみけるにや』と語られているのではないだろうか」と論じている。

これらに対して、「匂宮」であると主張するのは、吉沢義則、後藤祥子、金秀姫等である。まず吉沢は(4)「細流抄では薫にも匂にても也とあるが、匂ひどもとないから勿論一人の事であり、前に匂宮の歌の想出が書かれてあるから、ここは匂宮の事と見るが当然であらう」と述べる。匂宮の歌の想出とは「君にぞまどふとのたまひし人」（手習　三五四）のことであり、匂宮が「峰の雪みぎはの氷踏みわけて君にぞまどふ道はまどはず」（浮舟　一五四）と詠んだ歌を浮舟が懐かしく想い出しているというのである。問題部分はこの歌に繋がっていると解釈しているわけである。そして後藤も(5)浮舟の前出の手習歌「かきくらす野山の雪をながめてもふりにしことぞ今日も悲しき」（手習　三五五）が、匂宮の「君にぞまどふ」の歌句を契機に詠まれている点と、「紅梅」や「匂」といった語彙との親近性を合わせれば、匂宮の蓋然性が高い、と判断している。また、金秀姫も(6)単に「梅」ではなく「紅梅」との密接な関係が認められるのは匂宮の方であること。さらに、前述した高田の「薫、匂宮いずれとの逢瀬において浮舟は薫香を意識したことがなかった」という指摘に対して、浮舟が薫との逢瀬において薫香を直接意識している場面は見られないが、匂宮の薫香についてははっきり認識している場面があること、を論拠にしている。それは中の君の邸で匂宮に偶然見つけられ、言い寄られたときの「この、ただならずほのめかしたまふらん大将にや、かうばしきけはひなども思ひわたさるるに、いと恥づかしくせん方なし」（東屋　六一）という場面と、三条の隠れ家に移った後、その事件を移り香と共に回想する場面「なごりをかしかりし御移り香も、まだ残りたる心地して、恐ろしかりしも思ひ出でらる」（東屋　八三）であるという。

さてこれまでの論をまとめると、①梅・紅梅と「薫」「匂宮」との関連性。②浮舟の「薫」「匂宮」に対する心情面の解析。③浮舟の「薫」「匂宮」に対する薫香意識。という三方向からのアプローチを試みるものであった。

確かに①のように、梅・紅梅と「薫」「匂宮」との関係性を考察することは一つの有効な方法ではあろうが、物語を客観的に分析して、たとえば梅・紅梅は「薫」との関連の方がより強いから、「飽かざりし匂ひ」、「それかとにほふ人」は「薫」であると結論できうるものであろうか。浮舟の鼻腔で感じた匂いの感覚を無視していることにはなるまいか。また②のように、浮舟の「薫」「匂宮」に対する心情面の分析をして、「薫」を思う気持の方が強いから「薫」であると言い切ってしまっていいものであろうか。これもやはり浮舟の嗅覚意識を無視していることにはなるまいか。浮舟は、紅梅の香の匂いによって袖ふれし人を想い起こしたのである。勿論袖ふれし人の香は紅梅の香と同質でなくてはならないが、それは客観的に決められることではなく、浮舟本人が同質と感じていたかどうかが重要なのである。以上の理由により、本稿では③の浮舟の薫香意識に着目することにより、新たな考察を進めていきたい。

第二節　浮舟の「匂宮」に対する薫香意識

まず、金秀姫の指摘する浮舟の匂宮に対する薫香意識について、今一度考えてみよう。指摘するのは次の二場面である。

①浮舟は二条院（中の君の邸）に預けられているときに、偶然匂宮に見つけられ、強引に言い寄られる。その際に、匂宮の芳しい匂いを意識する。

（匂宮）「誰ぞ。名のりこそゆかしけれ」とのたまふに、（浮舟は）むくつけくなりぬ。さるもののつら顔を外ざまにもて隠して、いといたう忍びたまへれば、この、ただならずほのめかしたまふらん大将（薫）にや、かうばしきけはひなども思ひわたさるるに、いと恥づかしくせん方なし。（東屋　六一）

浮舟はこの時点でまだ匂宮とも薫とも面識はなかったし、匂宮が用心して顔を隠しているので、男が誰かとはわからなかったが、芳しい匂いから推測して、自分に執心だという薫大将ではないか、と最初思うのである。浮舟はここで確かに「芳しい匂い」を嗅ぎ、その後に男が匂宮であることが分かり、この芳香と匂宮が結びつき、浮舟の嗅覚に匂宮の香としてインプットされるのである。

②三条の小家に移った浮舟は、風情もない索漠とした暮らしの中で、匂宮との事件を移り香と共に懐かしく回想する。

宮の上の御ありさま思ひ出づるに、若い心地に恋しかりけり。あやにくだちたまへりし人の御けはひも、さすがに思ひ出でられて、何ごとにかありけむ、いと多くあはれげにのたまひしかな、なごりをかしかりし御移り香も、まだ残りたる心地して、恐ろしかりしも思ひ出でらる」（東屋　八三）

「なごりをかしかりし御移り香」が残りたる心地がするのは、浮舟にインプットされた匂宮の香が、単なる嗅覚反応の領域には留まらず、浮舟の心を動かすまでの存在になっていることを物語っているのであろう。いずれにしろ浮舟の匂宮に対する薫香の意識は完全に確立されたと考えられるのである。

金氏はこの薫香意識が「飽かざりし匂ひ」に直結するものと判断し、「袖ふれし人」を匂宮とする論拠の一つとしている。そして、浮舟は薫に対しては薫香意識を持たないから、少なくとも直接語られている本文は無いから、薫と「飽かざりし匂ひ」を結びつけることは困難であると判断している。が、果たしてそうであろうか。私は、浮舟は薫に対しても強い薫香意識を持っていたと確信しているのである。

第三節　浮舟の「薫」に対する薫香意識

確かに宇治十帖を何度読み返しても、浮舟が薫の薫香を意識して直接何かを語ったり、心内で思ったり、何かの行動をしたり、といった本文は存在しない。しかしながら、行動しないことによって明らかに浮舟が薫に対しての薫香意識を吐露している出来事があるのだ。それは前述した二条院での未遂事件から半年ほど経た宇治の山荘で起こる。本題に入る前に、その半年間を簡単に振り返っておく必要があろう。

二条院での事件は浮舟二十一歳（推定）の八月に起きる。その後この事件を知った浮舟の母は、浮舟を三条の小家に移す。九月、薫は弁の尼より浮舟の住まいを聞き出し、三条小家ではじめて浮舟に逢い契りを結ぶ。その翌朝、薫は浮舟を宇治の山荘に移動させ、そこに数日間逗留する。それ以後浮舟は宇治の山荘で薫の女君としての生活を送っている。そして、年が返って正月、浮舟を忘れることのできない匂宮はついに居場所を探り当て、宇治の山荘で浮舟との密通を果たす。浮舟が薫に対しての薫香意識を吐露する出来事はここで起きるのである。匂宮が宇治の山荘の中にまんまと入り込む場面から詳しく考察する。

①（匂宮）「ものへ渡りたまふべかなりと仲信が言ひつれば、おどろかれつるままに出でたちて。いとこそわりなかりつれ。まづ開けよ」とのたまふ声、いとようまねび似せたまひて忍びたれば、思ひも寄らずかい放つ。②（匂宮）「道にて、いとわりなく恐ろしきことのありつれば、あやしき姿になりてなむ。灯暗うなせ」とのたまへば、（右近）「あないみじ」とあわてまどひて、灯は取りやりつ。（匂宮）「我人に見すなよ。来たりとて、人おどろかすな」と、いとらうらうじき御心にて、もとよりもほのかに似たる御声を、ただかの御けはひにまねびて入りたまふ。ゆゆしきことのさまとのたまひつる、いかなる御姿ならんといとほしくて、我（右近）も隠ろへて見たてまつる。③（匂宮は）いと細やかになよなよと装束きて、香のかうばしきことも劣らず。近う寄りて御衣ども脱ぎ、馴れ顔にうち臥したまへれば、（右近）「例の御座にこそ」など言へど、ものものたまはず。④御衾まゐりて、寝つる人々起こして、すこし退きてみな寝ぬ。御供の人など、例の、ここには知らぬならひにて、（女房）「あはれなる夜のおはしましざまかな。かかる御ありさまを御覧じ知らぬよ」などさかしらがる人もあれど、（右近）「あなかま、たまへ。夜声は、ささめくしもぞかしがましき」な

ど言ひつつ寝ぬ。⑤女君（浮舟）は、あらぬ人なりけりと思ふに、あさましういみじけれど、声をだにせさせたまはず。いとつつましかりし所にてだに、わりなかりし御心なれば、ひたぶるにあさまし。はじめよりあらぬ人と知りたらば、いかが言ふかひもあるべきを、夢の心地するに、やうやう、そのをりのつらかりし、年月ごろ思ひわたるさまのたまふに、この宮と知りぬ。（浮舟　一二三〜四）

少し長い引用になったが、匂宮の行動と右近、浮舟の対応を順に追う。

まず①の部分であるが、匂宮は格子を開けさせて中に入るために、薫の声色をまね、そのうえで仲信という薫の家司の名を口に出して、いかにも自分が薫であるかのように装う。右近は匂宮とは思いもよらず、格子を開けた。声色をまねたのは聴覚への偽装であり、嘘をつくというのは知能的偽装を施したことになる。

次に②であるが、やはり嘘をつくという知能的偽装により言い訳をして、顔を見られないように灯火を取りのけさせた。これであたりは薄暗闇となり、視覚に対しても偽装を図ることのできる環境が整った。

そして③、視覚を塞がれた空間の中、「香のかうばしきことも劣らず」なのである。ここでいう「劣らず」という表現を、「薫の香とは異質の匂いだが、芳香であるということでは劣らない」と読むことは不可能であろう。右近の嗅覚は男が薫であることを疑っていないのである。薫と同質の芳香と考えるしかない。さてここで、この香は今このために匂宮が偽装したものであろうか。右近や浮舟に対して、嗅覚への偽装を施すために今成されたものであろうか。そうではないはずだ。この香はもともと匂宮の名前の言われともなった日常的「うつし」の薫香である。「かく、あやしきまで（薫が）人の咎むる香にしみたまへるを、兵部卿宮なん他事よりもいどましく思して、それは、わざとよろづのすぐれたるうつしをしめたまひ、朝夕のことわざに合はせいとなみ」（匂兵部卿二七）とあったように、匂宮が薫を意識して、薫の芳香に負けたくないと、日常的に身につけていた薫香なのである。さて、匂宮は衣服を脱いで浮舟のそばに寄ってうち臥す。香のかうばしきことも劣らないため、暗闇の中で浮舟はこの男を薫と信じて疑わない。

④の部分については、時間の経過が示されている。つまり、匂宮が浮舟の近くにうち臥してから、ある程度の時が経っていることが分かる。そして⑤に至って、やっと浮舟は「あらぬ人なりけりと思ふ」のである。ここでは具体的にどのような理由で薫ではないと分かったのか語られてはいないが、「はじめよりあらぬ人と知りたらば、いかが言ふかひもあるべきを」とあるように、ある程度男女の営みが進行してから薫でないことが分かったようである。ただしこの時点ではまだ匂宮であることは分かっていない。この男が半年前の二条院での事件、浮舟との思いを遂げられなかった恨めしさなどを口に出して、それを聞いて、やっと浮舟には匂宮だと分かるのである。

浮舟はこの時点において薫の体臭がどのような匂いであったのか、すでに認識していたと考えられる。そしてその認識していた匂いと匂宮の香が同じであったからこそ、浮舟は薫と取り違えたのである。浮舟の「薫」に対する薫香意識は直接語られてこそいないが、薫との逢瀬の中ですでに確立されていたことを証明している。

一方これとは逆に、浮舟の匂宮に対する薫香意識こそが怪しいものになってくる。二条院での未遂事件の後、浮舟はそのときの移り香と共に匂宮を懐かしく偲んでいることから、匂宮に対する薫香意識は確立されていたと思われたのだが、香では匂宮であることが分からなかった。つまり、二条院での移り香が「飽かざりし匂ひ」に繋がるものでないことは明らかである。さらに、この時点で匂宮のことを男として懐かしく想っていたかさえも疑わしい。浮舟の心・感性にも匂宮は刻みこまれていなかったことが分かるからである。なぜなら匂宮であることが分かったのは、匂宮の香からでも声からでも、仕草からでもなく、話した内容から知的に判断するに至ったのである。つまり、浮舟は感性においては、まだこの時点では一切匂宮を認識してなかったとも言えるのである。

結論を繰り返すと、宇治十帖において浮舟が匂宮の薫香を意識する本文は、金秀姫の指摘するように東屋巻に二箇所あるが、このときの意識を根拠に「飽かざりし匂ひ」が匂宮であることを論ずるのは難しいということである。そして本文にこそないが、浮舟には明らかに薫に対する薫香意識が存在していたことも分かるのである。

今一度整理すると次の二点が言えることになる。

A　浮舟は薫の体臭を認識していたがゆえに男のことを薫と取り違えた。

B　つまり、薫と匂宮は同じ香であった。

第四節　「飽かざりし匂ひ」は薫か匂宮か

「薫と匂宮は同じ香であった」少なくとも浮舟の嗅覚においてはその違いを区別できなかった、という事実は重要である。確かに物語をあまりに理詰めで解析しすぎるのはいかがなものかと思うし、前述した取り違い事件における薫香の分析はいささか深読みにすぎるのではないか、と思われる方がいるかも知れない。しかしながら『源氏物語』がこの宇治十帖を展開するに当たってのドラマトゥルギーを考えていただきたい。宇治十帖最大の事件は匂宮と浮舟との密通であり、これ以後、浮舟は薫と匂宮との間に挟まれて身動きが取れなくなる。追い込まれた浮舟は入水自殺を図り、それが未遂に終り覚醒してからも、若くして出家という道を選択するに至る。そもそも二人の密通を可能成らしめたのは、薫の体臭と匂宮の香が同一であったことに他ならなかった。少なくとも浮舟には二人の匂いを嗅ぎ分けることができなかった。香の同一性が引き起こした取り違いに起因する物語の展開、これこそが宇治十帖の作劇法なのである。『源氏物語』全体において「匂い」は様々な問題を投げかけているが、この宇治十帖においては、それが人間の運命までも変えてしまう決定的な要素として仕掛けられているのである。「匂い」についての細かい解析は重要であり、深読みしすぎるということにはならないと思っている。これだけ嗅覚を重要なファクターとしている物語だから必ずやそこに意味が込められているはずである。

さてここで「飽かざりし匂ひの人」「袖ふれし人」「それかと匂ふ人」は薫か匂宮かという本題に戻るが、縷縷述べてきたように、浮舟の嗅覚においては二人の香の違いを区別できなかったのである。

袖ふれし人こそ見えね花の香のそれかとにほふ春のあけぼの

出家した浮舟が手習いにこの歌を詠んだのは宇治の山荘での取り違い事件から一年経った春のこと。閨のつま近き紅梅の香が、いとど匂ひ来て詠んだ歌であり、浮舟は嗅覚が刺激され、その刺激から人物を想起したわけである。その嗅覚とは薫と匂宮の違いを識別できなかった嗅覚である。であるとすれば、この歌がどちらか一人のことを想起していると考えるのは理に合わないことなのではないか。浮舟は薫と匂宮の二人のことを想起したと思われるのである。二人とも同じ匂いであり、同じ紅梅の香の薫りがしたのである。同じ匂いと記憶しているものから、どちらであると区別できるものであろうか。頭で思いめぐらした知的判断であればそれは可能であろう。しかしながら、同一の感覚記憶からどちらか一人を器用にも選び出すといったことが可能なのであろうか。

浮舟はその後に新たな匂宮の薫香を確立し直した、という考えも出来るかもしれない。正月の山荘での密通事件の後、二月にも匂宮は宇治を訪れ、浮舟は二日間の逢瀬を経験している。その際に匂宮は正月と異なった香を焚き染めていて、浮舟の嗅覚に新たに匂宮の香としてインプットされ、それが「飽かざりし匂ひ」なのだという読み方も出来るかもしれない。しかしながらそれこそ勝手な推論と言わざるを得ない。勿論そのようなことを連想させる場面もないし、宇治に忍んで来る匂宮が、わざわざ異なった香を匂わせて、宇治の女房達から不審を招くような行動を取るわけもない。むしろ同じ香であったことを裏付ける場面がある。

もろともに（匂宮を）入れたてまつる。道のほどに濡れたまへる香のところせう匂ふも、もてわづらひぬべけれど、かの人の御けはひに似せてなむ、もて紛らはしける。（浮舟　一四九）

右近は宇治の他の女房達に、薫ではなく匂宮が来訪したことを気づかれることを怖れている。匂宮の衣の香があたり一杯に匂うが、いかにも薫のように紛らわせて女房達をごまかすことができた、とある。匂宮は道中濡れて来たので、強烈な匂いを発散させていた。それが薫と異なった香であれば、たちどころに不審に思われてしまったであろう。

先に、浮舟は薫と匂宮の二人のことを想起している。と論じた。それでは前述した吉沢の「飽かざりし匂ひど―もとないから勿論一人のことである」という説に対してどう反論するのか。この「飽かざりし匂い」は二人の匂いではあるが、二種類の匂いではなく、同一の一種類の匂いだからである。よって「匂いども」とは表現できない。それでは、「手習歌の『袖ふれし人』という表現は、『袖ふれし人ども』とないから、明らかに一人のことを示しているのではないか」という指摘に対してはどのように反論できるのか。

第五節　袖ふれし人の概念

このような指摘に対して、「それは和歌の中の表現だから」とか、冒頭に引用した「古今和歌集の『色よりも香こそあはれとおもほゆれ誰が袖ふれし屋戸の梅ぞも』を引いているから、『ども』をつけることは馴染まない」などと反論するつもりはない。結論から先に言えば、浮舟の感情概念において、薫と匂宮は本質的には同一だったからなのである。二人は一人であり、「袖ふれし人ども」という複数形の概念には成り得ないのである。嗅覚という最も感情的な感覚が無意識にそのことを明らかにしている。嗅覚は感情中枢に働くものであり、理性による知的判断では捉えられない本質を浮き彫りにすることがあるのではないだろうか。嗅覚についてオランダの神経生理学者のHendrick Zwaardemakerは次のように述べている。

我々の世界は光と音に満ち、同様ににおいにも囲まれています。しかし、においは規則的な順序で分類された明確な思想を惹起させることはなく、まして文法的に規則正しい記憶を残すこともありません。においは、非常に強い感情を伴った、漠然として曖昧な知覚をもたらします。感情のみが支配し、感情の原因となる知覚には気づきません。(7)

また、英国のエッセイストで心理学者のHavelock Ellishは次のように述べる。

視覚は最も知的な感覚である。相当の大胆さをもって視覚に依存する一方、視覚がその身近さ故に我々を傷つける可能性には、あまり恐れを感じない。犬にとってのにおいのように、我々の好奇心を満足させるこの主たる器官に対して、視覚的体験を求めることすらある。一方、我々にとってにおいは、知的好奇心の主要経路ではなくなってしまった。個々人のにおいは、視覚のような知的情報ではなく、我々に対してより親密に、感情的、想像的に訴えかけてくる。(8)

Ellish は嗅覚を感情的情報として、視覚などの知的情報とは異なったものとして区別している。これらの言及を踏まえて、浮舟の概念において二人が同一であることを説明する。そのためには浮舟が入水後に覚醒してからの小野での暮らしの中で、薫と匂宮を想起する場面を詳細に分析してみることが必要である。そこには知的情報と感情的情報のそれぞれによる人物想起があり、その想起方法の違いによって、異なった対象が浮かび上がってくるのである。浮舟が覚醒後に薫か匂宮を想い起こす場面は全部で七回ある。

①横川に通う道のたよりによせて、中将、ここにおはしたり。前駆うち追ひて、あてやかなる男の入り来るを見出して、忍びやかにておはせし人の御さまけはひぞさやかに思ひ出でらるる。　（手習　三〇四）

ここで中将というのは、横河の僧都の妹尼の亡き娘の夫のことである。浮舟は僧都に救出されて後、妹尼と小野で生活を送っている。その中将が横川に通うついでに小野に立ち寄るのである。浮舟は中将の気品のある様子を見たことにより、「忍びやかにておはせし人」つまり薫のことを思い出したというのである。この場面は浮舟の視覚という知的情報により、薫が想起されたことになる。

②荻の葉に劣らぬほどほどに訪れわたる、いとむつかしうもあるかな、人の心はあながちなるものなりけりと見知りにしをりをりも、やうやう思い出づるままに、（浮舟）「なほかかる筋のこと、人にも思ひ放たすべきさまにとくなしたまひてよ」とて、経習ひて読みたまふ心の中にも念じたまへり。（手習　三二二）

これは、中将からしきりに便りがあってわずらわしいのにつけて、匂宮の一途さを思い出したのである。ある出来事を経験して、かっての同じような体験に気がつく。感情からではなく、知的情報からはっきりと匂宮のことを意識しているのだ。

③（浮舟）はかなくて世にふる川のうき瀬にはたづねもゆかじ二本の杉

と手習にまじりたるを、尼君見つけて、（妹尼）「二本は、またもあひきこえんと思ひたまふ人あるべし」と、戯れ言を言ひあてたるに、胸つぶれて面赤めたまへるも、いと愛敬づきうつくしげなり。（手習　三二四）

妹尼君が初瀬に参詣する折に、浮舟は同行を求められるが上手に断わる。この手習歌はその初瀬を歌った『古今和歌集』の旋頭歌「初瀬川古川の辺に二本ある杉年を経てまたも逢ひ見む二本ある杉」を引いている。旋頭歌における二本の杉とは自分と恋人のことを喩えているのであるが、浮舟の詠んだ「尋ねようとは思わない二本の杉」とは薫と匂宮の両者のことを暗示しているのであろうか。玉上琢也[9]の解釈を掲げる浮舟自身は「はかなくて」の歌では、もっぱら観音のご利益もないわが身のふしあわせをよんだのであったが、尼君にそういわれてみて、自分の歌が尼君のいうように（また逢いたいと思う恋人がいると）思ひ解することのできるのに気がついた。（中略）もうすっかり忘れ去ったものと思っていたのに、宮様とあのお方にまたあいたいという心が残っていたのであろうか。尼君に思いもかけないことをいわれたので、「胸つぶれて、おもてあかめ」ているのである。自分の意識の奥にあるものを、尼君が指摘したので、狼狽したのだ。

誰か他の人に見せるわけでない手習歌であるがゆえに、意識の奥にある薫と匂宮のことが図らずも露出してしまったのだ、と指摘しているが、その通りなのではないか。知的な回路で想起しているのではなく、無意識に二人を同時に想起しているのだと考えられる。

次に揚げる④と⑤の本文は繋がっており、同場面である。浮舟が過去のことを悔しくも情けなく、知的回路にて回想する様子が生き生きと描かれている。

④さる方に思ひさだめたまへりし人につけて、やうやう身のうさをも慰めつべききはめに、あさましうもてそこなひたる身を思ひもてゆけば、宮を、すこしもあはれと思ひきこえけん心ぞいとけしからぬ、ただ、この人の御ゆかりにさすらへぬるぞと思へば、小島の色を例に契りたまひしを、などてをかしと思ひきこえけん、とこよなく飽きにたる心地す。（手習　三三一）

この回想シーンは千年前の物語とは思えない現実性がある。熱い情念の世界から冷静な知的思念に立ち返ったとき、女が現実的な幸せを求めようとしたとき、どうあるべきか。今まで多くの読者から共感を得て止まなかった考え方、そして夢多き若い読者達からは大いに反発を受けた考え方ではなかったか。女というものは恋に生きるより、母や姉、家族や世間と軋轢を持たない良好な環境の中で、まあまあの安定した豊かな暮らし、物思いのない静かな日々を送るのがやはり幸せではないのか。この物語の哲学を感じる一節である。まあそれはともかくとして、浮舟は眠れぬままに思いめぐらす。匂宮に心を奪われてしまったために、自分は結局すべてを失ってしまった。どうして匂宮との間違いを犯してしまったのだろう。匂宮との関係について「こよなく飽きにたる心地す」と冷静に悔やんでいるのである。

⑤はじめより、薄きながらものどやかにものしたまひし人は、このをりかのをりなど、思ひ出づるぞこよなかりける。かくてこそありけれと聞きつけられたてまつらむ恥づかしさは、人よりまさりぬべし。さすがに、この世には、ありし御さまを、よそながらだに、いつかは見んずるとうち思ふ、なほわろの心や、かくだに思はじ、など心ひとつをかへさふ。

（手習　三三二）

一方薫に対しては匂宮とは異なり、「思ひ出づるぞこよなかりける」とありがたく知的に述懐する。そしていつかまたお会いしたいと思いながらもそれは「わろの心や」と打ち消すのである。

次に掲げる⑥は出家後の想い起こしである。浮舟は出家してからは気持にゆとりが出てきたせいか、回想シーンも悶々としたものから、何か落ち着いたものに変化しているようにもみえるが、思いは断ち切れない。

⑥年も返りぬ。春のしるしも見えず、凍りわたれる水の音せぬさへ心細くて、「君にぞまどふ」とのたまひし人は、心憂しと思ひはてにたれど、なほそのをりなどのことは忘れず、

（浮舟）かきくらす野山の雪をながめてもふりにしことぞ今日も悲しき

など、例の、慰めの手習を、行ひの隙にはしたまふ。（手習　三五四）

これは視覚という知的情報からもたらされた連想である。浮舟は「凍りわたれる水」、降り積もる「野山の雪」を見て、一年前の二月の匂宮との逢瀬を想い起こしたのである。あのときの情景、橘の小島を過ぎて宇治川の対岸に渡り小さな家で過した二日間。匂宮が歌いかけた「峰の雪みぎはの氷踏み分けて君にぞまどふ道はまどはず」の歌。あの雪と氷の情景を連想したのである。

⑦（浮舟）袖ふれし人こそ見えね花の香のそれかとにほふ春のあけぼの（手習　三五六）

そして物語において最後に浮舟が想起したのが、この嗅覚からの感情的情報による想起「飽かざりし匂ひ」「袖ふれし人」であった。

これらの浮舟の一連の想い起こしを整理してみると、①②④⑤の知的情報、知的回路よる想起は匂宮のことなのか薫のことなのかはっきりと示し出されている。しかしながら、③⑦の感情的情報によって想起される場合、それがいずれの男のことなのかはっきりと読み取れないのである。明確に描かれていないということは、実は浮舟自身も読み取れていないということを示している。嗅覚という感情的情報が実は無意識の心の奥底をあば

き出しているとすれば、浮舟自身が薫と匂宮の二人の違いを見出せないのである。三田村雅子はこの折の浮舟の心情について「浮舟にとって、薫・匂宮は渾然一体となって、都の憧れの貴公子の香を持った存在だったのであり、ここで浮舟がまざまざと思い出しているのも、そのような貴公子に愛されていた浮舟自身の夢のような陶酔の日々の記憶だったのではないだろうか(10)」と分析している。

私はこの三田村の「渾然一体」という考え方をさらに進めて、浮舟の感情において二人は実は同一のものであったと定義付けたい。浮舟にとってこの二人は同一の実体として認識されていて、「袖ふれし人」という単数形で表現すべき存在であり、別々の実体である「袖ふれし人ども」には成り得ないのである。

第六節　薫と匂宮の同一性

浮舟が手習で詠んだ「二本の杉」の歌は『古今和歌集』の旋頭歌「初瀬川古川の辺に二本ある杉年を経てまたも逢ひ見む二本ある杉」を引いていることは前章で取上げた。この歌は『新編日本文学全集』(小学館)によると以下の解釈が成されている。

初瀬川と布流川が合流するあたりに生えている二本杉。年が経ったらもう一度会おうよ、二本の幹が根元でまとまっている杉の木のように。

「二本の杉」にはいろいろな解釈があり、「根元でまとまっている杉」は諸注釈書の中ではいささか大胆な部類に属するのかもしれないが、私はこの解釈を取りたい。そうであるとすれば、玉上琢也の言うように、浮舟の「二本の杉」が自分の意識の奥にある薫と匂宮のことを指しているとすれば、この二人こそ根元でまとまっている杉とは考えられないであろうか。浮舟が知的情報で想い起こす二人は別々の二人であっても、感情的に想い起こすときはまとまっている一本の杉なのではないだろうか。池田和臣は「手習巻物怪攷」[11]において次に掲げるシーンを捉えて卓越した論を展開する。

この世に亡せなんと思ひたちしを、をこがましうて人に見つけられむよりは鬼も何も食ひて失ひてよと言ひつつつくづくとゐたりしを、いときよげなる男の寄り来て、いざたまへ、おのがもとへ、と言ひて、抱く心地のせしを、宮と聞こえし人のしたまふとおぼえしほどより心地まどひにけるなめり、（手習　二九六）

浮舟がいよいよ死を決意して家を出て思いつめていたとき、男が現れて助けてくれたことを想い出す場面である。池田はこの男は観音ではなく、物怪の化身であるという。浮舟はこの男を「宮と聞こえし人＝匂宮」だと思ったが、それは抱かれた記憶がなしたわざにすぎない、と分析する。物怪が生前は法師であったことから薫の像に塗り上げられているし、物語中で「きよげ」は薫、「きよら」は匂宮として使い分けられていることを踏まえると、浮舟の心象としての物怪も「きよげ」の語によって薫を胚胎する。つまり、薫と匂宮の二者が、物怪の化身としてとらえられている、と判断している。そして以下のように結論づけする。「浮舟のとらえた物怪の表現の二重性は、浮舟にとって匂宮と薫が主題的に同じ存在であることを示す。女の存在にとっては、薫も匂宮も、その魂を中有の闇へと追いやる男でしかない。まめ人薫、色好み匂宮とは、生様の表層の差異でしかなく、その本性においては繋がっている。二人は背中あわせの双児なのである」と。

さらに池田は、問題となっているこの「飽かざりし匂ひ」の論議についても、匂宮と薫の両義が与えられているとすべきであると考え、「この両義性によって、ここでも浮舟にとっての二人の意味、本質的同一性が、象徴的に語られているのである」と断言している。

私はこれらの池田説を支持するものである。浮舟が死を決意して思い詰めていた場面は正気ではない。物怪は知的情報、知的回路によってもたらされたものではない。浮舟のとらえた物怪が薫と匂宮の二重性を帯びるのは、浮舟の深層心理の中で二人が同一であることを示しており、嗅覚によって感情的に無意識的にもたらされた「飽かざりし匂ひ」が薫と匂宮の二重性を帯びていることと同じ概念を導き出す。物怪と嗅覚、全く異なる情報のように思えるが、いずれも感情的情報であり、知的回路を通過してこない情報として共通性がある。これらの無意識ともいえる情報こそが、浮舟の心の奥底の真実をあばき出したのである。

また、神田龍身は『源氏物語＝性の迷宮へ』(12)において、ルネ・ジラールの「欲望の三角形(13)」の理論に適合させて、

匂宮の欲望なくして薫の恋はなく、薫が欲望しているとみえたからこそ匂宮もこの恋に賭けたのであり、薫の欲望が匂宮により惹起されたものならば、それに刺激された匂宮の恋も所詮幻想であるに相違なく、女たちの実体を度外視したところで互いが互いの欲望を相乗的に模倣しあっている

と解析する。つまり、欲望の主体である薫および匂宮が、客体である浮舟との恋を成立させるためには、媒体が必要であるというのだ。すなわち薫が主体のときは匂宮が媒体、匂宮が主体のときは薫が媒体というコインの裏

表のようなものであるという。さてこの場合に欲望の客体である浮舟の側から二人を別々の主体として弁別することができうるものであろうか。欲望を模倣しあっている主体と媒体は浮舟にとって同一のコインなのであり、それが裏か表かを感情的に言い当てることができるとは思えない。知的情報により知的回路を通して二人を区別することはできても、浮舟の感情的情報においては、二人は同一の実体であったことが裏付けられるのである。

注

（1）『日本古典文学大系・源氏物語五』（岩波書店、一九六三年）における補注五九八。
（2）「浮舟物語と和歌」（『国語と国文学』七四六号、東京大学国語国文学会、一九八六年四月）。
（3）「『袖ふれし人』は薫か匂宮か――手習巻の浮舟の歌をめぐって」（『源氏物語と和歌世界』新典社、二〇〇六年）。
（4）『対校源氏物語新釈』（平凡社、一九四〇年）。
（5）「手習いの歌」（『講座　源氏物語の世界〈第九集〉』有斐閣、一九八四年）。
（6）「浮舟物語における嗅覚表現――『袖ふれし人』をめぐって」（『国語と国文学』九二六号、東京大学国語国文学会、二〇〇一年）。
（7）「Zwaardemaker,1895」『味とにおい　感覚の科学――味覚と嗅覚の22章』より引用した（フレグランスジャーナル社、二〇〇二年）。
（8）「Ellis,1910」同右。
（9）『源氏物語評釈　第十二巻』（角川書店、一九六八年）。
（10）『源氏物語　感覚の論理』（有精堂、一九九六年）二一二頁。
（11）「手習巻物語攷――浮舟物語の主題と構造」（『論集中古文学5　源氏物語の人物と構造』笠間書院、一九八二年）。

(12)『源氏物語＝性の迷宮へ』序章（講談社、二〇〇一年）二七頁。
(13)『欲望の現象学』第一章〈三角形的〉欲望（法政大学出版局、一九七一年）。

第四章　「あえか」について

はじめに

『源氏物語』には人物の外見的な容態を表現する様々な言葉が用いられている。「うつくし」、「うるはし」、「なまめかし」、「らうたし」、「をかし」、「いまめかし」、「あて」、「きよら」、「きよげ」、「わかやか」、「たをやか」、「はなやか」、「にほひやか」、「あえか」などが例として挙げられ、美という概念の王朝的意義といった面から様々な研究も成されてきた。本稿ではこれらの言葉の中で『源氏物語』以前には使用例の見出せない「あえか」という言葉に注目いたしたい。「あえか」は、物語中において若い女性の一種独特の様相を表現しているが、なぜ『源氏物語』に使用されなければならなかったのか、「あえか」が物語内部において果たした役割とはどのようなものだったのか、について考察するものである。

第一節　「あえか」の用例

『源氏物語』において、「あえか」は一八例の用例があり、(1)『紫式部日記』にも三例の用例がある。(2)源氏成立以前の主要なかな文学作品といえば、韻文では『万葉集』、『古今和歌集』、『後撰和歌集』、『拾遺和歌集』、散文では『竹取物語』、『伊勢物語』、『土佐日記』、『大和物語』、『平中物語』、『うつほ物語』、『蜻蛉日記』、『落窪物語』、『枕草子』が挙げられるが、各索引本を調べてもこれらの作品において「あえか」という言葉を見出すことはできない。前田富祺は「甦える古語――「あえか」の場合[3]」において、源氏以後の作品に「あえか」の使用例が多くなることに着目し、

『枕草子』では一例も使われていないのに、その四分の一ほどの語彙量しかない『紫式部日記』に三例も使われていることは偶然の結果とは思われない。「あえか」は『源氏物語』と『紫式部日記』とに突然使われるようになったかに見える。「あえか」は紫式部の愛用語だったかと思われるのである。

と述べているが、少なくともこの時代に遍く日常的には用いられていなかった言葉を、『源氏物語』が物語内に少なからず取り込んだのだろうと思われる。

さてまず『源氏物語』に内在するこの「あえか」の意味について分析してみたい。全一八例の用例を本稿では便宜上以下の①〜⑤ように五種類に分別して考察してみる。この一八例はすべて女君の容態を表現する言葉として用いられ、男君に用いられる例はない。

① 自然物の様子に喩えて女の容態を表現（全一例）

この一例は雨世の品定めにおける、左馬頭の体験談中に用いられる。

ア「(前略) 御心のままに折らば落ちぬべき萩の露、拾はば消えなむと見ゆる玉笹の上の霰などの、艶にあえかなるすきずきしさのみこそをかしく思さるらめ、いま、さりとも七年あまりがほどに思し知りはべなむ。なにがしがいやしき諫めにて、すきたわらむ女に心おかせたまへ。(後略)」*(箒木　八〇頁)

*第四章『源氏物語』の引用は『新編日本古典文学全集』(小学館) より。以下「頁」は省略。

ここでの「あえか」は、萩にかかる露が手折れば落ちてしまいそうな様子、笹の葉の上の霰が手を触れれば消えてしまうような様子のように、はかなく危なっかしい様子を表現している。ただし左馬頭は、そのような艶っぽく「あえか」な風流事は趣があるように見えるが、実は用心しなければいけないと言っているのである。七年も経てば分かるでしょうが、「すきたわらむ」女との恋には気を付けなさいと、まだ世間知らずの若い光源氏に注意しているのである。この「すきたわらむ」とは「色っぽくしなやかに曲がる」という意味であるが、「艶にあえかなるすきずきしさ」と重なっていることは間違いないであろう。よって、この「あえか」は直接的には「露や霰の触れれば落ちるようなさま」を表現しているが、実はそういった恋、さらにはそういった女の比喩として用いられていることが分かり、間接的に「女の容態」を表現している。

②　明石の姫君の幼さゆえの壊れそうな様子 (全三例)

イ (紫の上)「このをりに添へたてまつりたまへ。まだいとあえかなるほどもうしろめたきに、さぶらふ人とても、若々しきのみこそ多かれ。(後略)」(藤裏葉　四四九)

これは入内する明石の姫君がまだ一一歳と幼く、その幼さゆえの壊れそうな様子を、紫の上が心配してその後見役に明石の君を付き添わせた方がいいと意見する場面。

ウ　まだいとあえかなる御ほどに、いとゆゆしくぞ誰も誰も思すらむかし。（若菜上　八六）

エ　まだいとあえかなる御ほどにいかにおはせむとかねて思し騒ぐに、二月ばかりより、あやしく御気色かはりてなやみたまふに御心ども騒ぐべし。（若菜上　一〇三）

ウ、エは、いずれも懐妊した明石の姫君がまだたいそう幼すぎるので（ウは十二歳、エは十三歳）、周囲の皆がその出産がどうなることかと心配している場面である。よってここでの三例の「あえか」とも、明石の姫君が女として外部に発散する容態を表現しているわけではない。直面している大事に耐えうるには、明石の姫君があまりに年少であり、周囲の者が危なっかしいと見ているのである。明石の姫君が「あえか」な女君ということを意味するものではない。

③　紫の上が病に落ちて衰弱した様子（全一例）

オ　いたうわづらひたまひし御心地の後、いとあつしくなりたまひて、（中略）年月重なれば、頼もしげなく、いとどあえかになりまさりたまへるを、院（源氏）の思ほし嘆くこと限りなし。（御法四九三）

これは紫の上が通常の状態ではなく、重い病に落ちての衰弱ぶりを描写してのものである。この年の八月に紫の上は亡くなるのであり、この「あえか」はまさに回復の見込みのない弱々しさを強調したものであり、これも紫の上の本来の容態が「あえか」ということではない。

④　否定形での表現（全二例）

カ　世の中をまだ思ひ知らぬほどよりはさればみたる方にて、あえかにも思ひまどはず。（空蟬　一二五）

キ　ささやかにあえかになどはあらで、よきほどになりあひたる心地したまへるを、（宿木　四〇五）

カは軒端荻がいきなり源氏と契るようなことになっても、「あえかに」うろたえることはなかった、という源氏の印象であり、キは匂宮の妻となった六の君の様相が、小さく「あえか」ではなくて、女っぽく成熟していると匂宮が思う場面である。カの「あえか」は精神的な弱々しさを表していて、軒端荻はそうではなかったと否定している。またキの「あえか」は肉体的にきゃしゃな様子を表現していて、六の君はやはりそうではなかったことを描写している。これらのようにこの二人の女君が「あえか」ではないとわざわざ否定形で述べられていることは注意してよく、特にカの軒端荻の否定形については特別な意味を持っているとも考えられ、これに関しては後述する。

⑤　女として発散する容態を表現（全一一例）

この一一例は女君が幼少でもなく、重い病に患っている状態でもなく、平常時において「あえか」なる描写が

とられているケースである。いわば女君が女として発散させている「あえか」さである。それが本来備わってい
る「あえか」なのか、偽りの「あえか」なのかは別として、少なくともそのように語られている女君が物語中に
五人登場する。以下に女君とその用例数を巻順に書き出す。

夕顔　　二例
秋好中宮　二例
女三宮　　四例
落葉の宮　一例
大君　　二例

これら五人の「あえか」ぶりについて、次節で考察する。

第二節　五人の女君達の「あえか」ぶり、及び対比される女君

夕顔

ク　白き袷、薄色のなよよかなるを重ねて、はなやかならぬ姿らうたげにあえかなる心ちして、そこととりたてすぐれたることもなけれど、細やかにたをたをとして、ものうち言ひたるけはひあな心苦しと、ただいとらうたく見ゆ。

（夕顔一五七）

これは源氏が夕顔を見た印象が述べられている。その有様は、「はなやか」ではなく、「らうたげ」で「細やか」で「たをたを」として、ものを言う気配も痛々しいというもの。そのような夕顔を源氏は「あえか」に感じられて、たいそう可愛らしく、いじらしく思ったと語られている。「はなやかならぬ」と否定形になっているように、「あえか」は「はなやか」とは対蹠的に、「らうたげ」、「細やか」、「たをたを」とは重ね合わせて用いられている。

ケ（源氏）「年齢は幾つにかものしたまひし。あやしく世の人に似ず、あえかに見えたまひしも、かく長かるまじくてなりけり」（夕顔　一八七）

これは夕顔が亡くなった後に、夕顔の身近に仕えていた右近に対して源氏が夕顔の年齢を尋ねる場面である。ここでは「あやしく」、「世の人に似ず」が「あえか」と重ねられて使用され、そういった記憶とともに「あえか」だった夕顔の様子が源氏に蘇ってくるのである。そして短命だったことも「あえか」なる夕顔の運命だと源氏は思い巡らす。源氏にとって夕顔とはいじらしくも可愛くもはかない女性だったのである。夕顔が死んだ年は一九歳だった。

ただし、本章は決してこの「あえか」ぶりを捉えて女君たちの本質を分析しようとしたり、その人物造型に立ち入って作品全体の人間関係までを論じようとするものではない。あくまでも「あえか」という言葉に視点を定めて、その概念を確認して、「あえか」という言葉が物語内でどのような役割を果たしたかについて考察するものである。夕顔にしてもその性格はさまざまな角度から研究され、「純粋無垢、従順、無邪気、自我がなく受動的」といった主体性の弱いタイプと位置付ける側(4)と、今井源衛のように「一見彼女（夕顔）はナイーブにも無心にも見えたけれども、その心の奥には、三位中将の遺児という誇りの為であろうか、その理由はともかくも、一人の女の意気地、あるいはしたたかな心の張りがあった」(5)と強い自己があったと分析する側(6)があり、いまだにどちらとも定まってはいないし、本稿はそういった議論には立ち入らない。本章が取り上げるのは、あくまでも源氏の目に映る夕顔の容態が「あえか」であったと語られていることなのである。

さて、ここで夕顔の容態と対比されるべきが当時源氏の正妻であった葵の上である。葵の上も夕霧を産んで間もなく二六歳で亡くなった。しかしながら葵の上には「あえか」という表現は一切とられていない。源氏としても葵の上にはそのような印象を全く抱いていない。葵の上の容態を示した本文を引用してみよう（「あえか」という語を含まない引用文は文頭にカタカナではなく英字を付す）。

a　人のけはひも、けざやかに気高く、乱れたるところまじらず、（中略）あまりうるはしき御ありさまの、とけがたく恥づかしげに（源氏ハ）思ひしづまりたまへるを、（帚木　九二）

b　絵に描きたるものの姫君のやうにしすゑられて、うちみじろきたまふこともかたく、うるはしうてものしたまへば、（中略）後目に見おこせたまへるまみ、いと恥づかしげに、気高ううつくしげなる御容貌なり。（若紫　二二六〜七）

c　四年ばかりがこのかみにおはすれば、うちすぐし恥づかしげに、盛りにととのほりて（源氏ハ）見えたま

ふ。（紅葉賀　三二三）

その容態は「けざやか」で「気高く」て、「乱れたるところ」もなく、「うるはしく」（端正、端厳な様子[7]）、「とのほり」ていて、絵に描かれた姫君のようであったという。いずれも「あえか」とは重ならない、対蹠的と思われる形容である。そしてこのａｂｃ三例に共通していることは、源氏にとって四歳年上の葵の上は「恥づかしげ」な存在であったことが強調されているということだ。つまり源氏が気おくれするような立派な存在であり、「あえか」に映った夕顔とは異質な容態に描かれている。

秋好中宮（梅壺女御）

同じように年上の女君でも、冷泉帝が受けた秋好中宮の印象は、源氏が葵の上に抱いた印象とは全く違うものである。コは入内してきた秋好に初めて冷泉帝が会う場面である。

コ　人知れず、大人は恥づかしうやあらむと（冷泉帝ハ）思しけるを、いたう夜更けて（秋好ハ）参上りたまへり、いとつつましげにおほどかにて、ささやかにあえかなるけはひのしたまへれば、いとをかしと思しけり。（絵合　三七三）

冷泉帝は秋好が九歳も年上であり、さぞやこちらが恥ずかしくなるような立派で堅苦しい存在ではないかと思っていたが、そうではなく、「あえか」な感じであったので、たいそう好ましく映ったという。ここで「あえか」と重なる言葉は「つつましげ」、「おほどか」、「ささ（細）やか」で、「あえか」の概念を形成している。

また、源氏も恋情を抱き、危うく手を出しそうになった秋好中宮であったが、

サ（源氏）「あやしくあえかにおはする宮なり、女どちは、もの恐ろしく思しぬべかりつる夜のさまなれば、げにおろかなりとも思いてむ」（野分　二七五）

と、源氏からも、「あやし」く「あえか」な女として見られていたことが語られ、「あやし」という言葉が「あえか」と重ねられて用いられている。

一方、冷泉帝から見て、秋好中宮と比較されるのが、秋好より二年前に入内していた左大臣家の弘徽殿女御である。入内当時弘徽殿女御一二歳、冷泉帝一一歳で、年齢が近いこともあり、気兼ねなく親しくしていたが、その弘徽殿女御が成長して一九歳になったときの容態は、

d　この御ありさまはこまかにをかしげさはなくて、いとあてに澄みたるものの、なつかしきさま添ひて、おもしろき梅の花の開けさしたる朝ぼらけおぼえて、残り多かりげにほほ笑みたまへるぞ、人にことなりけると（父・内大臣ハ）見たてまつりたまふ。（常夏　二四二）

とあるように、こまやかな美しさはないが、気品が高くて、「すっきり」としていて、それでいて「優しく親しみやすい」、といったタイプで、「あえか」で表現される秋好とはまた異なった容態に描き分けられている。

女三宮

女三宮こそ「あえか」が最も似合う女性かもしれない。藤田加代は「あえか」を女三宮造型上の重要な言葉として位置付け、(8)この言葉が、「状況に流され、抗するべくもなく蹂躙され、懐妊し、密事が露頭し、ただ恐れ怯え、やがて壊れてゆく彼女の生の形を見事に刻み出す」と分析する。女三宮には、以下に挙げるシ、ス、セ、ソの四例という他の女君と比べて最も多い用例を見出すことができる。

シ　女宮は、いとらうたげに幼きさまにて、御しつらひなどのことごとしく、よだけくうるはしきに、みづからは何心もなくものはかなき御ほどにて、いと御衣がちに、身もなく**あえかなり**。（若菜上　七三）

このときはまだ六条院に降嫁してきたばかりでもあり、幼さゆえのいたしかたない「あえか」ぶり、だと解釈してはいけない。前述したが、明石の姫君が一二歳という幼さで懐妊したことを、周囲の者たちがまだいと「あえか」なので危なっかしい、と表現したその「あえか」とは本質的に異なるのである。分かりやすく比較すると、当時の明石の姫君の懐妊は「幼すぎて痛々しい」のであり、一方このときの女三宮は「痛々しいまでに幼稚」なのである。まず、すでに一四～五歳であり、当時の女性としては、結婚するのに十分な年齢である。そして女君としてそれなりのわきまえを持っていてしかるべき皇女という身分柄でもある。しかしながら、六条院に降嫁してきた女三宮の部屋は「ことごとしく」（仰々しく）、「よだけく」（ものものしく）、「うるはしく」（端正、端厳に）しつらえてあるのに、そこに入る女三宮が「らうたげ」に「幼きさま」で、「何心もなく」、「ものはかなき」（頼りない）様子で、御衣に埋もれてしまうように「身もなし」（きゃしゃ）と、その「あえか」ぶりを描写している。

部屋の立派な様子と女三宮の「あえか」さが対比されるという独特の表現になっている。この対比から、言葉としては「ことごとし」、「よだけし」、「うるはし」が「あえか」とは対蹠的に用いられ、「ものはかなし」、「身もなし」などが重ねられて使用されていることが理解できる。また、以下のス、セは女三宮が二一〜二二歳という女盛りともいうべき年齢の容態である。

ス　二十一二ばかりになりたまへど、なほいといみじく片なりにきびはなる心地して、細くあえかにうつくしくのみ見えたまふ。　（若菜下　一八四）

セ　宮の御方を（源氏ガ）のぞきたまへれば、人よりけに小さくうつくしげにて、ただ御衣のみある心地す。にほひやかなる方は後れて、ただいとあてやかにをかしく、二月中の十日ばかりの青柳のわづかにしだりはじめたらむ心地して、鶯の羽風にも乱れぬべくあえかに見えたまふ。　（若菜下　一九二）

スもセも源氏が女三宮を見た印象が描かれている。スはこの年齢でありながら未成熟な女君を気にかける源氏の心情が描き出されるが、「片なり」、「きびは」（幼少）、「細く」（痩せていて）が「あえか」と重ねられていて、それでも「うつくしく」（可愛らしく）源氏に映っていることを見逃してはならない。

セは源氏が女性美という観点から、女三宮の容態を明石の女御と紫の上と比較する場面である。女三宮は小さくて可愛いが、「にほひやか」ではなく、気品があって「をかしく」て「あえか」であると表現している。その「あえか」ぶりを二月中旬の青柳の枝の垂れはじめた様子に喩え、鶯のかすかな羽音にさえ心が乱れてしまうような弱々しさだと語られている。一方、明石の女御は「同じやうなる御なまめき姿のいますこしにほひ加わりて」（若菜下　一九二）と、女三宮よりは少し「にほひやか」と表現され、藤の花に喩えられている。紫の上に至っては「大きさなどよきほどに様体あらまほしく、あたりににほひ満ちたる心地して」（若菜下　一九二）と、「にほひやか」さがあたり一面に満ちているように感じられて、花に喩えるなら桜よりもさらにすぐれている、と称えられている。これらの表現から、「あえか」なる女には「にほひ」（映発するようなつややかさ、光沢をおびた華麗美）(9)がなく、「あえか」の対蹠語として、「にほひやか」という言葉が浮かび上がる。

また、ソは柏木との密通の後の源氏から見た女三宮の様相である。

ソ　院（源氏）は、心憂しと思ひきこえたまふ方こそあれ、いとらうたげにあえかなるさまして、かくなやみわたりたまふを、いかにおはせむと嘆かしくて、さまざまに思し嘆く。（若菜下　二六六）

このときの女三宮は、柏木との密通が露見したことによる心労が重なっていて、痛々しいとも見るべきである。源氏は密通については心憂しと思いながらも、一方では、その「らうたげ」で「あえか」な様子を見るにつけても女三宮に憎悪を抱くことができない。ここでは「らうたげ」が「あえか」と重なって用いられ、源氏の心情に強く訴えかけている。

落葉の宮

タは夕霧が突然に小野を訪問し、障子の隙間から落葉の宮の様子を垣間見る場面である。

タ　人の御ありさまの、なつかしうあてになまめいたまへること、さはいえどことに見ゆ。世とともにものを思ひたまふけにや、痩せ痩せにあえかなる心地して　（夕霧　四〇七）

夕霧にとって、初めて見た落葉の宮は、「あて」（気品があり）で、「なまめい」（優雅で）ていて、想像していたよりは美しく思われた。と同時に、ほっそりとしていて「あえか」に感じられたという。「痩せ痩せ」が「あえか」と重ねられている。この「あえか」さは夕霧の正妻である雲居雁と比較されていい。

e　上（雲居雁）も御殿油近く取り寄せさせたまて、耳はさみしてそそくりつくろひて、抱きてゐたまへり。いとよく肥えて、つぶつぶとをかしげなる胸をあけて乳などくくめたまふ。　（④横笛　三六〇）

夕霧の妻として子供たちの育児にあたり、家事をこなすといった、所帯じみてはいるが生き生きと、生活力に溢れた雲居雁の様子が描かれている。「よく肥えて」、「つぶつぶとをかしげなる胸」が落葉の宮の「あえか」さと対蹠的な容態を表現している。また一方では、

f　さすがに、この文の気色なくをこつり取らむの心にて、（夕霧ガ）あざむき申したまへば、（雲居雁ハ）いとにほひやかにうち笑ひて、　（④夕霧　四二九）

g　（雲居雁ハ）いみじう愛敬づきて、にほひやかにうち赤みたまへる顔いとをかしげなり。　（④夕霧　四七三）

と表現され、「にほひやか」なる雲居雁の様相が描写される。前述したように「にほひやか」は「あえか」とは対蹠的に用いられている言葉である。落葉の宮はこのような雲居雁とは異質な女の趣であり、夕霧にとって新鮮に映ったことは間違いない。森藤侃子が「雲居雁にとっての不幸は、夫が彼女にとってないものねだりするに等しい、しめやかな情緒と、ものはかない侘住居の女二の宮（落葉の宮）に惹かれた事にある」(10)と指摘するがごとくである。落葉の宮の「あえか」さは、まめびと夕霧の恋心を十分に刺激するものであった。

宇治の大君

チ　（弁の尼）「（前略）もとより、人に似たまはずあえかにおはします中に、この宮の御事出で来にし後、いとどもの思したるさまにて、はかなき御くだものだに御覧じ入れざりしつもりにや、（後略）」（総角　三一六）

ツ　いとどなよなよとあえかにて臥したまへるを、むなしく見なして、いかなる心地せむと、胸もひしげて（薫ハ）おぼゆ。（総角　三一八）

チ、ツともに臥しているときの大君の「あえか」な容態である。チでは、大君は病気になって臥す前からもとより「あえか」であったと、弁の尼は薫に言っている。ツでは臥している大君を目の当たりにして、その「あえか」さに胸が張り裂けそうになる薫の心境を表現している。「人に似たまはず」、「なよなよと」が「あえか」と重なる言葉である。

ここでも大君の「あえか」さは妹である中の君と比較されるべきである。薫は中の君を恋の対象に選んでもおかしくはなかった。以下は薫が姫君たちの姿を初めて垣間見た場面である。

h （中の君）「扇ならで、これしても月はまねきつべかりけり」とて、さしのぞきたる顔、いみじくらうたげににほひやかなるべし。添ひ臥したる人は、琴の上にかたぶきかかりて、（大君）「入る日をかへす撥こそありけれ、さま異にも思ひおよびたまふ御心かな」とて、うち笑ひたるけはひ、いますこし重りかによしづきたり。

（橋姫　一三九）

中の君は「にほひやか」で大層可愛らしい。大君は中の君よりは重々しく深い心づかいがあると、月の光の下、おぼろげながらも薫はそう感じている。しかしながらこの垣間見では薫が何故に大君の方を中の君より好ましく評価したのかが今ひとつ判然としない。女性としての魅力はむしろ「らうたげ」で「にほひやか」な中の君の方が勝っているように描かれる。二人の姫君に対する薫の印象がはっきりと本文に表現されているのはこの垣間見から二年も経た夏のことであった。それは明るい陽射しのもとでの強烈な印象であった。

中の君に対する印象

i いとそびやかに様体をかしげなる人の、髪、袿にすこし足らぬほどならむと見えて、末まで塵のまよひなく、艶々とこちたううつくしげなり。かたはらめなど、あならうたげと見えて、にほひやかにやはらかにおほどきたるけはひ、女一の宮もかうざまにぞおはすべきと、ほの見たてまつりしも思ひくらべられて、うち嘆かる。

（椎本　二一七～八）

大君に対する印象

j「かの障子はあらはにもこそあれ」と見おこせたまへる用意、うちとけたらぬさまして、よしあらんとおぼゆ。頭つき、髪ざしのほど、いますこし（中の君ヨリハ）あてになまめかしさまさりたり。（中略）黒き袷一襲、おなじやうなる色あひを着たまへれど、これはなつかしうなまめきて、あはれげに心苦しうおぼゆ。A髪さはらかなるほどに落ちたるなるべし、末すこし細りて、色なりとかいふめる翡翠だちていとをかしげに、糸をよりかけたるやうなり。紫の紙に書きたる経を片手に持ちたまへる手つき、かれ（中の君）よりも細さまさりて、瘦せ瘦せなるべし。

（椎本　二一八）

中の君の髪は「艶々」と豊満で「うつくしげ」である。横顔はまことに「らうたげ」で、「にほひやか」で「やはらかにおほどきたる」様子は女一宮とも思い比べられて、ため息を漏らさざるを得ない。一方、大君は用心深い様子で、思慮深く見える。頭や髪のかたちは中の君よりは「あて」で「なまめかし」い。そして、中の君と同じような色合いの喪服を着ているが、「なつかし」う「なまめき」て、薫の心に何ともいえない胸が締めつけられるような気持ちが湧いてくるのである。さらに傍線部Aであるが、髪の量は豊満ではなくむしろ抜け落ちていて、先端が細く瘦せている。それでありながら、いと「をかしげ」と薫には映っている。手つきも中の君よりも細々としていて、瘦せて弱々しい。これらの描写こそ、まさに弁の尼に前記チで「もとより、人に似たまはず**あえかに**おはします」と言わせしめた大君の実態なのであろう。

　中の君の外見的な女性美ははるかに大君を上回っているように映る。しかしながら薫は気高く気品はあるものの、その痛々しく弱々しくもきゃしゃな大君の容態に強く惹かれているのである。

第三節　「あえか」の概念と「あえか」なる女のモデル

さて『源氏物語』には数多くの女君が登場して、様々なタイプに語り分けられているが、その一つの弁別方法として、容態が「あえか」であるか否かによっても対比されていることを述べてきた。すなわち、源氏の青年時代であれば夕顔と葵の上、冷泉帝の妃としては秋好中宮と弘徽殿女御、六条院の女主人としては女三宮と紫の上、夕霧の妻としては落葉の宮と雲居雁、そして薫の恋人としての宇治の大君と中の君である。ここで「あえか」という言葉の表現する概念をより明白にするために、前章で拾い出した「あえか」と重ねられて用いられている主な語句を、使用された女君ごとに整理してみる。（重複する語あり）

夕顔　　「はなやかならぬ」「らうたげ」「こまやか」「たをたを」「あやし」「世の人に似ず」

秋好中宮　「つつましげ」「ささ（細）やか」「あやし」

女三宮　「らうたげ」「幼きさま」「何心なし」「ものはかなし」「身もなし」「片なり」「きびは」「細し」

「小さし」「うつくし」「柳のわづかにしだ（垂）りはじめたらむ」「鶯の羽風にも乱れぬ」

落葉の宮　「痩せ痩せ」

宇治の大君　「人に似ず」「なよなよ」「痩せ痩せ」

それぞれの女君によって、微妙に異なる「あえか」さではあるが、いずれも生命力の弱さ、女のか弱さが感じられる語句である。しかしそれでいて、切なくも妖しい魅力を秘めているようにも感じられる。一方それぞれの

「あえか」に近接し、否定形もしくは対比的に用いられている対蹠語は、「はなやか」、「にほひやか」、「うるはし」、「ことごとし」、「よだけし」などが挙げられ、特に「にほひやか」（映発するようなつややかさ、光沢をおびた華麗美）と「うるはし」（端正、端厳であること）は、「あえか」なる女君と対比される女君たちの描写に多く用いられ、いかにも健康で活力あふれる整った美しさが描き出されている。以上から「あえか」の表現する概念をまとめると、一言で言い表すことは困難であるが、おおむね「か弱く、なよなよとして、きゃしゃで、はかなげで美しい、そういう女性の様子」といったことになろうかと考える。

さて、ところで、このような「あえか」なる女君が物語制作の初期の段階から構想にあったかどうかは疑問である。「あえか」なる女を物語に登場させようとしたきっかけは、『紫式部日記』に描かれているある人物との出会いにあったと思われるからである。そしてその時期は物語がある程度書き進められた第一部の途中の段階であったと想定したいのである。前述したように前田富祺によると、「あえか」は『源氏物語』と『紫式部日記』とに突然使われるようになり、紫式部の愛用語だった旨が論じられているが、「あえか」という概念は式部の出仕後に発想され、徐々に凝結していったものではなかろうか。『紫式部日記』において象徴的な「あえか」なる人物が一人登場するのである。小少将の君である。

小少将の君は、そこはかとなくあてになまめかしう、二月ばかりのしだり柳のさましたり。様態いとうつくしげに、もてなし心にくく、心ばへなども、わが心とは思ひとるかたもなきやうにものづつみをし、いと世を恥ぢらひ、あまり見ぐるしきまで児めいたり。腹ぎたなき人、悪しざまにもてなしいひつくる人あらば、やがてそれに思ひ入りて、身をも失ひつべく、**あえか**にわりなきところついたまへるぞ、あまりうしろめたげなる。

（新編日本古典文学全集『紫式部日記』一九〇頁）

小少将の君とは式部と同様に中宮彰子に仕えていた女房で、源雅信の子である右少弁時通の娘であり、かつ道長室倫子の姪である。小少将の君は傍線部のように「二月ばかりのしだり柳のさましたり」と描写される。前述したように女三宮を形容する表現と同じであり、藤田加代も「小少将の君を、女三宮の部分的モデルと見てもよかろうと思う」(11)と述べている。小少将の君はとても可愛らしいけれど、内気で恥ずかしがりやで、子供っぽくて、変な噂でも立たとうものなら、気に病んで、死んでしまいそうなほど弱々しいと、その「あえか」ぶりを式部は心配している。が、この小少将の君こそ、宮中において式部と最も親交のあった女君であり、式部の小少将の君に対する厚情は、里帰りした小少将の君との和歌のやりとりからも十分に窺うことができる。そして、式部は宮仕えして小少将の君と親密に接しているうちに、こういう「あえか」な女君が男君から特別の感情を抱かれることを感じ取ったのではないだろうか。そして、制作中の物語の中に、このような「あえか」な女君を登場させる構想を抱いたのではないだろうか。宮中に出仕して小少将の君と出会うまでは、夕顔を始めとする「あえか」なる五人の女君についての構想はなかったのかとも思われる。ここで、二章において抜き出した、「あえか」なる女君の登場を巻順に並べてみる。

①夕顔（「夕顔」巻）→②秋好中宮（「絵合」巻）→③女三宮（「若菜上」巻）→④落葉の宮（「夕霧」巻）→⑤宇治の大君（「総角」巻）

単なる初登場の巻という意味ではなく、その容態が「あえか」という語を伴って初登場する巻のことである。また、「あえか」という言葉自体の巻順における初出は帚木巻の「艶にあえかなるすきずきしさ」（萩にかかる露や笹の葉の上の霰のようなはかない情緒）である。確かに巻順でいえば、「帚木」巻、「夕顔」巻といった早い順番の巻から「あえか」という言葉も「あえか」なる女君も登場することになるが、武田宗俊の指摘[12]するように物語が紫上系と玉鬘系に分けられていて、紫上系から成立したことを首肯するのであれば、「あえか」なる女君の登場は「絵合」巻の秋好中宮が初出となり、「あえか」という言葉も秋好中宮の描写に用いられた「絵合」巻が初出となる。つまり、紫上系の「桐壺」巻から「澪標」巻までの十巻には一切「あえか」なる女君も「あえか」という言葉も出現しないことになる。これは、紫上系に数多の女君が登場し、かつ数多の女性を形容する語句が使用されることを踏まえると、あまりに遅すぎる出現であり、制作当初の段階では「あえか」という概念が作者の構想にはなかったと考えるのが妥当だと思われるのである。『源氏物語』は式部の宮中出仕前にどこまで書かれていたかについて定説はないが、第一部の途中あたりから宮中出仕後に書かれたとする説[13]に従えば、このことを裏付けることにもなる。つまり秋好中宮が「あえか」さを伴って登場する絵合巻を制作したのは、式部が宮中に出仕して小少将の君と出会った以降であり、「あえか」なる女君を物語中に取り込んだきっかけは小少将の君の存在にあったと考えて矛盾が生じないことになるのである。そして「あえか」という言葉自体が『源氏物語』以前の主要かな文学作品に見当たらないことを踏まえると、式部が出仕した当時、狭い空間において流行っていた、いわゆる女房言葉の類だったのかもしれない。

第四節　「あえか」の果たした役割

「あえか」なる言葉があってはじめて「あえか」なる女とそうでない女の差異が明確に弁別できる。「あえか」なる女君の容態が物語内で鮮やかに浮かび上がり享受者の概念として定着する。「あえか」という言葉は三章の枠内で示したように、単に「つつましげ」で「ささやか」で「ものはかなく」て「痩せ痩せ」で「人に似ず」に「なよなよ」としていればいいということではない。そのような女君に男君が接したおりに、「いじらしく」も「切なく」も「恋しい」という感情が湧き起こらなければならない。そこに『源氏物語』における「あえか」の本当の意味があると思われる。式部自体もそうであったのだろう。小少将の君を目の当たりにして、宮中に出仕するというそれなりの身分で、それなりの教養を有していても、世の人に似ず「あえか」な女君がいることを知った。そして、身近に接しているうちに、その「あえか」なる女君に特別な感情を抱き親友となった。式部は小少将の君の「あえか」さをいじらしくも慕わしいと感じたのであろう。

『紫式部日記』には中宮サロンの女房達の様子が描かれているが、宰相の君、宣旨の君、北野の三位の宰相の君など、「あて」で「にほひやか」であり、式部は「心恥づかしげ」であったという。式部にとっては、気おくれするような風格の女房たちであった。小少将の君はそのような有様とは異質の描かれ方で対比されている。また、他の女房たちの容態を描写する表現がありきたりであるのに比べて、「二月ばかりのしだり柳のさましたり」という表現などは、式部がいかに小少将の君の容態に特別な印象を持っていたかが分かるのである。このような女に対して男はどのような感情を抱くのであろう。「あえか」なる女とは男心に特殊な感情を抱かせるはずだ、それを物語の中でテーマ化して取り上げてみたいと考えたのではないだろうか。換言すれば、作者は小少将の君を、自分の制作する物語空間に拉致してきて、男君達の中にほうり込んだのである。

物語の中の「あえか」な女君は、夕顔や落葉の宮、宇治の大君にしても、男君が正妻として迎える女というよりは、浮気の対象として男心がそそられるという役割を担って描かれている。また空蟬も源氏の浮気相手の女君として登場する。空蟬については「あえか」という直接の表現はないのであるが、既述したように対比される軒端荻に「あえかならず」とわざわざ否定形が用いられていることは重要で、空蟬は軒端荻とは逆の「あえか」なタイプであったことが窺われる。二人の囲碁を打つ姿を源氏が垣間見する場面があるが、「頭つき細やかに小さき人のものげなき姿ぞしたる、(中略)手つき瘦せ瘦せにて、いたうふき隠しためり」(空蟬　一二〇)と、その「あえか」な容態が目に映る。一方の軒端荻は「頭つき額つきものあざやかに、まみ、口つきいと愛敬づき、はなやかなる容貌なり」(空蟬　一二〇)と表現され、親が自慢するほどのはなやかな美人である。さらに空蟬は「にほはしきところも見えず」(①空蟬　一二一)、軒端荻は「にほひ多く見えて」(空蟬　一二一)と「にほひ」の有無でも源氏には対蹠的に映る。しかしながらその「にほひやか」な軒端荻には源氏が興味をそそられなかったことで、「あえか」の持つ意味が強調されている。また秋好中宮や女三宮は身分も高く浮気の対象という描かれ方ではないが、男君の恋心に火を付けて夢中にさせたことが語られる。秋好は九歳も年下の冷泉帝から深く愛されるが、朱雀院、源氏からも強い好き心を抱かれ、本望を遂げられなかった朱雀院の失意や源氏との危うい場面が描かれる。女三宮もその「あえか」な魅力を持ち合わせていなかったら果たして柏木との密通に至ったかどうか。柏木は「にほひやか」ならぬ「あえか」さゆえに女三宮との一線を越えてしまったのではないか。「いとさばかり気高う恥づかしげにはあらで、なつかしくらうたげに、やはやはとのみ見えたまふ御けはひ」(若菜下　二二五)という容態を目の当たりにしたときに、自分を抑えきれなかったと柏木は振り返る。また、薫は明るい陽射しの中ではっきりと大君の容態を認知し、その「あえか」さの虜になったのではないか。薫は大君と出会ってから最初の二年の間は、それほど強く大君をものにしようとしてはいない。積極的に大君に対して行動を起こし、強い恋情を訴え出すのは、この大君の「あえか」さを垣間見した「椎本」巻以後である。

本稿は決して「あえか」という言葉をもって、女君の人物造型の本質に立ち入り、物語中の人間関係までを分析しようという意図はない。ただし、「あえか」という言葉で女君の妖しい魅力を訴えて、男心をそそらせ、それが物語における一つの重要なドラマツルギーを担っていることを言及したいのである。『源氏物語』は男から見てもこちらが「はづかし」くなるような「うるはし」く「はなやか」で「にほひやか」な女君たちを登場させ、男君たちの正妻や憧れの人として活躍させた。その一方で、「痩せ痩せ」で「なよなよ」として、「ものはかない」女君たちを描き出し男心に火を付けた。そして後者の女を「あえか」という言葉で記号化して読者の心に印象付けたのである。

おわりに

繰り返すが、「あえか」は源氏以前のかな文学作品には見出すことができない、いわゆる源氏初出語と考えられる言葉である。もちろん「あえか」という言葉自体は当時の社会に存在はしていたのであろう。しかしながらほぼ同時代の『枕草子』、『和泉式部日記』に見当たらないということは、相当狭い範囲でしか流通していない稀有の言葉であったことが窺える。その「あえか」なる言葉を『源氏物語』は物語内に取り入れ、その用例は一八例もの多くを数えた。おそらく享受者にとってこの「あえか」という言葉は最初は耳慣れないものであったはずである。物語は「あえか」を女君の容態を表現する言葉として活用したが、どのような女性の容態が「あえか」であるのか、「あえか」という概念もいきなりは分かりにくいものであったと思われる。それが、夕顔、秋好中宮、女三宮、落葉の宮、宇治の大君などの容態を表現する言葉として繰り返し使用され、「たをたを」、「細し」、「痩せ痩せなり」、「なよなよと」などと近接して同類語的に用いられ、さらに「はなやかなり」、「にほひやかなり」、「うるはし」などとは対蹠語的に用いられることによって、その概念が次第次第に享受者の頭の中で固まっていったと考えられるのである。

言語学者ソシュールは、一九世紀後半に、当時としては独創的ともいえる記号理論を打ち出した。この理論は、きちんと区分され分類された事物や概念がまず存在して、それらに名称（コトバ）が与えられているのではなく、コトバがあってはじめて概念が生まれる、という従来とは逆の発想である。『源氏物語』における「あえか」もまさにこの理論に合致するものではないか。つまり、「あえか」というコトバがあってはじめて「あえか」の概念が創造されたとも考えられる。

注

（1）池田亀鑑『源氏物語大成』（中央公論社、一九八五年版）の索引（底本大島本）では一七例であるが、本章で引用した「ツ」の用例を加えた。この用例は大島本以外の青表紙本系、河内本系、別本にも遍くとられている。

（2）『平安日記文学総合語彙索引』（西端幸雄他共編、勉誠社、一九九六年）。

（3）前田富祺「甦える古語――「あえか」の場合」『国語語彙史の研究　十四』（一九九四年、和泉書院）。

（4）主な論は仲田庸幸『源氏物語の文芸的研究』（風間書房、一九六二年）、竹村義一『源氏物語女性像』（有精堂、一九七〇年）、増田繁夫「空蟬と夕顔」『源氏物語の探究』第五輯（風間書房、一九八〇年）など。

（5）今井源衛「夕顔の性格」『源氏物語の思念』（笠間書院、一九八七年）。

（6）日向一雅は『源氏物語の王権と流離』（新典社、一九八九年）の「六、夕顔巻の方法」において「夕顔は男心への根源的な不信があり、源氏との間にも心の隔てがあった」旨の分析をしている。

（7）ここでの「うるはし」は、犬塚旦「平安朝における「うるはし」の展開『論究日本文学』第五号（立命館大学日本文学会、一九五六年六月）において「端正端厳といった面が、源氏物語の「うるはし」の意味するところ」との論を取る。

（8）藤田加代「「あえか」のイメージ――女三宮の造型に関連して」（『高知女子大学保育短期大学部紀要』第14号、一九九〇年三月）、藤田加代「「女三宮」造型を考える――「あえか」のイメージを中心に」（『日本文学研究』第四十四号、高知日本文学研究会、二〇〇六年五月）。

（9）「にほひ」の意味については吉澤義則「香ひの趣味」（『源氏随攷』晃文社、一九四二年）、三木幸信「「かをる」と「にほふ」考」（『平安文学研究』第四輯、一九五〇年七月）、犬塚旦「「匂ふ」「匂ひやか」「花やか」考」（『平安文学研究』第十五輯、一九五四年六月）の論に従う。

（10）森藤侃子「9女の宿世」『講座源氏物語の世界』（有斐閣、一九八〇年）。

（11）前掲注9、藤田加代「「女三宮」造型を考える――「あえか」のイメージを中心に」と同じ。

（12）武田宗俊『源氏物語の研究』（岩波書店、一九五四年）。

（13）秋山虔は『新編日本古典文学全集・源氏物語①』（小学館、一九九四年）の解説「二紫式部とその時代」において、「冷泉帝の治世下、宮廷政治の領導者として一途に繁栄していく第十四帖「澪標」巻以後の物語の展開には、道長の栄華生活が反映しているとおぼしく、そのあたりからは紫式部の宮仕え以後の執筆かとする見解もいわれのないことではあるまい」と述べている。
　山中裕は「源氏物語の成立年代に関する一考察」（『国語と国文学』東京大学研究室、一九五一年九月号）において、「踏歌」と「行幸」という二つの行事をとり上げ、それぞれの行事においての描きぶりに著しい相違があるのは、作者が実際に見ないで書いたか見て書いたかの相違であると論じ、少なくとも藤裏葉巻は出仕後に書かれたものと結論づけている。

第五章　光源氏を絶対化する言葉について

はじめに

折口信夫は「反省の文学源氏物語」(1)においゝて、光源氏のことを以下のように論じてゐる。

人によつては光源氏を非常に不道徳な人間だと言ふけれども、それは間違ひである。人間は常に神に近づかうとして、様々な修行の過程を踏んでゐるのであつて、其のためには其過程々々が省みる毎に、あやまちと見られるのである。始めから完全な人間ならば、其生活に向上のきざみはないが、普通の人間は、過ちを犯した事に対して厳しく反省して、次第に立派な人格を築いて来るのである。光源氏にはいろんな失策があるけれども、常に神に近づかうとする心は失つてゐない。

さらに折口は、光源氏が妻・女三宮と柏木の密通という不幸な運命を経験しても「かうした運命に対して、絶対に能動の地位に立つ貴人、而も底知れぬ隠忍の激情に堪へてゐる巨人」(2)と形容した。つまり光源氏はあくまでも人間であるが、「神に近づこうとした巨人」であると分析したのである。

これに対して高崎正秀は「源氏物語における伝承面の問題試論」(3)において、『物語』――それはもともと理想的な〈神の子〉の誕生・成長・結婚・偉業のあとを物語るものであった」(4)と定義し、『源氏物語』もこの考えを踏襲したもので、光源氏こそ「神の子」であると位置付けた。同論文はその根拠として、「光源氏の悪徳悪行(藤壺冷泉院の問題、空蟬、(5)朧月夜との関係、養女玉葛や秋好姫への恋情など)は数限りもなく、真に醜態醜悪の連続といふより外はないが、しかも自らの不倫に対する反省もないのは、光君の絶対性といふことが考えられねばならぬ」と言及する。「〈神の子〉は『神ながら神さびせす』――略して『神ながら』と言へば一切が、不倫も不徳も解消して了ふのである」と説いている。もともと高崎は早く一九五〇年代に光源氏の神の子論を打ち出し、「『神の子』の行為を叙述するものが『物語』なるが故――すべてが許容され、一条天皇も賞賛され、御堂道長も之を愛読して怪しまなかったのであります」(6)と言及し、「神の子はその成長のために禊をしなければならぬ。光源氏の須磨行は禊である」(7)と分析し、光源氏の死が描かれていない理由も、神には『死』といふものはなく、それゆえ雲隠巻の本文空白の意義を強調した。

折口にしても高崎にしても、それが神に近い巨人であるか、神の子そのものであるかの違いはあるものの、光源氏を通常の人間とは次元の異なる特別な存在と絶対化して、その理由を光源氏の「行動」や「考え方」に基づくものと分析した。つまりこのような非常識で非人間的な「行動」や「考え方」ができるのは、神か巨人以外あり得ないというのがその根拠である。

ところで本書では、第一章で『『源氏物語』における初出の言葉および多用される特殊な言葉」と題して、『源氏物語』における自立語(名詞除き)のうち、源氏以前の主要かな文学作品には使用例が見出せず、『源氏物語』において初出と考えられる言葉、及び初出ではなく些少の使用例は見出せるが、『源氏物語』において初めて多用されるに至ったという特殊な言葉を抽出し、第二章～第四章までこれらの言葉を取り上げて論じてきた。この方針は本章についても踏襲するものであるが、ここでは光源氏の絶対性という問題と関連させて考えてみたい。つまり、折口や高崎が言うように、光源氏が特異な存在であるならば、彼を描写・表現する「言葉」からもそのような絶対性が窺えないかという観点である。光源氏と他の登場人物との表現の差異性、もしくは源氏以前のかな文学における表現との差異性が、物語で使用される「語彙」及び「言い回し」によって論じることができないかを考察したものである。具体的には序章で問題提起した「いつかし」、「～顔なり」、「かろがろし」と第二章で言及した「涙落とす」、さらに第一章で取り上げた「ほほゑむ」について論じることになる。

第一節　「いつかし」

「いつかし」は源氏初出語であり、特に光源氏と関わりの強い語彙と言うことができる。その使用例七例を以下に列挙する（第五章第一～四節の『源氏物語』引用本文はすべて『新日本古典文学大系』岩波書店）。また、「いつかし」に校異のあるものは『源氏物語大成』より抜き出した。なお諸本の記号は大成に従った。

a　院（朱雀院）にも、かの下り給し大極殿のいつかしかりし儀式に、ゆゝしきまで見え給し（秋好中宮ノ）御かたちを忘れがたうおぼしをきければ、（澪標　一二四）

【校異】たたはしくかうかうしかりし（河・全）

b　いにしへの例になずらへて、白馬ひき、節会の日、内の儀式をうつして、むかしのためしよりもこと添へて、いつかしき御ありさまなり。　（少女　三一七）

【校異】はつかしき（青・平）　いかめしき（別・讃）

c　（右近）「（前略）いまは天の下を御心にかけ給へる大臣にて、いかばかりいつかしき御中に、御方しも、受領の妻にて、品定まりておはしまさむよ」　（玉鬘　三五〇）

【校異】はつかしき（河・全）

d　源氏のおとゞの御顔ざまは、（冷泉帝ト）こと物とも見え給はぬを、思ひなしのいますこしいつかしう、かたじけなくめでたきなり。　（行幸　五九）

【校異】いつくしう（青・横池肖　河・全　別・保麦）

e　内大臣「いかにさびしげにて（源氏ノ）いつかしき御さまを待ちうけきこえ給らむ。御前どももてはやし、御座ひきつくろふ人も、はかぐしうあらじかし。（後略）」　（行幸　六八）

【校異】いつくしき（青・御横池三大　河・大　別・麦）

f　おとこ君（夕霧）は、夢かとおぼえ給にも、わが身いとゞいつかしうぞおぼえ給けんかし。　（藤裏葉　一八三）

【校異】はつかしうそ（河・七宮尾青平鳳）　はつかしくそ（別・陽國）

g　（源氏ヲ）見たてまつる人も、さばかりいつかしき御身をと、ものの心知らぬ下種さへ泣かぬなかりけり。（御法　一七五）

【校異】いつくしき（別・保麥阿）

「いつかし」について、小学館『日本国語大辞典』は、「（『いつ（斎）く』の形容詞化したもの）大切に取り扱われるさま。また、尊いさま。りっぱなさま。」としているが、この七例を分類すると、a、bが儀式の荘厳さ、cが血筋の良さを表現し、d～gが人の尊く立派なさまを表現している。

a　秋好中宮が斎宮に下向する際の儀式の様子が「おごそかである」ことを意味している。

b　光源氏が六条院で執り行った正月の儀式が「おごそかである」ことを意味している。

c　右近の会話で、玉鬘が現内大臣（もとの頭中将）の娘であり、血筋が「とんでもなく高い」ことを意味しているが、右近としてはそれを強調して表現したかったので、あえて「いつかし」というそぐわない言葉を用いたとも考えられ、「いつかし」そのものの意味が歪められて使用された可能性がある。

d　光源氏と冷泉帝がどちらも「尊く立派なさま」を意味していて、むしろ冷泉帝のほうが少し「いつかしさ」において勝っていると表現している。

e　文字　内大臣の会話で、光源氏の「尊く立派なさま」を意味している。

f　夕霧がついに雲居雁と結婚できた自分のことを、「立派だ・たいしたものだ」と思っているだろうよと、語り手が推測している場面である。

g　光源氏の「尊く立派な」姿を表現しているが、文脈としては、その姿が紫上の死に直面してうつろになってしまったことが語られている。

注目すべきは人のさまを表現したd〜gの「いつかし」である。いずれも「尊く立派なさま」を表現しているが、表現される対象人物は三名、光源氏三例、冷泉帝一例、夕霧一例であり、光源氏とその血を分けた男君に限られている。ただし夕霧の例は語り手の推測であり、厳密に言えば光源氏と不義の息子冷泉帝のみとなる。言葉の意味から言えば、他の天皇や親王、続編の薫大将などに使用されてもおかしくはないのであるが、一切「いつかし」とは表現されないのである。そもそも「いつかし」は本編のみの使用に限られていて、光源氏死後の世界では全く用例がなく、「儀式がおごそかである」といった意味でも死後には用例がない。「いつかし」という言葉は光源氏の死をもってその役割を終えたかのような特殊な言葉なのである。

校異を見ると、aの儀式のおごそかさを表現する「いつかし」については、河内本系はすべて「たたはしくかうかうしかりし」として、より具体的で分かりやすい表現に置き換えている。bについても「はつかしき」、「いかめしき」という異同があり、これらは儀式の荘厳さを描写するのに「いつかし」という言葉が分かりにくいことを示すものではないか。また、cは河内本系がすべて「はつかしき」となっている。これもおそらく河内本が「いつかしき」御中という表現に違和感を抱き、「はつかしき」御中と表現するほうが血筋が極めて立派であることを的確に表すものと判断したためであろう。ただし、右近が玉鬘の血筋が素晴らしいことを、玉鬘の下女である三条に、「内大臣の娘ともあろう玉鬘が受領の妻なんかになってたまるものですか」と仰々しく血筋の良さを訴えたと考えれば、前述したように「いつかし」を用いることに納得がいくものである。d〜gの人を表現する「いつかし」にも異同が多く見られる。これは人の有様と「いつかし」という言葉もしっくりと結びつかないことに起因しているのではないか。特に、d、e、gは「いつくし」とする本が多く見られることは注目すべきである。これは一字違いのこの言葉の方が人の有様を形容するのにより相応しく、分かりやすいと思われたからに違いない。(8)

「いつくし」は小学館『日本国語大辞典』によると、「①神威が盛んであるさま。②威厳がある。③厳重である。④美麗である。⑤気立てが優しい。」となっていて、「いつかし」より、意味の広がりも大きく、『万葉集』、『うつほ物語』、『枕草子』などにも用例があり、「いつかし」のように希少な言葉ではない。『源氏物語』中に「いつくし」は一六例が使用されているが、そのうちの六例は全く異同がなく、残りの一〇例も、「うつくし」、「たたはし」とするものが散見される程度で、逆に「いつかし」とするものは別本の陽明家本と保坂本にそれぞれ一例ずつしか見られない。繰り返しになるが、「いつかし」という言葉は『源氏物語』が享受されるにあたって、分かりにくい言葉であり、人の有様を表現するのにしっくりこない形容詞なのである。

ではなぜ光源氏と冷泉帝を「いつかし」と表現したのか。それは耳慣れない言葉を用いることによって、光源氏を特殊な存在に祭り上げたかったからではないのか。それを「神の子」と解釈するのか、「神に近い巨人」と解釈するのかはともかくも、少なくとも天皇すらも及ばない絶対的な存在に位置付けたかったことが窺えるのである。

第二節　「〜顔（なり）」という表現

『源氏物語』における初出語は複合語が大半であることを第一章で述べたが、その中でも特筆したいのが「〜顔（なり）」という形容動詞（一部名詞）である。この「〜顔」という複合表現は源氏以前にも「しらずがほ（不知顔）」、「おもひがほ（思顔）」、「したりがほ」など、『大和物語』、『うつほ物語』、『蜻蛉日記』、『枕草子』などに些少の用例があり、『源氏物語』が編み出した表現ではないが、物語中に異なり語数で約六〇語、そのうちの五〇語余りが源氏初出語である。以下に初出語をアイウエオ順に列挙する。（　）内は用例数である。

あはれしりがほ（一）、あるじがほ（一）、いとひがほ（一）、いとひきこえがほ（一）、いどみがほ（一）、うしろみがほ（一）、うちとけがほ（一）、うらやみがほ（一）、うれへがほ（二）、おどろかしがほ（一）、おどろきがほ（四）、おぼしがほ（一）、おもひおよびがほ（一）、かくしがほ（一）、ききがほ（二）、ききしりがほ（一）、ここちよがほ（一）、こころえがほ（二）、こころがはしがほ（一）、こころゆきがほ（一）、ことづけがほ（一）、したてがほ（一）、しづめがほ（一）、すみつきがほ（一）、すみはなれがほ（一）、そむきがほ（一）、たちならびがほ（一）、たのみがほ（一）、つれなしがほ（二）、ときしりがほ（一）、ところえがほ（三）、なごりありがほ（一）、なびきがほ（一）、なれがほ（五）、ねたましがほ（一）、はなれがほ（一）、はばかりがほ（一）、ふすべがほ（一）、へだてがほ（一）、まちがほ（一）、まちきこえがほ（一）、みだりがほなり（一）、みなれがほ（一）、もてはなれがほ（一）、ものおもひがほ（一）、もよほしがほ（一）、もよほしきこえがほ（一）、よういありがほ（一）、わすれがほ（一）、われはがほ（二）、

をしみがほ（一）、をりしりがほ（三）

複合語とはいえ、「顔」との組み合わせでこれほど多様性に富んだ言葉を活用したことには驚かざるをえない。初出語の中には「おどろきがほ（驚顔）」や「うれへがほ（憂顔）」などのように、現代も使用されているような的を得た組み合わせのものもあるが、「いとひきこえがほ（厭聞顔）」、「うしろみがほ（後見顔）」、「おもひおよびがほ（思及顔）」、「すみつきがほ（住着顔）」、「なごりあり顔（名残有顔）」といった、いささか無理筋とも思われる複合語も多い。これらの中には当時の女房たちのいわゆる流行語の類もあったかもしれないが、ほとんどの用例数が一回限りの出現であり、『源氏物語』のために創作された特異な言葉であることは間違いないであろう。

その中でも注目したいのが、人間ではなく、自然や動物や植物が擬人化されて表現される「〜顔」という言葉である。(9) 例えば「草むらの虫の声〴〵もよほし顔なるも」（①桐壺　一四）といった言い回しで、このような表現が『源氏物語』においては一七例もの用例を数え、何か特別な役割を果たすために用いられたとも考えられるのである。当時は、自然（動植物含む）にはすべて精霊が宿っているという考え方があり、(10) 自然に宿った精霊が、神と人間の間に入って、神の意志を人間社会に伝える「顔」として物語内で活用されたのではないかと考えてみたいのである。このような観点から分析すると、以下に示す光源氏に関連する用例を見過ごす訳にはいかない。

a　青海波のかかやき出でたるさま、いと恐ろしきまでに見ゆ。かざしの紅葉いたう散りすきて、顔のにほひにけおされたる心地すれば、御前なる菊を折りて左大将さしかへたまふ。日暮れかゝるほどに、けしきばかりうちしぐれて、空のけしきさへ見知り顔なるに、（紅葉賀　二四三）

この場面は、朱雀院の御賀で光源氏が頭中将と青海波を舞う場面である。光源氏の舞い姿のあまりの輝かしさ美しさに、天までも感応して時雨を降らせてきたというのである。この「見知り顔」というのは「理解している」、「認める」といった意味であるが、神が光源氏の美しさを認めていると解釈していいだろう。実はこの紅葉の賀が思い出される場面が第一部の末尾部分にもあり、ここでも天が感応している。

b　あるじの院（源氏は）、菊をおらせ給て、青海波の折をおぼし出づ。（源氏の和歌）「色まさるまがきの菊もをりくに袖うちかけし秋を恋ふらし」。おとゞ（太政大臣）、そのおりはおなじ舞に立ち並びきこえ給ひしを、われも人にはすぐれたまへる身ながら、なをこの際はこよなかりけるほどおぼし知らる。しぐれ、おり知り顔なり。（藤裏葉　一九七）

光源氏が准太政天皇の地位に上った秋に、冷泉帝が朱雀院とともに六条院に行幸する。そのめでたい宴で童たちの舞う姿を見て、光源氏、太政大臣（もとの頭中将）ともに、昔の自分たちを思い出す場面である。太政大臣が「自分が一番だと思っていたけれど、准太政天皇に登りつめた源氏の尊さにはかなうべくもないなあ」と納得したときに、時雨がおりを知っているかのように絶妙のタイミングで降り出すというものである。大団円を迎えた光源氏を祝福し、その尊さに神も感応するかのようである。また、これら以外でも、葵上の死に際して憂鬱な光源氏に対して「おり知り顔なる時雨うちそゝきて」（葵　三二二）とあって天が共感したり、伊勢に下向する六条御息所との別れに当たっての光源氏の乱れ心に「松虫の鳴きからしたる声も、おり知り顔なるを」（賢木　三四六）と虫が共感したりする。これらはいずれも神が光源氏を特別の存在として認めていることを示唆するかのようである。このように光源氏の別格さを表現するに当たって、「神が光源氏に対して」とか、「天が光源氏を」のような直接的な表現ではなく、間接的でありながらも的確に言い表す方法として用いられたのが、このような自然を使った「〜顔」なのだと分析いたしたい。

なお人間以外に擬人化して用いられる「〜顔」という表現は源氏以前に二例[11]の用例を見出すが、いずれもこのような示唆的意味には用いられていない。

第三節　「かろがろし」（母音交換形「かるがるし」含む）

本物語には一つの単語を反覆する形である畳語が多く、その用例は異なり語数で二六〇語を超え、そのうちの初出語は約一一〇語にも上る。これら畳語の中で、初出ではないが、源氏以前のかな文学作品においては些少の用例しか見られない畳語で、物語内で多用されている言葉がある。「かろがろし」がその顕著な例で、源氏以前には『うつほ物語』と『枕草子』に一例ずつしか見出すことができないが、本物語においては七九例もの用例を数えている。

まず「かろがろし」の意味について考察する。「かろがろし」は、形容詞「かろし」を強調するために反覆させた形容詞であるが、そのもとになる「かろし」（「かるし」を含む）は本物語内で二三例の使用例があり、その意味内容は大きく分けて次の三つに分類できる。

①物の価値が低い・人の身分が低い　一〇例

②人の考えや行動が軽薄・軽率である　六例
③罪が軽い　七例

この「かろし」の意味分類を踏まえて、形容詞「かろがろし」七九例に名詞「かろがろしさ」二例を加えた八一例を分類すると、

①物の価値が低い・人の身分が低い　一四例
②人の考えや行動が軽薄・軽率である　六五例
③その他（不作法であること一例、安易であること一例）　二例

であり、「かろがろし」は「かろし」の用例のうち、②の「人の考えや行動が軽薄・軽率である」という意味を強調して表現することを主目的として用いられたことが分かる。ここには「罪が軽い」といったプラス面で使用される例もないし、「軽々しく持ち上げる」といった物理的な軽さを表す用例もない。「かろがろし」は、人間の軽薄さ軽率さを非難するために物語が大量に用いた言葉なのである。

以下に「かろがろし」が非難の意味で複数（二例以上）使用されている登場人物を多い順に示すが、光源氏に集中的に使用されていることに注目したい。

光源氏	一五例
匂宮	四例
女三宮	四例
薫	三例
夕霧	三例
浮舟	三例
内大臣（もとの頭中将）	二例
髭黒大将	二例
明石の君	二例
朝顔の姫君	二例
玉鬘	二例
髭黒の北の方	二例
落葉の宮	二例

おおむね身分の高い上級貴族以上の人物に用いられてはいるが、源氏以前の使用例二例を調べてみると、かたや天皇、かたや中宮という最高の身分の者が、その身分ゆえに軽率な行為であることが表現されている。『うつほ物語』では、「楼の上・下」巻で、今上帝が「かろがろしくなければ、自分で出かけて行ってでも俊蔭の娘の琴の音色を聴くべきであった」と言う場面。『枕草子』では、「関白殿、二月二十一日に、法興院の」段で、「中

宮様が自分（清少納言）のような程度の低い者を御寵愛になれば、中宮という高貴な身分から、かろがろしきこと世間からを非難されるだろう」と思う場面である。

これを踏まえると、『源氏物語』において、皇子とはいえ臣籍降下した「ただびと」光源氏の行動に一五例もの多くの「かろがろし」が用いられるのは、享受者にとって相当な違和感があったのではないだろうか。一五例のうち、大半である一三例が女との恋愛に関する問題について「かろがろしいこと」という意味合いで使用されていて、さらに、そのうちの七例が、女のもとへ通う行為に使われているが、これらの通いは、空蟬、夕顔、紫の上、末摘花など、光源氏がまだ冠位も高くない若き日の出来事でもあり、「かろがろし」という言葉は、『うつほ物語』、『枕草子』の用例と比較すると相応しい形容とはとうてい思われない。果たして、これらの女のもとへ通うことが天皇でもない「ただびと」の若者にとって、それほど軽薄、軽率な行為なのであろうか。当時の社会においてこのような女性との関係はそれほど理不尽なものではなかったはずである。

やはり物語は光源氏を「ただびと」とは異なる人物として描き出すために「かろがろし」を多用したのではないか。「かろがろし」を光源氏の行為にしつこいまでに繰り返し用いることによって、逆に「かろがろし」くない崇高な存在がどんどんと強調されていくのである。また、物語中には、光源氏が自らの女通いを「かろがろし」と自己反省する場面も多い。光源氏自身にも自分が「ただびと」ではないという自覚があったことが読み取れるのである（「かろがろし」の問題については補論にて増強・発展させる）。

第四節　「涙落とす」

源氏以前のかな文学作品でも多くの用例はあるが、『源氏物語』において、こだわりを持って使用されている言い回しに「涙落とす」という表現がある。すでに第二章第三節で取り上げたが、この他動詞表現は全一三例あり、すべて自分以外の人に向けた「哀れみの涙」（五例）と「賞賛の涙」（八例）に限られている。また、自動詞表現である「涙落つ」全一六例は、すべて自分自身の「悲しみ」と「感動」の涙を表現していて、この二つの表現ははっきりと外向きか内向きかで書き分けられている。

このような書き分けは源氏以前の主要かな文学作品には見られない。たとえば『うつほ物語』では「涙落とす」が一三例（「涙落とさぬなし」を除く）、「涙落つ」が一〇例あるが、それぞれ外向きの涙と内向きの涙が混在している。一例を挙げると、「俊蔭巻」において、俊蔭の娘が、両親も失い、若小君との関係もままならないという、自分の不遇な身の上を嘆いて泣くという場面があり、「草木の色変はり、木の葉の散りはつるままに、涙を落としてながめわたる」[12]という表現になっている。「涙落とす」という他動詞が明らかに自己を憐憫する内向きの涙に使用されている。また、あの『伊勢物語』における東下りの有名な「かきつばた」のシーンで、むかし男が「からごろも」の歌を詠んだとき、「みな人、かれいひの上に涙おとしてほとびにけり」[13]と周囲の皆が泣いたのも、むかし男へ向けた「哀れみ」の涙というよりは、自分自身の内面の旅愁の涙であったに違いない。

さらに、『源氏物語』における「涙落とす」の用いられ方の特殊さは、「賞賛の涙」である八例のうち六例が、光源氏に向けられたものであるということだ。また、残る二例も夕霧と光源氏の孫たちに向けられたものである。つまり、「賞賛の涙」を表現する「涙落とす」は、人々が光源氏一族に感動して泣く場面に限定して使用されているのである。これは一体何を意味するのであろうか。以下に、多くの人々が光源氏に対してこぞって賞賛の涙を浴びせかける場面を四例ほど引用する。

a　(光源氏の)かうぶりし給て、御休み所にまかで給て御衣たてまつりかへて、下りて拝したてまつり給ふさまに、みな人涙落とし給ふ。(桐壺　二四)

b　(光源氏の)さるいみじき姿に、菊の色々うつろひ、えならぬをかざして、けふはまたなき手を尽くしたる入り綾のほど、そゞろ寒く、この世の事ともおぼえず。もの見知るまじき下人などの、木のもと、岩隠れ、山の木の葉に埋もれたるさへ、少しものの心知るは涙落としけり。(紅葉賀　二四三)

c　(光源氏を)見たてまつりをくるとて、このもかのもに、あやしきしはふるひどもも集まりてゐて、涙を落としつゝ見たてまつる。黒き御車のうちにて、藤の御袂にやつれ給へれば、ことに見え給はねど、ほのかなる御ありさまを、世になく思きこゆべかめり。(賢木　三六九〜三七〇)

d　大将の君(光源氏)、御衣ぬぎてかづけ給。例よりはうち乱れ給へる御顔のにほひ、似るものなく見ゆ。羅のなをし、単衣を着たまへるに、透き給へる肌つき、ましていみじう見ゆるを、年老いたる博士どもなど、とをく見たてまつりて、涙落としつゝゐたり。(賢木　三八五)

ａは元服の儀式における光源氏。その凛々しく美しい姿に人々は感激して「涙を落とす」。

ｂは紅葉賀における光源氏の青海波の舞姿。その美しさは思わず寒気が感じられるほどで、この世のものとも思われない。少しでも物の趣の分かる者は皆感激して「涙を落とす」。

ｃは雲林院での勤行を終えて二条院に帰る光源氏。それを見送ろうと身分いやしい者たちもそこらじゅうに集まってくる。世に比べるもののない立派なその姿に皆感動して「涙を落とす」。

ｄは衣服を脱いだ薄物姿の光源氏。その匂うような顔の色は似る者もないほどに輝き、その透けて見える肌の色は恐ろしいまでに美しく見える。遠くから拝している博士たちも、その美しさに感動して「涙を落とす」。

光源氏のことを「この世の事ともおぼえず」、「世になく思きこゆべかめり」、「似るものなく見ゆ」と異次元の存在であるかのように形容して、人々が集団で感涙にむせんでいる。これらの情景はまるで人々が光源氏を神のように称えながら泣いているかのようである。「涙落とす」には光源氏（そしてその一族）をまさに絶対化する役割が担われていると言ってもいいのではないだろうか。

第五節　「ほほゑむ」

さて、この「ほほゑむ」という言葉の特殊性については、すでに第一章において、「ゑむ」とは異なった感情表現であり、明らかに「ゑむ」とは使い分けられていることを論じたものであるが、ここでは光源氏の絶対性にも関わる言葉、という観点から論を進めてみたい。

まずこの「ほほゑむ」であるが、第一章にも述べたように、源氏以前の主要文学作品においてはあまり使用されていない言葉で、女流文学作品では『蜻蛉日記』と『和泉式部日記』では使用例が無く、『枕草子』においては「わらふ」が一四二例、「ゑむ」が一三例使用されているのに「ほほゑむ」は僅か三例の出現にとどまっている。当時の宮廷の日常生活の中ではそれほど用いられていなかった言葉であることが類推できるのである。その「ほほゑむ」を『源氏物語』は全編中に六九例も取り込み、その過半数である三七例が光源氏に使用されていることは特筆されるべきである。しかも「ほほゑむ」という笑い方は「胡蝶」巻で秋好中宮に使用されるまでは光源氏以外の主要登場人物には使用されていない言葉なのであり、光源氏の笑い表現に特化して用いることを物語が意図していたことが窺えるのである。

「ほほゑむ」の物語における初出は巻の順番では「帚木」巻の雨夜の品定め部分においてで、以下に引用する。

（頭中将）「（前略）見る人、遅れたる方をば言ひ隠し、さてありぬべき方をばつくろひてまねび出だすに、それしかあらじと、そらにいかがは推しはかり思ひくたさむ。まことかと見てもてゆくに、見劣りせぬやうはなくなむあるべき」とうめきたる気色も恥づかしげなれば、いとなべてはあらねど、我も思しあはすることやあらむ、うちほほゑみて（源氏）「その片かどもなき人はあらむや」とのたまへば、

（帚木　五七、第五節の引用本文はすべて『新編日本古典文学全集』小学館）

これは頭中将が「女の親兄弟など後見する人が、その女の欠点などは隠して、とりえをとりつくろって吹聴するとき、まあ実際に付き合ってがっかりしない例はない」と自信をもって言うので、源氏が、確かに自分にも

そういう経験はあるなと思う。そこで「ほほゑ」んで、「それにしても、何一つとりえの無い女などいるものだろうか」と返す場面である。この「笑い」は解釈の分かれる微妙な表現である。頭中将の経験談に、「そうそう、あるある」といった、相槌を打つ同意の意思表示とも考えられるし、後ろの「その片かどもなき人はあらむや」にかかるとすれば、「そんな女なんているの」といった非同意の意思表示とも考えられる。森岡常夫はこの「ほほゑむ」を「源氏は自らその一部に思いあたると共に、好きこころに触れて面はゆさをも表明している」[14]と、照れ笑いも含んでいると分析する。

また、もし武田宗俊[15]の指摘するように物語が紫上系と玉鬘系に分けられていて、紫上系から成立したことを首肯するのであれば、「ほほゑむ」の初出は「若紫」巻の次の部分になる。

（源氏）「山水に心とまりはべぬれど、内裏よりおぼつかながらせたまへるもかしこければなむ。いまこの花のをり過ぐさず参り来む

宮人に行きてかたらむ山桜風よりさきに来ても見るべく」

とのたまふ御もてなし、声づかひさへ目もあやなるに、

（僧都）「優曇華の花待ち得たる心地して深山桜に目こそうつらね」

と聞こえたまへば、ほほゑみて、（源氏）「時ありて一たび開くなるかたかなるものを」

とのたまふ。（若紫　二一〇）

これは北山から都に戻る源氏が、僧都らと惜別する場面である。源氏が「帰って都の人々に伝えましょう、風

が散らす前に、この美しい山桜をぜひ見にくるように」と語るその様子や声がまぶしいほど立派なので、僧都が「あなたにお会いできたのは（三〇〇〇年に一度咲く）優曇華の花に出会ったような心地です」と返した。そこで源氏が「ほほゑ」んで、「時あって一度咲くという優曇華、それではめったに出会えぬということですね」と切り返した。この「ほほゑみ」についてもいろいろに解釈できる。僧都が自分のことを過分に褒め称えるので照れ笑いをしたとも考えられるし、「三〇〇〇年に一度では会うのも大変だ」と冗談で混ぜっ返した笑いとも考えられる。森岡常夫は「僧都から詠みかけられた歌について、源氏は満足の思いを表明している[16]」と満足感による笑いと取り、一方で松尾聰は「僧都の讃美の好意をすなおに受け入れた源氏の単純な『にこにこ顔』と解くのも一説であるが、僧都のいかにも世間の常識を知らない、大げさな、かたくななまでの絶賛の態度に、僧都を嘲笑したと見るのが自然[17]」と分析している。

このようにこれら源氏の「ほほゑむ」心理状況は単純には解析できないのである。恐らく「若紫」巻のこの「ほほゑむ」が物語における初出と考えているが、いずれにしても物語作者は光源氏の醸し出す難解で複雑とも思われる「笑い」を表現するために、当時あまり使用されていない「ほほゑむ」という言葉を採用することとしたのではないかと考えているのである。換言すれば、光源氏に他の登場人物との差異性を植えつけるために、このような奥深い微笑とも思える「ほほゑむ」を駆使し、そうすることによって、人物造型の上での光源氏の特異性をもくろんだと論じたいのである。

物語全編中において光源氏の「笑い」表現は九〇例を数える。その内訳は「わらふ」が三九例、「ゑむ」が一四例、「ほほゑむ」が三七例で、実にその四割以上を「ほほゑむ」が占めている。その三七例の「ほほゑむ」が表現する内容を第一章で分析したように分類すると次のようになる。

①あざけりの笑い（嘲笑）　一一例
②遊戯的笑い（からかい・冗談）　六例
③照れ・失敗の笑い　三例
④「してやったり」の満足笑い　三例
⑤「してやられた」の苦笑い　一例
⑥意思を伝達する笑い（同意・否定等）　五例
⑦好き心・恋心・いとおしさの笑い　七例
○前後の文脈からは不明　一例

①～⑦それぞれの用例数を示してみたが、前述したように複雑で多義にわたる意味を含んでいて、必ずしも明確に弁別できるものではなく、まさに光源氏の奥深い内面性を象徴している言葉と言える。その中でも一番多い事例を数えるのが「①あざけりの笑い」である。ただし「あざけり（嘲笑）」とはいっても、光源氏が人を馬鹿にしたり、軽蔑したりといった態度を表現しているのかといえば、決してそうではない。以下にいくつかを例にとって説明する。

a　（末摘花が）心を尽くして詠み出でたまへらんほどを思すに、いともかしこき方とは、これをも言ふべかりけりと、（源氏は）ほほ笑みて見たまふを、命婦おもて赤みて見たてまつる。　（末摘花　二九九）

b　（末摘花）「いでや、賜へるは、なかなかにこそ。

きてみればうらみられけり唐衣かへしやりてん袖をぬらして

御手の筋、ことに奥よりにたり。（源氏ハ）いといたくほほ笑みたまひて、（玉鬘　一三七）

a、bとも末摘花の歌の詠みぶり、書きぶりがあきれるほど拙く、古風でいただけないのを光源氏が苦笑した場面であるが、決して単なる一人の女性としての末摘花の滑稽さを口先で小馬鹿に嘲笑したのではない。末摘花に代表される「没落貴族のかたくなな様子」に対して、思い入れを持って批判しているのである。平安も中期となり成熟した社会においては家柄、血筋が良くても没落してしまった貴族が存在していた。没落しても過大な誇りを持って、伝統の中でしきたりに縛られて不自由に生きようとしている貴族連中を、古風でいただけないと批判していると考えられる。またcは朧月夜の父親の右大臣を嘲笑する「ほほゑむ」である。

c　（右大臣ハ）御簾引き上げたまふままに、「いかにぞ。いとうたてありつる夜のさまに思ひやりきこえながら参り来でなむ。中将、宮の亮などさぶらひつや」などのたまふけはひの舌疾にあはつけきを、大将（源氏）はものの紛れにも、左大臣の御ありさま、ふと思しくらべられて、たとしへなうぞほほ笑まれたまふ。げに入りはてきてものたまへかしな。（賢木　一四四）

これは嵐の翌朝に、朧月夜との密会が父・右大臣に見つかってしまう場面で、右大臣が御簾の中に半分体を入れるや否や、早口で浮わついた様子で朧月夜に話しかける態度を「左大臣と比べてひどい違いだな」と嘲笑している。密通の露見という切迫した状況で「ほほゑむ」余裕がある源氏は大物と言わざるを得ないが、これとても右大臣への個人攻撃というよりは、政治の中枢を司る人々の軽薄さに対する非難と思われる。源氏は日頃からこのように地位が高くても、軽々しく落ち着きのない政治家たちに対してにがにがしい気持ちを抱いていたに違いない。そういった感情がこのような緊急事態の場においても湧き上がってきたのであろう。いずれにしてもこれら1～3の「ほほゑむ」は源氏の思い入れのある「笑い」であり、このような社会に対する諷刺とも思われる。源氏が俗人として口先で笑っているのではなく、大所高所から人間界を断っているようにさえ感じられる。そもそも光源氏はどうでもいい人、これといって取り柄のない人に対しては批判がましいことは言わないのである。このことは次に挙げる⑥意思を伝達する「ほほゑむ」にもよく表現されている。

d　（花散里）「（前略）帥親王よくものしたまふめれど、けはひ劣りて、大君けしきにぞものしたまひける」とのたまへば、（源氏は）ふと見知りたまひにけりと思せど、ほほ笑みて、なほあるを、よしともあしともかけたまはず。人の上を難つけ、おとしめざまのこと言ふ人をば、いとほしきものにしたまへば、（蛍　二〇八）

これは六条院において馬場の競射が催された夜に、源氏が花散里のもとに泊り語らう場面である。源氏が弟の兵部卿宮の人間性を褒め、花散里もそれに同調した後、いきなり源氏の別の弟である帥親王について切り出す。花散里は、兵部卿宮に比べて大宰府の長官である親王の方は人柄が劣っていると言うのである。これに対して源氏は「よくぞ見抜いたな」とは思うものの「ほほゑむ」だけで、花散里に同調の意思表示はしないのである。さらに源氏は今日の競射に集まった他の人々についても良いとも悪いとも批評はしない。他人をさげすむ風潮を嫌っているのである。ここで登場する弟の帥親王はこの場面一回限りの出演で、源氏のこういった非俗人的な崇高な人柄を強調する「ほほゑむ」を演出させるためだけに登場させているとも考えられる。

さらに「ほほゑむ」には光源氏の醸し出す外面的な美しさをも表現している。

e　（源氏）「もの思ひ知らぬやうなる心ざまを、懲らさむと思ふぞかし」とほほ笑みたまへる、若ううつくしげなれば、（命婦ハ）我もうち笑まるる心地して、（末摘花　二八八）

f　（五節）「琴の音にひきとめらるる綱手縄たゆたふ心君しるらめや
すきずきしさも、人な咎めそ」と聞こえたり。（源氏ハ）ほほ笑みて見たまふ、いと恥づかしげなり。（須磨　二〇五）

g　（明石君）「めづらしや花のねぐらに木づたひて谷のふる巣をとへる鶯
声待ち出でたる」などもあり。「咲ける岡部に家しあれば」など、ひき返し慰めたる筋など書きまぜつつあるを、（源氏ハ）取りて見たまひつつほほ笑みたまへる、恥づかしげなり。（初音　一五〇）

eは「人の情けというものを分かっていない末摘花を少し懲らしめてあげなければ」と「②からかい」の笑いで「ほほゑみ」を浮かべる源氏が、若々しくて麗しいので、命婦が自分も笑みを誘われるという場面。

fは須磨に蟄居している源氏のもとに五節の君から恋文が届く場面で、その文を見て源氏が五節に対して「⑦

いとおしさ」の笑いで「ほほゑむ」場面であるが、その源氏のほほゑんでいる容貌を語り手が「こちらが気圧されるような立派さだ」と絶賛している。

gは明石君が我が娘である明石姫君との別離を思い悲しむすさび書きを見た源氏が、明石君に対して「⑦いとおしさ（いじらしさ）」の笑いで「ほほゑむ」場面で、やはり語り手が源氏のその容貌を「こちらが気圧されるような立派さだ」と語っている。

e〜gのそれぞれの「ほほゑむ」は源氏独特の内面的人間性を表現しながらも、外面的な「絶対的美しさ」をも現出させている。また、8は野分の翌朝に夕霧が紫上を垣間見た場面である。

h　（源氏）「いとうたて、あわたたしき風なめり。御格子おろしてよ。男どももあるらむを、あらはにもこそあれ」と（紫上ニ）聞こえたまふを、（夕霧ハ）また寄りて見れば、（紫上ハ）もの聞こえて、大臣（源氏）もほほ笑みて、見たてまつりたまふ。親ともおぼえず、若くきよげになまめきて、いみじき御容貌の盛りなり。（野分　二六六）

源氏が紫上に「御格子を下ろしなさい、これではまる見えですよ」と注意したのに対して、紫上が源氏に何か言い返している。それに源氏が反応して「ほほゑ」んでいるのであるが、紫上が何と言ったのかは書かれていないため、その理由は文脈からは不明である。つまり、ここでは「ほほゑ」んだ理由については重要ではなく、大事なのは源氏に「ほほゑま」せておいて、その容貌を読者に印象付けることである。実の息子の夕霧に「とても父親とは思えぬくらい、若くて気高くて美しくて（三六歳にもかかわらず）今が盛りといった容貌だ」と思わせている。そういった外面的に発散する美を読者に訴える「ほほゑむ」なのである。

このように「ほほゑむ」は源氏の人間離れした美しさを表現するのに必須のアイテムとしても活用されているのである。一方、源氏が「わらふ」場面や「ゑむ」場面では、その容貌に周囲が気圧されるような表現は用いられていないのである。

さて、以上のように考察を進めると、自ずと「ほほゑむ」の持つ一つの役割がはっきりとしてくる。つまり物語は、声を出して単純明快にふるまう「わらふ」や、楽しさ、嬉しさに「にっこり」する「ゑむ」から弁別する手段として当時の言葉としては使用頻度の少ない「ほほゑむ」を大量に使用したのであり、それすなわち、光源氏の内面的かつ外面的な特殊性、絶対性を植えつけようとする、人物造型上の手段でもあったのである。「ほほゑむ」は光源氏についての使用例が中心で、しかも極めて多義的に用いられている。この「ほほゑむ」の使用こそが光源氏という絶対的人物像の形成、巨人的で不気味とさえも感じられる奥深い性格を読者に印象付けることに成功しているのではないか。

おわりに

以上、光源氏を絶対的な存在として祭り上げる五つの表現（「いつかし」、「〜顔」、「かろがろし」、「涙落とす」、「ほほゑむ」）について考察してきた。これらの方法は「言葉」を単なる「ものごとを伝える道具」として用いているのではなく、物語として特別な意味を持たせて活用することにあった。一つの「言葉」を物語内において、特殊な状況、独特な設定とリンクさせ、それを繰り返すことによって、享受者に同一の印象を刷り込ませ、それを一つの概念として結実させていく、という方法であった。つまり、「言葉」が物語世界の構築に重要な役割を担っているということである。

さて、大野晋は『源氏物語』は全く、個々の読み手がその女手による表現を一字一字、一語一語読み分け、味わい分けることを要求している作品であると論じたが[18]、確かに琵琶法師によって語られる『平家物語』のように、同じ言い回しの文章でも、話し方、演じ方、そして音楽によって様々に脚色できる文芸とは異なっている。『源氏物語』において、享受者を感動させる手段は文字表現のみである。書かれた文字のみによって読み手に状態、状況、心の動きなどを詳細に伝えなくてはいけないのである。西洋では文学を定義するのに「想像的」な文字表現[19]というフレーズが用いられる。これは文字によって虚構を創造したものという意味であるが、『源氏物語』こそ、当時の女手に命を吹き込んで物語を創造した文学とは言えないだろうか。

注

(1) 折口信夫「反省の文学源氏物語」(『折口信夫全集　第八巻』中央公論社、一九六六年)。
(2) 折口信夫「伝統・小説・愛情」(『折口信夫全集　第八巻』中央公論社、一九六六年)。
(3) 高崎正秀「源氏物語における伝承面の問題試論」(『高崎正秀著作集第六（源氏物語論)』桜楓社、一九七一年)。
(4) 高崎正秀「源氏物語を如何に読むか」(『国学院雑誌』一九五八年九月号)において、すでに「神の子」論の先駆が成されている。
(5) 前掲注3の論文に空蟬の記述はないが、前掲注4の論文において、「空蟬も朧月夜もその人生行路をあやまつ。しかも源氏は反省の色がない」と記述されている。
(6) 高崎正秀「源氏物語を如何に読むか」(『国学院雑誌』一九五八年九月号)。
(7) 高崎正秀「「禊」文学の展開」(『高崎正秀著作集・第六（源氏物語論)』桜楓社、一九七一年)。

（8）渡辺仁作は『源氏物語』における「いつかし」の校異を分析して、人間の美に関しては、「いつかし↓いつくし（はづかし）↓うつくし（はづかし）という方向に揺れ動く傾向が認められると論じている。「源氏物語語彙覚書（五）」（『解釈』第十七巻十号、解釈学会、一九七一年一〇月）。

（9）自然や動物に対して「〜顔」という擬人法を用いる表現については、山口仲美が『平安朝の言葉と文体』（風間書房、一九九八年）の「『源氏物語』の擬人法」において取り上げており、「登場人物の心情を象徴するもの」と言及し、擬人法を『源氏物語』の表現構造の根幹にまでかかわり合う重要な手法と論じている。

（10）高崎正秀は「神々の物語の伝承」（『折口信夫への招待』南雲堂桜楓社、一九六四年）において「要するにそこらにある自然――森羅万象は、昔の人にとってはすべて精霊でございます。精霊が巌石になったり樹木になったりして、そういう姿で人間にふれる訣です」と述べている。

（11）一つは『うつほ物語』「巣立つこともまだ知らざりし雛鳥の枝はいづれぞ知らず顔にも」（小学館『新編日本古典文学全集』国譲中、二三四頁）これは、あて宮に失恋して山に籠った実忠が、妻のもとに戻って来たとき、叔父の正頼がお祝い来た、その正頼に実忠の妻が詠んだ歌で、「雛鳥が未熟でどの枝にとまるのか分からないように、正頼さまも実忠が山籠りした理由が分からないのですね」と皮肉っぽく単に比喩として用いた表現。

今一つは『枕草子』「郭公は、なほさらに言ふべき方なし。いつしかしたり顔にも聞こえたるに」（小学館『新編日本古典文学全集』第三九段「鳥は」九七頁）これはホトトギスの鳴き声は得意そうに聞こえる、という作者の感想。

（12）小学館『新編日本古典文学全集・うつほ物語①』六三頁。

（13）小学館『新編日本古典文学全集』一二一頁。

（14）森岡常夫『平安朝物語の研究』（風間書房、一九六七年）一九九頁。

（15）武田宗俊『源氏物語の研究』（岩波書店、一九五四年）。

（16）前掲注14書。

（17）松尾聰『源氏物語を中心とした語意の紛れ易い中古語攷』（笠間書院、一九八四年）。

（18）大野晋「第十二章　女手の世界」（『日本語はいかにして成立したか』中央公論新社、二〇〇二年）。

（19）T・イーグルトン『文学とは何か』（大橋洋一訳、岩波書店、一九九七）の序章。

補論　「かろがろし」が果たした役割

はじめに

かろころも　またからころも　からころも　かへすがへすも　からころもなる
（行幸[*]　三一五）

「行幸」巻で光源氏が末摘花に皮肉たっぷりに贈り返した歌である。「からころも」の四回の繰り返しと、同じ言葉を重ね合わせてつくられた「かへすがへす」という畳語で構成されている当意即妙の返歌である。源氏の末摘花に対するからかい心と、うんざりといった揶揄が実に巧妙に表現された歌と言えるだろう。

『源氏物語』はこのように反覆によって強調される言い回しが多いテクストであるが、特に「かへすがへす」のような畳語については、源氏以前のかな文学作品と比較して突出して多く使用されている。本章では数多く使用される畳語の中でも極めて多く用いられ、重要な働きをしていると考えられる「かろがろし」という語に注目し、この言葉がテクスト内において果たした役割について考察するものである。なお母音交替形である「かるがるし」も同一のものとして「かろがろし」に含めた（＊本文の引用はすべて小学館の『新編日本古典文学全集』であるが、「かるがるし」を「かろがろし」に改めて表記した）。

第一節　『源氏物語』における畳語

『源氏物語』には異なり語数で二六〇語を超える畳語が使用され[1]、そのうち『源氏物語』において初出の畳語は約一一〇語にも及んでいる。[3] さらに、これら約一一〇語のうちおよそ半数程が物語中に僅か一例しか使用されていない語であり、かつ源氏以降『徒然草』までの主要なかな文学作品をそれぞれの索引本で調べても、ほとんど使用されていないことを踏まえると、これらの語の大半は『源氏物語』において創造された言葉か、あるいは女房を中心とした狭い範囲でのみ使用されていたいわゆる女房言葉の類であり、一般的日常会話の中ではほとんど使用されなかったものだと思われる。これらいわゆる稀有な畳語を大量に用いて強調しようとした修辞方法は、この物語の重要な特徴ともいえるであろう。そのような畳語の中で、大量に繰り返し使用することによって物語内に一つの世界観を構築したとも思われる言葉がある。「かろがろし」という言葉である。

表1に『源氏物語』においてきわめて多い用例（六〇例以上）がある畳語を使用例の多い順に列挙した。さらに『源氏物語』以前の主要なかな文学作品における使用例の数を示した。[4] なお作品名から簡便のために「物語」及び「日記」の語句を省いた。

これらの用例数を『源氏物語』に先駆けた長編物語である『うつほ物語』と比較すると、当時日常的に広く使われていた言葉か否かの目安が一応立つ。「1ひとびと」「2さまざま」「5ときどき」「9ところどころ」などは『うつほ物語』においても多数使用され、遍く用いられていた言葉であることがわかる。また「3をりをり」「4いよいよ」「6ことごとし」「7はかばかし」「8をさをさ」「10さうざうし」「12おどろおどろし」などは、『うつほ物語』や他の作品と比較すると『源氏物語』の使用例は極めて多く、『源氏物語』が好んで多用したとは言えようが、他作品を合計するとそれぞれ一〇例以上が認められ、当時において特殊な言葉であったということにはならない。

ここで特筆されるべきは「かろがろし」である。本物語では七九例という用例の多さを持つが、源氏以前の主要かな文学作品においては僅か二例（『うつほ物語』と『枕草子』に一例ずつ）のみが見出されるにすぎない。これは当時の日常の会話で遍く用いられていた言葉とは言い難く、むしろ稀有の言葉であったものを、本物語が集中し

表1

	合計	竹取物語	伊勢物語	土佐日記	蜻蛉物語	うつほ物語	落窪物語	枕草子
1ひとびと	六九八例	二五	八	二〇	三五	三〇六	六五	六四
2さまざま	二一九例		一		九	六一	四	五
3をりをり	一四四例	一	一		三	一〇	一	二
4いよいよ	一〇三例		一		二	一四	二	一
5ときどき	一三一例		一		七	九八	一一	二
6ことごとし	一一三例				四	九	一	三
7はかばかし	一〇一例					九	九	二
8をさをさ	八四例					一四	四	
9ところどころ	八一例		一	二	九	六五	八	一〇
10さうざうし	八一例				三	二三	三	九
11かろがろし	七九例					一		一
12おどろおどろし	六九例	一			五	四	二	九

て取り込み、活用したものと言うことができるであろう。「かろがろし」は現在の日常生活においても頻繁に使用されている言葉であるが、『源氏物語』で繰り返し用いられたことがそのきっかけとなったとも思われる。ではこの「かろがろし」という畳語はなぜに大量に使用されなければならなかったのか、この言葉が果たした役割とはどのようなものであったのかを以下に考察していく。

第二節　「かろし」の反覆語としての「かろがろし」の意味

「かろがろし」とは、形容詞「かろし」を強調するために反覆させた形容詞であるが、そのもとになる「かろし」（母音交換形の「かるし」を含む）は本物語内で二三例の使用例があり、それらの意味内容は大きく分けて次の三つに分類できる。

①「かろし」の意味

1　物の価値が低い・人の身分が低い　一〇例
2　人の考えや行動が軽率・軽薄である　六例
3　罪が軽い　七例

1のケース

a　風に散る紅葉はかろし春のいろを岩ねの松にかけてこそ見め　（少女　八二）

b　まだ（夕霧は）下﨟なり、世の聞こえ耳かろしと思はれば　（常夏　二二九）

aは紫の上の詠んだ和歌であるが、秋の紅葉を賞賛する秋好中宮に対して、風に散る紅葉などたいして価値のあるものではないと返したものである。bは夕霧がまだ若輩で人としての価値も低く身分も低いことを意味している。

2のケース

c　なごりなう移ろふ心のいとかろきぞやと思ふ思ふ　（真木柱　三六四）

cは髭黒大将が、玉鬘に心を移してしまった自分を、軽率だなあと思い悩む場面である。「いとかろき」と強調しているので、「かろがろし」を用いてもいいところであるが、「思ふ思ふ」と述語に反覆を用いたので、語のすわりを考えたのかもしれない。

3のケース

d　罪かろくなりたまふばかり行ひもせまほしくなむ　（椎木　一七八）

このdを含めて七例すべてが「罪かろし」という言い回し方で使用されている。罪の程度が低い、たいした罪ではない、という意味であるから、1・2では「かろし」が悪い意味を表現しているのに対して、この3では良い意味を表現しているという違いがある。

以上のように「かろし」とは、3のケースの「罪かろし」を除いてはすべてマイナスの意味に用いられている。現代においてよく使われる「重量が軽い」という物理的な意味や、「気分が軽い」というような良好な表現は一例もなかった。

②「かろがろし」の意味

形容詞「かろがろし」七九例に名詞「かろがろしさ」二例を加えた八一例を分類したものを以下に示す。

1 物の価値が低い・人の身分が低い　一四例
2 人の考えや行動が軽率・軽薄である　六五例
3 罪が軽い　〇例
4 その他（不作法であること一例、安易であること一例）　二例

「かろがろし」は「かろし」の用例のうち、「人の考えや行動が軽率・軽薄である」という意味を強調して表現することを主目的として使用されていることが分かるのである。ここには「罪かろがろし」といったプラス面で使用される例もないし、「軽々しく持ち上げる」といった用例も勿論ない。「かろがろし」は、人間の考えや行動の軽率さや軽薄さを強調するために物語が大量に取り込んだ言葉なのである。

第三節　「かろがろし」と非難される登場人物と非難する人

「かろがろし」が軽率さ・軽薄さを表現する六五例のうち、否定の形を取り、軽率ではなくむしろしっかりとした考え・行動を表現している例が一〇例あるがこれを除き、さらに左馬頭が語る架空の人物への用例一例を除いた五四例について、どのような登場人物が「かろがろし」と非難されているのかを表2に記した。この五四例の中には、もしそのような行動をとったら軽率であろうといった仮定の場合も含んでいる。そしてこの五四例について、誰からそのように非難されているのかをも示した（自分自身の軽率さを自覚・反省している場面では自分自身と記した）。

次頁の表2によって二つの実態が分析できる。一つはどのような身分の登場人物が「かろがろし」の対象になっているかという点、今一つはその人物がどのような人から「かろがろし」と非難されているかである。

①「かろがろし」と非難される登場人物の身分

まず男性についてであるが、「かろがろし」の対象になっているのは、朱雀院を筆頭にすべて王朝政治の中心に位置する上級貴族ばかりである。ただし、本物語の主要登場人物は、男性の場合、皇室及び政権を担う上級貴族に限られていて、身分が低い登場人物は端役では登場するものの、軽率に振る舞うといった場面展開がそもそもないので、上級貴族に限定されて表現されているとは言い切れない。しかし、女性に目を転じるとはっきりとした境界線が見えてくるのである。本物語において最も「かろがろし」い女性、もっとも軽率な女性は何と言っても近江の君に間違いないだろう。人前でべらべらと言いたい放題に軽率な言動を繰り返し、周囲から嘲笑され

表2

	非難される人	合計	非難する人
男	光源氏	一六例	自分自身(八例) 語り手(三例) 桐壺院(一例) 明石の君(一例) 女房(二例) 内大臣(一例)
	匂宮	四例	自分自身(一例) 薫(一例) 衛門督(一例) 時方(一例)
	薫	三例	自分自身(一例) 夕霧(一例) 弁の尼(一例)
	夕霧	三例	自分自身(二例) 語り手(一例)
	内大臣（柏木の父）	二例	自分自身(二例)
	髭黒大将	二例	自分自身(一例) 光源氏(一例)
	式部卿宮（髭黒の義父）	三例	髭黒大将(二例) 髭黒の北の方(一例)
	朱雀院	一例	弘徽殿大后(一例)
	柏木	一例	夕霧(一例)
女	女三宮	四例	朱雀院(一例) 乳母(一例) 柏木(一例) 夕霧(一例)
	浮舟	三例	薫(二例) 女房(一例)
	明石の君	二例	自分自身(二例)
	朝顔の姫君	二例	自分自身(二例)
	玉鬘	二例	光源氏(二例)
	落葉の宮	二例	母・御息所(一例) 柏木(一例)
	雲居雁	一例	夕霧(一例)
	空蝉	一例	自分自身(一例)
	紫上	一例	光源氏(一例)
	大君・中の君両人	一例	父・八の宮(一例)
合計		五四例	

揶揄される、そんな場面が幾度も展開される。しかしながら近江の君は唯の一度も「かろがろし」とは表現されない。そのほか軒端荻、弁の尼、小少将、女三宮の女房といった人物達にも軽率という意味合いの表現が成されてはいるが、いずれも物語は「かろがろし」という言葉を使用していないのである。では、彼女達にはそのような場面ではどのような言葉が使用されるのであろうか、それは「あはあはし」、「あはつけし」といった言葉である。たとえば近江の君にはこれらの語の用例が四例あり、軒端荻、弁の尼、小少将、女三宮の女房には一例ずつの用例がある。「あはあはし」と「あはつけし」はいずれも語源「あはし」から派生し、「軽率・軽薄」を意味する同義語である。本物語において「かろがろし」との使い分けが明確に読み取れる本文が「若菜上」巻にあるのでその例を引用する。

親に知られず、さるべき人もゆるさぬに、心づからの忍びわざし出でたるなむ、女の身にはますことなき疵とおぼゆるわざなる。なほなほしきただ人の仲らひにてだに、あはつけく心づきなきことなり。みづからの心より離れてあるべきにもあらぬを、思ふ心より外に人にも見え、宿世のほど定められむなむ、いとかろがろしく、身のもてなしありさま推しはからるることなるを。（若菜上　三四）

朱雀院が娘の女三宮の結婚について語る場面である。まず一般論として、女が、親や然るべき人の同意も無く、勝手に男と契りを結んで結婚してしまうことは、大変軽率な行為であると述べていて、「ただ人である女」の場合は、そのような行為を「あはつけし」と形容している。一方、自分の娘である女三宮のような「ただ人ではない女」の場合は、そのような成り行きで運命が決まってしまうのであれば、日常の行いが「かろがろし」であるからだ、そのようなことの無いようにと、乳母や女房連中に注意するのである。「ただ人」の軽率さを「あはあはし」・「あはつけし」で表現し、「ただ人でない人」の軽率さを「かろがろし」で弁別したと言うことができる。そして、「ただ人」と「ただ人でない人」の境界線は、物語に登場する女君から類推して、上級貴族（家族も含む）と中・下級貴族の間に引かれているということができる。つまり、「かろがろし」は単に軽率や軽薄を表現する言葉ではなく、身分が高いのにもかかわらず、身分不相応に軽率・軽薄であることを表現する言葉であることが分かるのである（ここで、中・下級貴族である空蟬に用いられた「かろがろし」一例が例外として浮かび上がるが、これについては特別な意味を持つ例と考え後述した）。ただし、断っておかなければならないのは、光源氏などの上級貴族が「あはあはし」・「あはつけし」と表現される若干の用例があることである。これは「かろがろし」よりはあきらかに軽薄で非道徳な行為を表現する場合に使用されていて、たとえば末摘花に仕えている命婦が「おしたちてあはあはしき御心などは、よも」（末摘花二八二）と、まさか光源氏が無理矢理に末摘花に襲い掛かるような軽薄なまねはしないだろうと、末摘花を安心させる場面や、女三宮の筆跡があまりに稚拙なのを「あはあはし」と表現している場面（若菜上七二）などである。

さてここで他出である『うつほ物語』と『枕草子』における「かろがろし」の用例二例について考えてみたい（引用本文はいずれも『新編日本古典文学全集』小学館）。

『うつほ物語』

（今上）「げにいとめづらかなりける人の琴の声なり。かろがろしからずは、参りても聞くべかりけるをとなむ覚えし」とのたまひて、（楼の上・下　六一三）

（帝が、俊蔭の娘の弾いた琴の音色に大層関心して、軽率なふるまいでないなら、自分で出かけて行ってでも聴くべきであったと言う場面。）

『枕草子』

君（中宮）の御ためにもかろがろしう、「かばかりの人をそぼしけむ」など、おのづからも、物知り、世の中もどきなどする人は、あいなうぞ、（第二六〇段　四一三）

（中宮様が自分（清少納言）のような程度の低い者を御寵愛になれば、中宮という高貴な身分がら軽率であると、とかく世間のことを非難する人は噂するだろう。）

この二例は、かたや帝、かたや中宮という最高の身分の者が、その身分に対して軽率な行為であることを表現している。『源氏物語』が上級貴族に遍く使用しているのと異なり、帝、中宮に限定して用いられていることは、当時のこの言葉の特殊性を表してはいないか。ちなみに『うつほ物語』と『枕草子』においても、「ただ人」の軽率・軽薄な様子を「あはあはし」で表現している用例が以下のようにあり、身分によって「かろがろし」と「あはあはし」が弁別されていることが分かる。

『うつほ物語』

かかる所に、一日片時、立ちとまる人もあらじと思ひて、多く徳あるよき人をも聞きすごし、わが子をや、人笑はれに、あはあはしく思はせむ。（嵯峨の院　三六三）

（わが子というのは在原忠保の娘のことで、あて宮に妄執した仲頼と結婚した娘のこと。父である忠保は、財産目当ての結婚だと世間から軽率だと笑われる結婚はよそう。貧くても当時は誠意のあった仲頼と結婚させようとした。）

『枕草子』

宮仕へする人を、あはあはしうわるき事に言ひ思ひたる男などこそ、いとにくけれ。（第二二段　五六）

（宮仕えをする人を、軽率で悪いことと言い思う男はたいそうにくらしい。）

②　誰から「かろがろし」と非難されるのか

実は自分自身から「かろがろし」と非難される例が極めて多いのである。つまり「かろがろし」が自分自身の行為の自戒や反省に用いられることが多いということである。表2における五四の事例のうち、自ら犯してしまった行為を「かろがろし」と反省したり、さすがにまずいと自粛したりする例が二二例を数えている。特に男君はその三五例中約半数の一六例が該当していて、光源氏についても一六例中半数の八例が該当している。これらは自らの行為をその身分上不相応なものと自覚しているわけであり、それなりに自身の身分の高さを意識しているのである。ただし、当時の「かろがろし」が『うつほ物語』や『枕草子』のように、天皇、中宮といった最上級の身分の者に限って使用されていることを踏まえれば、その全員が必要以上にプライドが高く身分を過剰に意識していることにもなっている。また、自分自身で自覚するケース以外は、人から「かろがろし」とたしなめられているわけだが、女三宮が柏木と夕霧からたしなめられている以外は、父、母、夫、妻、女房（語り手含む）、家来、親友など、すべて血縁であったり、身の回りの者から「かろがろし」と非難されているのである。そういう意味では周囲の者も含めた身内全体で、その階級の高さを誇りにしていると言えるのである。「かろがろし」の使用は、上級階級の貴族達に対して、努めて中・下級貴族との間に一線を引くという効果が見られる。

第四節　光源氏における「かろがろし」

『源氏物語』は、『うつほ物語』や『枕草子』で天皇や中宮といった最高の身分に使用した「かろがろし」という言葉を上級貴族にも使用して、その地位を引き上げた。そして、その頂点に光源氏を据え置いて、「かろがろし」という言葉を集中的に用いた。登場人物の中で「かろがろし」の用例が突出して多いのが光源氏であり、表2における五四例の三割を占める一六例もの用例がある。以下に光源氏における用例について考察する。

実にその大半である一二例が女との恋愛、情事に関する問題について「かろがろし」い行為だと語られているのである。そしてそのうちの七例が源氏が女のもとへ通う行為、残り五例が源氏と女との間に浮名が立つことで、それぞれ源氏自身や身近の女房達が「かろがろし」と反省したり、忌まわしく思う用例である。以下に女のもとへ通う行為七例を掲出する。

かろがろしく這ひまぎれ立ち寄りたまはむも、人目しげからむ所に便なきふるまひやあらはれむ、人（空蟬）のためにもいとほしくと思しわづらふ。（箒木　一〇九）

（空蟬のもとへ軽率に忍んで立ち寄るのも、人目の多い所だから不都合な振る舞いが露出してしまう。そうなっては空蟬のためにも気の毒だと、源氏は思い悩む）

（女房）「あな腹々。いま聞こえん」とて過ぎぬるに、（源氏ハ）からうじて出でたまふ。なほかかる歩きはかろがろしく危かりけりと、いよいよ思し懲りぬべし。（空蟬　一二八）

（空蟬のもとに忍び込んだ源氏であったが、空蟬に逃げられて、そこに寝ていた軒端荻と契ってしまう。女房に見つかりそうになった源氏だが、運良くも女房は「腹が痛い痛い」と言って過ぎ去ってしまったので、見つからないで出ることができた。やはりこのような忍び歩きは軽率で危ういことだと、いよいよ源氏は懲りたに違いない）

女（夕顔）も、いとあやしく心得ぬ心地のみして、御使に人を添へ、暁の道をうかがはせ、御あり処見せむと尋ぬれど、そこはかとなくまどはしつつ、さすがにあはれに、見ではえあるまじくこの人の御心に懸りたれば、便なくかろがろしきことと思ほし返しわびつついとしばしおはします。（夕顔　一五二）

（夕顔も源氏の素性が分からずに合点がいかず、その住まいを探らせようとするが、惑わされて分からない。源氏は夕顔に執心して通わずにはいられないのであるが、その一方で都合の悪い軽率な行為だと思い悩んでいる）

参りてありさまなど聞こえければ、あはれに思しやらるれど、さて通ひたまはむもさすがにすずろなる心地して、かろがろしうもてひがめたると人もや漏り聞かむなど、つつましければ、ただ迎へてむと思す。（若紫　二五一）

（源氏は、幼少の紫の上のもとに通うのはさすがにあさはかな気持ちがして、軽率なとんでもない振る舞いだと世間から噂されることにもなろう、いっそ二条院に迎えてしまおうと思う。）

（頭中将）「まことは、かやうの御歩きには、随身からこそはかばかしきこともあるべけれ、後らさせたまはでこそあらめ。やつれたる御歩きは、かろがろしきことも出で来なん」とおし返し諫めたてまつる。

（末摘花　二七三）

（末摘花の琴の音を聞こうと出かけた源氏の後をつけてきた頭中将が、「女のもとへの忍び歩きは軽率なことにもなりかねない、しっかりした私のようなお供が必要ですよ」と諫める。）

これら以外の二例は、誰のもとへの通いかはわからないが、二例とも「かろがろしき御忍び歩きは最近では控えている」、という語り手の表現である。

さてここで問題であるが、これら空蟬、夕顔、紫の上、末摘花といった女のもとへ通うことが果たしてこの時代の貴族として軽率、軽薄な行為なのであろうか。確かに源氏が夜な夜な足繁く女通いをした時期は、葵の上という正妻がいた時期ではあったが、一夫多妻で、夫が妻のもとに通う「通い婚」の時代である。当時の社会においてこのような浮気は日常茶飯事であったはずではないか。『蜻蛉日記』の作者である摂政藤原兼家の第二夫人が、兼家の愛人通い、女遊びについての恨みつらみを切々と述べてはいるが、摂政たる兼家はその行為を軽率で軽薄であると世間から非難されていたであろうか。身分をわきまえない軽々しい行為と反省していたであろうか。ましてや光源氏が女のもとへ通っていた時期は二〇歳にも満たず、若輩者で、皇子とはいえ臣籍降下した「ただびと」である。この「ただびと」の行為に一六例もの多くの「かろがろし」が用いられるのは、『うつほ物語』、『枕草子』の用例と比較すると極めて不自然で作為的と考えられる。

第五節　「かろがろし」が果たした役割

本物語は上級貴族という階級の地位を必要以上に高めている。本人の自覚、血縁、周囲の者の非難、皆でこぞって自らの地位を高め、その高い身分だからこそ「かろがろし」、「かろがろし」と耳が痛くなるほど繰り返し、中・下級貴族との境目に強い一線を引いて別次元化しているのである。そしてその異常に高められた上級社会の頂点に祭り上げられたのが光源氏である。箒木の語り手は巻の冒頭で以下のように語る。

さるは、いといたく世を憚りまめだちたまひけるほど、なよびかにをかしきことはなくて、交野の少将には、笑はれたまひけむかし。（箒木　五三）

源氏は実際のところは世間に気がねをしてまじめに振る舞い、色っぽい話はなくて、好色男として有名な交野の少将などには笑われてしまわれるだろうよ、というのである。確かに物語は異常なまでに源氏に「かろがろし」と世間を憚らせ、自分自身のプライドを自覚させ、その行動を制限させた。もはやそれは二十歳にも満たない若輩者の「ただびと」ではなく、時の天皇、もしくはそれ以上の存在に仕立て上げられたかのようである。源氏の行為・行動にしつこいまでに「かろがろし」を用いることによって、その身分不相応さが強調され、その存在自体がどんどん崇高な方向に高められていくのである。

折口信夫は「反省の文学源氏物語」(5)において、光源氏のことを「神に近づこうとした巨人」であると分析し、高崎正秀は「源氏物語における伝承面の問題試論」(6)などにおいて、光源氏こそ「神の子」であると位置付けた。

巨人と神の違いはあるにしても、折口や高崎は光源氏を通常の人間とは次元の異なる特別な存在と絶対化して、その理由を光源氏の「行動」や「考え方」に基づくものと分析した。このことに加えて、光源氏が「かろがろし」を強く意識することも、物語内部における光源氏の絶対化を醸成する一因になり得たと考えられる。

一方ではこの身分意識はまた、物語が誰によって享受されるかということに強く配慮したという面も考えられる。今西祐一郎は「源氏物語の構造と身分」(7)において「雨夜の品定め」を次のように享受者からの非難に対する防御と位置付けた。

源氏物語とは、まず第一に、宮廷で読まれても決して恥ずかしくない物語でなければならなかったはずである。そのような源氏物語に、もし主人公が何のことわりもなく、みずからの意志と関心から、しがない地方官の後妻や五条あたりの貧窟に姿をかくしている素姓の知れぬ女のもとへ通って行くような話があればどういうことになるか。おそらくそれは、物語享受の場における非難の対象となることを免れることはむずかしかったであろう。「雨夜の品定め」とは、空蟬や夕顔といった「中の品」もしくはそれ以下の階層の女性と光源氏との出会いを語るにあたっての、そのような非難に対するあらかじめの防御でもあった。

当時の時代背景、社会の権力構造を踏まえると、身分の低い中級貴族によって成された本物語が、自らが女房として仕える上級貴族社会を諷刺したり、面白おかしく揶揄するなどということは、絶対に避けねばならないタブーである。物語の内容を興味あるものにしつつ、なおかつ上級階級からの非難を受けないようにすること、この二律背反ともいうべき効果をもたらすように、相当の気配りをしたことは当然であろう。であれば「かろがろし」もこの防御策の一つであったのではないか。つまり、主人公が、しがない地方官の後妻や五条あたりの貧窟に姿をかくしている素姓の知れぬ女のもとへ通うことを、主人公自身が本心では決してよしとは思っていないことを強調したのである。身分不相応に軽率な行為だと反省させたのである。「かろがろし」という言葉は、物語の内部において、主人公自らにまず反省させ、さらに主人公を取り巻く人々から非難を浴びせかけたのである。このように、物語内部において先に非難させてしまうことが、物語の外部である享受の場においては非難の対象になることを未然に防ぐ、そのような役割をも果たしたのではないだろうか。

第六節　女君達のプライド

最後に別の観点から「かろがろし」の果たした役割について述べる。それは女君達のプライドの有無を表現する一つの要素として、この「かろがろし」が有効に活用されているということである。男君達は、光源氏を筆頭に自分自身で「かろがろし」と自戒する例が多く、総じて身分の高さにプライドを持っていると言えるが、女君達については、日頃の行動が自分自身の身分を意識しているか否かという点においては、まちまちの印象を受ける。

女君達の中で、自分自身で「かろがろし」と自らの身分を自覚した表現が五例あるが、朝顔の姫君（二例）、明石の君（二例）、空蟬（一例）の三人に限られている。それぞれ一例ずつ用例を挙げると、朝顔の姫君は、光源氏からの熱心な誘いに対して「かろがろしい振る舞い」と取沙汰されることを心配して打ち解けないでいる（朝顔四七八）。明石の君は、若宮に付き添っている女御のことを考えると、女御を一人にして私がこうして母上のもとに来てしまっては「かろがろしい行い」と思われるでしょうと、女御の母である自分を自覚する場面が描かれる（若菜上　一二〇）。朝顔の姫君は父親が宮様であるので身分を意識するのに十分な地位にある。また明石の君は、中級貴族の娘とはいえ、将来の国母ともなるべき明石の姫君を産んだ実の母であり、内心におけるプライドの高さは理解できるものである。しかしながら、空蟬はどうであろうか。中・下級貴族でありながら物語は唯一例外として空蟬に「かろがろし」を用いたのである。その用例を以下に引用する。

御文は常にあり。されど、この子もいと幼し、心よりほかに散りもせばかろがろしき名さへとり添えむ身のおぼえを、いとつきなかるべく思へば、めでたきこともわが身からこそと思ひて、うちとけたる御答へも聞こえず。（帚木　一〇八）

空蟬の心内である。光源氏から度々手紙は来るが、返事はしないというのである。その理由として、手紙を取り持つ自分の弟が大層幼いので、何かの間違いで人に見られてしまったら、身を落としただけではなく、「かろがろしき名」さえ取り添えてしまうので、そんな名は自分にはふさわしくないと拒絶しているのである。この「いとつきなかるべく」というのは、自分の境遇にふさわしくないという意味であるが、「自分の身分と源氏の身分が不相応である」という意味ではないであろう。自分ともあろうものに「かろがろしき名」が立つことがふさわしくないと思っているのである。(8) 空蟬は世間から「かろがろしい女」と言われるような高い身分では全くない。夫が受領という中・下級貴族に属する女であり、父親が受領といえども明石の君のように光源氏の子を産み、その子が中宮になるという身の上とは全く異なる。明石の君と空蟬では比較にもならない。(9) ではなぜ空蟬に「かろがろし」を使用したのであろうか。それは空蟬の自尊心の高さを特に強調するためではなかったか。父は中納言かつ衛門督で、身分こそ低いものの、父は自分を宮中へ出仕させようと意図したことがあり、父の死がもう少し遅ければ、空蟬は宮中で目をかけられて、出世した可能性もあった。自分自身に誇りを持っていた。それが老いた受領ごときの伊予介の後妻に身を落としたことさえ傷心であるのに、これ以上の屈辱は受けたくないと思っているのである。空蟬は『源氏物語』にとって特に思い入れのあった登場人物と考えられ[10]、空蟬と源氏物語作者を重ねて見ようとする研究も、はやく島津久基[11]に論じられて以来、枚挙にいとまがない。空蟬の「かろがろし」は、中・下級貴族である源氏作者自身のプライドの表れかもしれない。その妥当性はともかくとしても、空蟬という身分の低い女性に「かろがろし」が使用されることによって、その内面の自尊心が強く吐露されたことは見逃すことはできない。

一方、これらのプライド高き女性達と対称的に描かれるのが、女三宮、落葉の宮、浮舟、玉鬘といった面々で、いずれも自分から「かろがろし」と自覚することはない。すべて周囲からの非難で「かろがろし」が用いられている。特に象徴的なのが女三宮の四例で、つゆほども自らの「かろがろし」さを意識することはなく、無頓着である。以下に用例を挙げる。

a　わが心ひとつにしもあらで、おのづから思ひの外のこともおはしまし、かろがろしき聞こえもあらむときには、いかさまにかはわづらしからむ。（若菜上　二九）

b　思ふ心より外に人にも見え、宿世のほど定められなむ、いとかろがろしく、身のもてなしありさま推しはからるることなるを、（若菜上　三四）

c　いと端近なりつるありさまを、かつはかろがろしと思ふらむかし（若菜上　一四三）

d　さるべきことかは、かろがろしと大将の思ひたまへる気色見えきかし、（若菜下　二五九）

aは、思いがけない間違いでもあって、女三宮に「かろがろしき」男女の噂が立つことを心配する乳母の会話である。またbは前述したが、朱雀院が娘の女三の宮の日ごろの行動を「かろがろし」と思われることを心配する会話で、いずれも皇女という身分を踏まえて、その身分にあるまじき軽率な浮き名が立つことを警戒している。c、dはどちらも女三宮が六条院の蹴鞠の際に、猫によって御簾が引き上げられ、垣間見られてしまったことを「かろがろし」と非難されている。皇女としてかつ源氏の北の方としての高い身分としては、あまりに不相応な軽率なあやまちだというのである。女三宮の人となりについては様々な角度から論じられ、概ね「片成り」「未成熟」という分析が成されているが、自らを「かろがろし」と自戒しないことも、その性格がよく表現されているのではないだろうか。

注

（1）畳語には、「いとど」「うらら」のような重複形と、「いといと」「うらうら」のような反覆形とがあるが、ここでは反覆形のみを対象にした（第一章に準ずる）。工藤力男「古代日本語における畳語の変遷」（『万葉・第一二二号』万葉学会、一九八五年八月号）によると、「畳語の形成は、奈良時代にはなお重複法が活力を有していたが、次第にその活力が衰えてゆき、平安時代には反覆法が主流になった」という。

（2）『源氏物語』の用例数についてはすべて、第一章に準ずる。池田亀鑑『源氏物語大成』（中央公論社、一九八五年）を採用した。
（3）第一章に準ずる。
（4）用例数は『うつほ物語』は『うつほ物語の総合研究』（勉誠出版、一九九九年）、『落窪物語』は『落窪物語総索引』（松尾聰・江口正弘編、明治書院、一九六七年）、それ以外は宮島達夫『古典対照語い表』（笠間書院、一九九二年）による。
（5）折口信夫「反省の文学源氏物語」（『折口信夫全集　第八巻』中央公論社、一九六六年）。
（6）高崎正秀「源氏物語における伝承面の問題試論」（『高崎正秀著作集第六　源氏物語論』桜楓社、一九七一年）、同「源氏物語を如何に読むか」（『国学院雑誌』一九五八年九月号）において、すでに「神の子」論の先駆が成されている。
（7）今西祐一郎「源氏物語の構造と身分」（『国語国文』六〇七号、一九八五年三月）。
（8）「いとつきなかるべく」の解釈は『新編日本文学全集』の頭注を採用した（他に「源氏の身分と不似合い」、「人妻として不似合い」との解釈があるが取らない）。
（9）森一郎は「中の品物語としての源氏物語」（『日本文藝学』第三九号、二〇〇三年二月）において、明石の君を玉の輿に乗る中流階級でいわば夢の例、空蟬を中流階級の女の現実という分け方により、中流階級における両者の違いを打ち出している。
（10）中野幸一は『国文学・解釈と教材の研究』一九八七年一一月号（學燈社）において、この空蟬の身分は「雨夜の品定め」で一応中の品に含めた上流の没落組に当たるが、この階層について作者はもっとも強く関心を抱いていたらしいと述べている。
（11）島津久基「源氏物語に描く作者の自画像のいろく」（『国語と国文学』一九二九年八月）。
付記　この補論は、第五章第三節「かろがろし」を増強・発展させたものである。

第六章　「罪」と「恥」に関わる言葉について

戦後まもなく、昭和二三年に日本でも発表されたアメリカ人社会学者R・ベネディクトの『菊と刀』は、燎原の火のごときベストセラーになり、現在でも出版が重ねられ[1]、多くの日本人にさまざまな共感と疑問を投げかけてきた。その著書のハイライトのひとつに「罪の文化」と「恥の文化」という図式がある。西欧文化圏を特徴づける基本的テーマが内面的な「罪の文化」であるのに対し、日本は外面的な「恥の文化」によって構成されているという。「罪の文化」の社会では罪を犯した者は誰が見ていようといまいと、罪は罪であり、内面的葛藤・苦しみといった罪過をあがなわなければならない。これに対し「恥の文化」においては、誰からも見られさえしなければ、外面的に発覚さえしなければ、それは恥とはならず内面的に苦しむ必要もないのだという。ゆえに日本人は常に他人の目、世間の目を異常なまでに意識してふるまうようになる。といった内容である。ベネディクトのこの図式は、複雑な社会を単一なテーマでとらえようとする方法の素朴さゆえに、多くの社会学者たちから反論の対象になった。論の是非はともかくとして、社会のあり方を構成する概念、人の行動規範を決定する概念として、「罪」の意識と「恥」の意識が大きな要素を担っていることは疑いのないところである。そして「罪」は犯したことそれ自体で成立するが、「恥」は世間に発覚して初めて「恥」と成りうる、という考えは、『源氏物語』における文化においても内包されていると考えられるのである。

本章では、光源氏と藤壺、柏木と女三宮、浮舟と匂宮という三大密通事件に悩む登場人物たちの「罪」と

「恥」の意識を取り上げる。方法としては、源氏初出の言葉である「そらおそろし」、「そらはづかし」や、源氏以前には些少の用例しかない「おほけなし」といった言葉、また浮舟と密接な関係にある「人笑へ」、「人笑はれ」といった言葉に注目して、これらの言葉の果たした役割を踏まえて、登場人物たちの意識を分析する。

第一節　「罪」の用例と「罪」の意識

まず、物語中の「罪」という言葉をすべて挙げると、形容詞「罪得がまし」、動詞「罪さり申す」を含めて、全編に一八〇余例の用例を見出すことができた。その一つ一つの「罪」はどのように分類できるのか。多屋頼俊は「源氏物語の罪障意識」(2)の中で『源氏物語』中に出現する「罪」という概念を以下の六種類に分類している。

①　さまざまの罪
②　法的な罪
③　不孝の罪
④　仏教と絶縁する罪
⑤　宿世の罪
⑥　執着の罪・その他

以下にそれぞれの罪について簡単に説明する。

①　さまざまの罪

これは単純な過失、落度、無礼、不作法や、人の性格や育ちにおける欠点など、法的には罰せられない類の行為・状態の意であり、七〇例程を数える。たとえば源氏が左大臣家の婿となった後も、藤壺を慕って宮中に入り浸っていても「ただ今は、幼き御ほどに、罪なく思しなして、いとなみかしづききこえたまふ」（桐壺　四九、『新編日本古典文学全集』小学館、以下第六章の源氏引用はすべて同本）と左大臣の対応が語られるが、この罪とは欠点・落度を意味しており、源氏の君は今はまだ幼いので、非難するほどの問題でもないだろうと、左大臣が思う場面である。また、光源氏が強引に末摘花の部屋に押し入ったときに「はた、世にたぐひなき御ありさまの音聞きに罪ゆるしきこえて」（末摘花　二八四）と若女房達が源氏の罪を許す場面があるが、この罪とは無礼・不作法を意味している。これらの「罪」は日常の生活の中で頻繁に出現する行為、状態であり、登場人物において特に罪障意識としては扱われていない。

②　法的な罪

刑罰を科せられる不法行為の意で一〇余りの用例があるが、すべて帝・朝廷に対する罪である。その大半が無実ではあったが、源氏が須磨に追われることになった謀反の罪を表現している。物語の社会においては、帝・朝廷が絶対的権威であり、それに背く行為は重大な「罪」として位置付けられていた。

③　不孝の罪

親不孝の罪のことであり、本来は儒教の「孝」の思想に基づくものであるが、田中徳定が指摘するように(3)、仏教の孝経典による仏教思想としての「孝」の考え方に基づいていたものと考えられる。この「罪」はたとえば冷泉帝が本当の父を知らないのは親不孝であるといったような問題点として取り上げられ、登場人物に強く意識される概念である。

④ 仏教と絶縁する罪

斎宮・斎院など、神官に仕えるために仏教と絶縁する罪を意味している。

⑤ 宿世の罪

前世における罪で、その因果が現世に及んでいるというもの。「因果応報」まさに物語としての中心となるテーマを構成している。

⑥ 執着の罪・その他

仏教では、原則として死後に極楽浄土に生まれることを是としていて、現世に執着することはすべて罪として否定される。執着する対象が人であろうと物であろうと、その執念は死後の世における煩いのもとになるという考え方である。「愛執の罪」はその代表的な例であり、密通や不倫もこの罪に属していると考えられる。

③〜⑥の罪が仏教倫理における罪で、用例数で九〇余例を数える。重松信弘は「源氏物語の倫理思想（二）」(4)において、「仏教の戒めを破る罪は成仏を妨げ、来世によからぬ影響を与えるため、登場人物達に重い罪として認識されていた」旨の指摘をしているが、仏教倫理における罪は、『源氏物語』においては重要な問題・テーマ

として取り上げられていたことをまず踏まえておきたい。

さて『源氏物語』においては男女の密通が重要なテーマとして描き出される。第一部における光源氏と藤壺、第二部における柏木と女三宮、そして第三部における匂宮と浮舟、これらの密通が因果関係をもって繋がり、一本の柱として物語全体を貫いている。取り分け第一部の光源氏の密通と第二部の柏木の密通は因果応報の仏教倫理により直接的に結び付くものであり、物語正編における重要な問題として取り上げられてきた。『源氏物語』こそ、帝妃の密通事件を単に取り上げるだけでなく、それに関わる罪の意識と重ね合わせて表現された物語であると思われる。源氏以前に帝妃の密通をテーマにした作品としては『伊勢物語』がある。昔男（業平）と二条の后との禁忌の恋の物語である。その密通を描いた代表的な段である六五段によると、帝が二人の密通を知ることになり、男は流罪になり、女は蔵に押し込められた。しかしながら、男は諦めず、毎夜のように女のいる蔵の近くにやって来ては、笛を吹いて声を出して歌い続けた。たとえ帝から罰せられようとも罪意識に捕らわれることなく、さらなる恋心を強く押し出している。『伊勢物語』においては男女の密通という行為は取り上げられるものの、それに対する罪の意識については特に触れられていないのである。それは東下りに追い込まれた男の心情にも表現される（以下の引用は小学館『新編日本古典文学全集　伊勢物語』より）。

七段　京にありわびてあづまにいきけるに　（一一九頁）

八段　京やすみ憂かりけむ、あづまの方にゆきて　（一一九頁）

九段　身をえうなきものに思ひなして、京にはあらじ、あづまの方にすむべき国もとめにとてゆきけり
（一二〇頁）

これら傍線部の心情について、その解釈は簡単には定められないが、少なくとも密通したことによる罪の意識に苛まれて、その償いとしての旅立ちと受け止める事は考えにくい。これに対して『源氏物語』の主人公・光源氏はいかがであろうか。帝妃との密通、それも自らの父の妃との密通という、社会規範から逸脱した行為、さらにはその密通で生まれた不義の子が帝に即位し皇統を乱すという罪の意識に、心の奥底では一生涯苦しみ、苛まれる様子が描かれてはいないか。またその一方で、柏木において語られる罪の意識は、全く性質の異なるものとして表現される。そしてその違いこそが、物語の第一部と第二・三部との違い、すなわち物語と王権との関わり方の違いをも意識したものと考えられるのである。

第二節　「おそろし」、「そらおそろし」、「はづかし」、「そらはづかし」

①　光源氏と藤壺における罪の意識

結論から言うと、光源氏にも藤壺にも罪の意識は大いにあったと考えたい。二人の密通を巡って、直接「罪」という言葉が本文に記される場面が七例あるが、これらの本文を挙げて一つ一つ検討してみたい。ａからｅは源氏の罪意識、ｆ、ｇは藤壺の罪意識が表現されている。

a　わが罪のほど恐ろしう、あぢきなきことに心をしめて、生けるかぎりこれを思ひなやむべきなめり、まして後の世のいみじかるべき思しつづけて、かうやうなる住まひもせまほしうおぼえたまふものから、

（若紫　二一一〜二）

これは源氏の心内語である。北山の僧都から世が無常であること、後の世のことなどの法話を聞いているうちに、源氏の心の中に罪の意識が芽生えてくる。「わが罪」とは明らかに藤壺との密事を指している。野村精一は早くこの点に着目し、「直接密通そのものを罪と密通そのものを源氏が罪として意識することに否定的な立場をとっている。(5)今西祐一郎も「『わが罪のほど…』という源氏の心中が記されているのは、二人の密通より前の時点であった（傍線稿者）。その点に注意すれば、そもそもその『罪』がただちに密通の罪であると考えるのはいささか早計ではあるまいか(6)」と考え、野村の見解に同調している。今西が根拠に挙げたのは、この「わが罪のほど恐ろしう」と源氏が意識したのは北山に行った春三月末で、二人が密通したことが本文に描かれるのは北山から帰って後の夏のことであるから、春の時点で源氏が密通に対する罪意識を抱くことはおかしいというものである。しかしここでは、この夏の源氏と藤壺の密会は初めてではなく、春三月末の時点以前に二人がすでに密通していたという立場を取りたい。

宮（藤壺）もあさましかりしを思し出づるだに、世とともの御もの思ひなるを、さてだにやみなむと深う思したるに、いと心憂くて、いみじき御気色なるものから、

（若紫　二三一）

これは夏に源氏と密会したときの藤壺の心境であるが、「あさましかりし」、「世とともの御もの思ひなる」、「やみなむと深う思したる」などの語句のすべてが、藤壺にとって過去のいまわしい出来事（密通）があったことを読者に思い起こさせる。「あさましかりし」出来事を思い出すにも辛くて苦しくて、もう二度と源氏とは逢うまいと思っていたのに、また逢ってしまったことが「いと心憂くて」なのである。玉上琢彌は『源氏物語評釈』(7)において、この「あさましかりし」について「あきれはてた事。以前も同様の事があり、あまりのことに驚きあきれたのであった。物語の表面には以前の事は述べていない」と以前にも密通があったと解釈している。そうであるならば「わが罪」を「恐ろしう」と感じた源氏の罪とはこの最初の密通を示していると読み取るのがしごく妥当であり、野村の指摘する「単に藤壺について思い悩むこと」というのもいささか不自然であり、やはり密通に対する罪の意識と考えたい。

b　夜昼（紫上の）面影におぼえて、たへがたう思ひ出でられたまへば、なほ忍びてや迎へましと思す、またうち返し、なぞや、かくうき世に罪をだに失はむと思せば、やがて御精進にて、明け暮れ行ひておはす。

（須磨　一九三）

源氏は須磨に蟄居するに当たり、自分には何の罪もないと公言していたが、それは政治的な罪のことである。やはり藤壺との密通は罪として意識していることが傍線部から窺える。須磨で寂しく暮らす源氏に紫上の面影が夜となく昼となく浮かんできて、紫上を須磨に呼び寄せようかとも思うが、一方でやはり罪滅ぼしをしなければと思いなおす。この罪とは朧月夜との密会のことでは勿論ないだろう。藤壺との密通の事であり、またそれに起因する不義の子の誕生のことも含まれていると考えられる。

c　これはいと似げなきことなり、恐ろしう罪深き方は多うまさりけめど、いにしへのすきは、思ひやり少なきほどの過ちに仏神もゆるしたまひけん、と思しさますも、なほこの道はうしろやすく深き方のまさりけるかな、と思し知られたまふ。（薄雲　四六五）

これは梅壺女御（秋好中宮）に好き心を抱いた源氏がそのことを反省する場面で、仮に梅壺と過ちを犯すとしても、藤壺との過去の密通の方が罪深さは数段まさっているが、あれは若気のいたりということで仏神も許してくれたのだろう、しかしこの年になっての梅壺女御との密事は許してくれないだろうと自分を戒めている。このとき源氏は三二歳、密通が一八歳の時で、すでに一四年が経過しているが、いまだに罪意識を強く引きずっている源氏の心の中が吐露される。「仏神もゆるしたまひけん」というのは源氏の勝手な推測、そうあって欲しいという源氏の願望であり、その裏には罪の意識に苛まれている源氏の心がむしろ浮き彫りにされているのではないだろうか。

d　六条院は、おりゐたまひぬる冷泉院の御嗣おはしまさぬを飽かず御心の中に思す。同じ筋なれど、思ひ悩ましき御事なうて過ぐしたまへるばかりに、罪は隠れて、末の世まではえ伝ふまじかりける御宿世、口惜しくさざうしく思せど、人にのたまひあはせぬことなればいぶせくなむ。（若菜下　一六五〜六）

この源氏の心境は複雑である。「罪は隠れて」の「罪」とは密通の罪のことと解釈して問題ないであろう。不義の子である冷泉が在位一八年で譲位する。この間冷泉は治世を保ち、密通の罪は隠れたが、その差し替えとして冷泉に跡継ぎができず皇統が途絶えてしまうことを宿世と考えている。このとき源氏四六歳、密通から二八年がすでに経過している。

e　さてもあやしや、わが世とともに恐ろしと思ひし事の報いなめり、この世にて、かく思ひかけぬことにむかはりぬれば、後の世の罪もすこし軽みなんや、と思す。（柏木　二九九）

因果は応報した。正妻の女三宮と柏木の密通により薫が誕生する。「後の世の罪」とは直接的には後世に応報される罪（＝罰）のことではあるが、それは密通の罪に起因するものであり、晩年に至っても源氏は強くこの罪を意識していることが分かる。「わが世とともに恐ろしと思ひし事」だという。このとき源氏四八歳、三〇年間の長きにわたり恐ろしいと思い続けていたことを白状している。このようにその罰を現世で与えられたのだから、せめて後世で受ける罰は多少は軽くしてもらいたいという願望である。三〇年も前の密通という出来事はもはや発覚することはないであろう。しかしながら罪は犯した段階で罪として成立した。源氏は内面的葛藤・苦しみといった罪過をあがない続けて生きてきたのである。

以上のaからeを考察した結果、縷々述べてきたように、源氏は藤壺との密通および不義の子の誕生について明らかに強い罪の意識を抱いていたことが理解できるのである。もちろん本物語には他にもテーマがあり、その主人公たる源氏が常にこのような意識に捕らわれていることは表現されない[8]。通常のストーリー展開では表面的には描かれないが、その心に沈潜する懊悩が、前記五例の本文に接するときに強くはじき出される仕組みになっているのである。

一方、相手の藤壺については、密通について「罪」という言葉で直接に自分の罪として語られている部分はないが、以下のfは間接的に、またgは源氏の心の中で表現されていて、どちらも藤壺の罪意識として無視することはできない。

f　わが身をなきにしても春宮の御世をたひらかにおはしまさばとのみ思しつつ、御行ひたゆみなく勤めさせたまふ。人知れずあやふくゆゆしう思ひ聞こえさせたまふことしあれば、我にその罪を軽めてゆるしたまへと仏を念じきこえたまふに、よろづを慰めたまふ。（賢木　一三八）

ここでの「その罪」とは、不義の子として生まれながらに背負っている東宮（冷泉）の罪障のことを示していて、藤壺はその東宮の罪が軽くなるよう仏に祈念するのであるが、確かにその心情に藤壺本人の罪の意識は描かれていない。野村精一は「少くとも事件（密通）進行中における藤壺自身、あるいはそれを描く作者の心理では、藤壺とつみという語との関係は極めて薄いと結論してもよいと思われる」(9)と指摘する。その一方で関根慶子は「藤壺物語はいかに扱はれているか」(10)において、

従来、藤壺の悩みは、罪の自覚・自責の念ではなく、事の暴露を恐れ、東宮の行末を案じたまでだといふ見解も相当多く行はれてゐるやうである。勿論、藤壺は、事の発覚を極度に怖れ、東宮の将来をも深く案じ

祈ったことが記されてゐる。しかし、だからといって罪悪感がなかったなどとはいひ得る筈もなく、さうした筆はどこにもられない。罪悪だからこそ、発覚を恥ぢ怖れ罪なき御子に累を及ぼすのを歎くのでる。

と論じている。本論文では関根の見解の方を取りたい。それは次のgの引用からも窺えるのである。

> g　苦しき目見せたまふと恨みたまへるも、さぞ思さるらんかし、行ひをしたまひ、よろづに罪軽げなりし御ありさまながら、この一つの事にてぞこの世の濁りをすすいたまはざらむ、　（朝顔　四九五）

源氏の心内語である。亡き藤壺が夢に出て来て源氏に恨みごとを言う。勤行をして罪障を軽めたかに思われたけれども、やはり「この一つの事（＝密通の罪）」を軽くすることはできなかったのかと、源氏は冥界で苦しむ藤壺を不憫に思っている。藤壺は自分の罪を意識していたからこそ勤行をして冷泉の罪のみならず、自分の罪障をも軽くしようとしたのではないか。少なくとも源氏はそう思っている。そして、さらに重要なことは、物語が藤壺に対して罰を与えたことである。作者の心理として、「藤壺とつみという語との関係が極めて薄い」のであれば、物語は果たして藤壺の後世に罰を与えたであろうか。作者は明らかに藤壺に罪を負わせているのである。そして現世の光源氏に対して「苦しき目見せたまふと恨みたまへる」のもその罪を自覚しているからこそではないのか。

それは当時の仏教倫理からしても避けることのできない帰結であったとも思う。帝妃の密通、不義の子の誕生、という社会道徳上の不祥事は現実の王朝社会内では露顕されることはなかった。つまり、現世において罰は受けのである。しかし、現世における因果が後世に応報するという仏教倫理に物語は従わざるを得なかったのである。

② 光源氏と藤壺の「おそろし」と「そらおそろし」

このように光源氏と藤壺は密通における罪の意識を自覚していたが、物語はこの罪の意識を言葉によっても強く裏付けた、「おそろし」と「そらおそろし」である。物語は罪に怯え苦しむ二人の心情を「おそろし」と表現し、源氏初出語である「そらおそろし」を用いてさらなる畏怖を描き出したことは注目されてよい。

関根慶子は「おそろし」、「そらおそろし」の語が、源氏・藤壺関係に一七例も突出して使用される実態を踏まえ、「これによって、作者が如何に、長年に渡ってこの事件を追跡し、おそろしき罪と観ているかを物語るものであろう」(11)と論じていて、首肯できるものであるが、私は特にこの源氏初出語である「そらおそらし」こそ密通と罪意識を結び付ける重要な言葉として位置付けたい。以下に「おそろし」、「そらおそろし」の用例について考察する。

まず、前述したaの「わが罪のほど恐ろしう」、cの「恐ろしう罪深き方」、eの「恐ろしと思ひし事〜後の世の罪」においては、すでに取り上げたので詳細は述べないが、これら三例の「おそろし」は、密通を意味する「罪」という言葉と近接して用いられ、密通という罪の重さそのものに怖れ慄く心情を表現している。それ以外の源氏と藤壺における主要な「おそろし」を抜き出してみる。

h (源氏は)殿におはして、泣き寝に臥し暮らしたまひつ。御文なども、例の、御覧じ入れぬよしのみあれば、常のことながらも、つらういみじう思しほれて、内裏へも参らで二三日籠りおはすれば、(桐壺帝が)またいかなるにかと御心動かせたまふべかめるも、恐ろしうのみおぼえたまふ。(若紫　二三二)

i　(桐壺帝)「皇子たちあまたあれど、そこをのみなむかかるほどより明け暮れ見し。されば思ひわたさるるにやあらむ、いとよくこそおぼえたれ。いと小さきほどは、みなかくのみあるわざにやあらむ」とて、いみじくうつくしと思ひきこえさせたまへり。中将の君(源氏)面の色かはる心地して、恐ろしうも、かたじけなくも、うれしくもあはれにも、かたがたうつろふ心地して、涙落ちぬべし。(紅葉賀　三二九)

j　(故桐壺帝が)いささかも気色を御覧じ知らずなりにしを思ふだに(藤壺は)いと恐ろしきに、今さらにまたさることの聞こえありて、わが身はさるものにて、春宮の御ためにかならずよからぬこと出で来なんと思すに、いと恐ろしければ、(賢木　一〇七)

k　故院(故桐壺帝)の上も、かく、御心には知ろしめしてや、知らず顔をつくらせたまひけむ、思へば、その世のことこそは、いと恐ろしくあるまじき過ちなりけれ、と近き例を思すにぞ、恋の山路はえもどくまじき御心まじりける。(若菜下　二五五)

これらの「おそろし」にはいずれも桐壺帝の存在が関与している。hは藤壺を思いつめて内裏にも参内しない源氏を、父桐壺帝が心配するだろうと案ずるにつけても、源氏は犯した罪が恐ろしいと震え、iは父桐壺帝に生まれてきた不義の子が自分（源氏）に似ていて可愛いと言われて、何とも恐ろしく感じる場面。jは桐壺帝崩御の後の藤壺の心情で、帝が自分と源氏との密通を全く知らないままに亡くなったことを思うだけでも恐ろしいのに、源氏との噂が立って春宮によからぬ事が起こることが、何とも恐ろしいと悩む。kは密通から三〇年も経て因果は応報したと嘆く源氏の心境で、もしかしたら自分が柏木と女三宮の密通を知っているように、父の桐壺帝も私と藤壺のことを知っていたのかもしれない、それにつけてもあの密通は大層恐ろしいあってはならない過ちだったと回想している。

確かにこれらの「おそろし」はいずれも桐壺帝から始発するものとして語られてはいるが、単に人間桐壺帝に対する恐れを表現する「おそろし」ではない。密通という桐壺帝に対する裏切りの行為を罪として恐れているのではない。桐壺帝の位置するところの皇統という厳格で犯すことのできない規律、万世一系の流れに反する罪を恐れていると思われるのである。それは人間の力を超越した、別次元の力に対する恐れでもあったのではないか。そして、このことを強く示唆する言葉が以下に揚げる三例の「そらおそろし」なのである。本物語全体において「そらおそろし」は六例の用例があるが、第一章で調べたように源氏以前の文学作品には見当たらず、『源氏物語』が生み出した言葉ではないかとも思われる。そしてその六例中三例がこの源氏と藤壺の密通に関わる言葉として用いられている。以下にその三例を引用する。

l　（桐壺帝は藤壺を）いとどあはれにかぎりなう思されて、（藤壺は）御使などのひまなきもそら恐ろしう、ものを思すこと隙なし。　（若紫　二三二）

m　（東宮が）いとかうしもおぼえたまへるこそ（藤壺は）心憂けれど、玉の瑕に思さるるも、世のわづらはしさのそら恐ろしうおぼえたまふなり。（賢木　一一六）

n　ただ、（源氏）「かく思ひかけぬ罪に当たりはべるも、思うたまへあはすることの一ふしになむ、空も恐ろしう（河内本では「空恐ろしう」）はべる。惜しげなき身は亡きになしても、宮の御世だに事なくおはしまさば」（須磨　一七九）

これらの「そらおそろし」はいずれも藤壺が不義の子を懐妊した後に出現し、明らかに皇統譜を侵犯するという恐怖をも意識したものと言うことができる。

lは懐妊した藤壺の身を桐壺帝がいとおしく思ってくれればくれるほど、藤壺が「そらおそろし」と怯える場面。mも藤壺の心境で、東宮が源氏にそっくりであることを憂えて、いつか世間に罪が露見されるのではないかと「そらおそろし」と悩む場面。nは源氏が、政治的謀反については濡れ衣であるものの、ただ一つ密通に関しては、天罰を受けるかのように「空もおそろし」と藤壺に打ち明ける場面である。「そらおそろし」については、このように「空も恐ろし」と考えて「天の眼が恐ろしい」と解釈する説[12]以外に、「根拠はないが何となく恐ろしい」と解釈する説もあり、多くの古語辞典は後者の説を採用している。しかしながら「何となく恐ろしい」の意味であるならば、源氏以前にも用例のある「ものおそろし」が適切であり、こちらは源氏にも一七例の用例がある。「ものおそろし」ではなく「そらおそろし」と使い分けたことに意義があるのではないか。「そらおそろし」こそ『源氏物語』が罪を暗示する言葉として物語内に初めて取り入れた言葉だと思われるのである。よって

l、m、nの三例については「天の眼が恐ろしい」と解釈するのが妥当であろう。つまり、源氏と藤壺は密通について単なる「おそろし」だけでなく、「天から見られているようにおそろし」と受け止めていた。すなわち人間社会内部の罪と罰だけではなく、犯した罪に対する天罰、あるいは仏罰ともいうべき大きな罪障に怖れ慄く心情を表現しているのである。

なお二人の密通以外の残る三例の「そらおそろし」の用例であるが、空蟬が光源氏との密通を「そらおそろし」と思う場面（帚木　一〇四）が一例、手引きをする中納言の君が光源氏と朧月夜との密通を「そらおそろし」と感じる場面（賢木　一〇五）が一例で、この二例ともやはり罪の意識が内在している。残る一例は入水後に浮舟が妹尼から初瀬への同行を誘われた際に、知らない人と旅をすることを「そらおそろしく」思う場面（手習　三二四）で、罪の意識とは無関係にも考えられるが、仏罰との関連と解釈しようとする説[13]もある。

ところで、この「そら」が意味するものは、もちろん古代のいずれの民族にも共通する天の持つ超越的な力への畏怖のことであるが、中国に古来から存在する上天・上帝の概念が物語の社会にも影響していたものと考えられる。中国世界最古の書物である『詩経』や『書経』に見られる周代には、上天・上帝なる神格が登場し、これらの天は君主の為政の善悪に応じて賞罰を降す。たとえば君主が過ちを犯せば、天は雷電や暴風といった天変地異を引き起こす。君主はそれを単なる偶然の自然災害と理解してはならないのであって、天からの懲罰と察知して政治を悔い改めなければならないのである。儒家の思想においてもその基礎にこのような人格神的な天の観念を受けつぎ、天を道徳化する方向で展開していく。[14]このような思想に物語の社会が無縁であるとは考えにくく、皇統を侵犯する行為を「天の眼が恐ろしい」と解釈することはしごく自然と思われるのである。薄雲巻で夜居の僧都が冷泉帝に対して、「知ろしめさぬに罪重くて、天の眼恐ろしく思ひたまへらるることを、心にむせびはべりつつ命終はりはべりなば、何の益かははべらむ」（薄雲　四五〇）と前置きして密通の秘密を奏上するが、ここで使用される「天の眼」、また、奏上し終えて「天変頻りにさとし、世の中静かならぬはこのけなり」（薄雲　四五二）とこの秘密こそが天変地異の原因になっていると諭しているが、いずれも前述した「そら」の考え方を裏付けるものである。

③　柏木、女三宮における「おそろし」、「はづかし」、「そらはづかし」

一方柏木と女三宮の密通関係においては「そらおそろし」の用例はなく、「おそろし」だけの使用にとどまる。その主なものをまず女三宮の「おそろし」から掲げると

o（女三宮は）御心本性の、強くづしやかなるにはあらねど、恥づかしげなる人（源氏）の御気色のをりをりにまほならぬがいと恐ろしうわびしきなるべし。されど御硯などまかなひて責めきこゆれば、しぶしぶに書いたまふ。（柏木　二九二）

これは女三宮が自分の犯した罪を意識して「恐ろしうわびしき」と思っているのではなく、夫の源氏という「恥づかしげなる」人物に対して恐怖心を抱いているのである。源氏という人間の持つ重圧感にひたすら怯えているのである。後に女三宮は出家するに至るが、これとて藤壺のように自分の犯した罪を濯ごうと勤行に励むためというよりも、源氏との夫婦生活から逃避することが第一義であったように思われるのである。

p　さてもいみじき過ちしつる身かな、世にあらむことこそまばゆくなりぬれ、と恐ろしくそら恥づかしき心地して、歩きなどもしたまはず。（若菜下　二二九）

q　しかいちじるしき罪には当たらずとも、この院に目を側めたてまつらむことは、いと恐ろしく恥づかしくおぼゆ。（若菜下　二三〇）

p、qは柏木が密通を犯した直後の心中を描いている。結論から言えばいずれの「おそろし」もoの女三宮と同じく、罪に対する恐れの表現ではなく、やはり源氏への恐怖心を表現している。柏木はこの密通という出来事に関してpでは「さてもいみじき過ち」という自覚はあるが罪という言葉では語られていない。それを直接的に表現しているのがqでの「いちじるしき罪には当たらず」である。もともと柏木は女三宮と契ることまでは考えていなかった。「(女三宮の)御ありさまをすこしけ近くて見たてまつり、思ふことをも聞こえ知らせてば、一行の御返りなどもや見せたまふ、あはれとや思し知るとぞ思ひける」（若菜下　二二二）の本文が示す通り、女三宮からこんな自分を「あはれ」と思ってもらうことが取りあえずの願望だったのである。ところが女三宮に逢って「いとさばかり気高う恥づかしげにはあらで」「なつかしくらうたげ」（若菜下　二二五）な気配を見て、つまり、こちらが恥ずかしくなるような高貴さというよりは、身近な可憐さに接して、感情が昂り衝動的に事に及んでしまったのである。pに「そら恥づかしき心地」、qに「恥づかしくおぼゆ」とあり、いずれも「おそろし」の下に結合して用いられているのは重要で、自分を自制できずに、刹那的行為を犯した情けなさ、罪というよりは恥の意識が強調されていると思われる。特に「そらはづかし」は源氏が初出語で注目すべき言葉である。この言葉は物語中にこの一例しか使用されていない。天の眼を意識する「そらおそろし」と対比されるように物語が作り出した言葉であり、柏木の恥の意識を強調した特別の言葉と思われる。「恥」は発覚しなければ恥とはならず内面的に苦しむ必要もないのであるが、柏木には天に発覚してしまったかのような特別の気持ちが湧きあがってきたのである。

そもそも女三宮への行為は自らの信念に基づいた確信的なものではなかったがゆえに、恥じる気持ちが強く、さらに、こうなってしまった今は源氏のことがひたすらに「おそろし」なのである。恋のためなら源氏何するものぞ、という情熱はなかった。これが源氏の藤壺に対する思いとは決定的に異なる点であった。源氏は藤壺に純粋に恋焦がれ、その延長線上に必然的に密通という行為があった。源氏は信念に基づいた恋であるがゆえに後悔はしていない、していないが、一方で天罰・仏罰を受けるような罪を自覚している。柏木と女三宮の「おそろし」は単に人間光源氏に対しての恐怖が語られているにすぎない。

第三節　「おほけなし」

そして物語がこの柏木の密通における意識を、「おほけなし」という言葉を用いることによって、源氏の意識とさらにに語り分けていることを強調いたしたい。この語り分けは、物語が王権侵犯に繋がる重罪と、王権とは距離を置いた社会における過ちとを分別しようとした作業であるとともに、計画的な源氏の密通と衝動的な柏木の密通を分別しようとした作業なのである。物語は柏木に罪を負わせ、罰を与えることには消極的であったと考えたいのである。

『源氏物語』において「おほけなし」は二九の用例がある。これは源氏以前の他のかな文学作品と比べると、極めて多く使用されているといえる。以下に主要文学作品における用例を掲げるが、『万葉集』、『古今和歌集』、『後撰和歌集』、『竹取物語』、『伊勢物語』、『大和物語』、『平中物語』、『土佐日記』には使用例が見当たらず、それ以降も『うつほ物語』以外ではほとんど使用されていない言葉である。

うつほ物語　六例
蜻蛉日記　二例
落窪物語　一例
枕草子　一例
拾遺和歌集　一例

以下にそれぞれの用例の意味内容を考察してみる。

『うつほ物語』（六例）

すべて男が女を恋するにあたって、自分にとっては分不相応な女性であることを表現している。その内訳は良岑行正があて宮に対して（一例）、藤原仲忠が女一宮に対して（一例）、源仲頼があて宮に対して（三例）、源祐澄が女二の宮に対して（一例）である。いずれの恋も禁忌の恋、社会規範から許されない関係というわけではなく、単に高望みでつり合いが取れないということを意味していて、男が自分をへりくだっているという面もある。

『蜻蛉日記』（二例）

一例は作者が夫を途絶えなく通わせたいと思う気持ちを「わが心のおほけなきにこそありけれ」と記述し、分不相応な自分の望みだなあと表現している。今一例は、作者の幼女を妻にもらいたいという右馬頭・藤原遠度の求婚の文の中で、「いとおほけなき心のはべりける」と遠度が自らを「分不相応な願いではありますが」とへりくだっている。

『落窪物語』（一例）

帯刀が「女はおほけなきにこそ憎けれ」と、身の程をわきまえない女が憎らしいと妻のあこぎを非難している。

『枕草子』（一例）

作者が「なほいとわが心ながらもおほけなく」と、身の程知らずに宮仕えに立ち出でてしまったものだと自分をへりくだっている。

『拾遺和歌集』（一例）

五七四番歌、藤原兼家の長歌の中にある「おほけなく　上つ枝をば　さし越えて」で、自分が分不相応に出世したとへりくだっている。

以上のように、源氏物語以前の一一例はすべて「身の程をわきまえない」、「分不相応」といった意味で用いられている。そして、これらの「おほけなし」にはいささかも罪悪につながる概念を含んでいるものはない。社会倫理・法的規範からはずれた行動を連想させるものもないのである。

『源氏物語』における「おほけなし」の用例

以下は全用例二九例がどのような人と人との関係において用いられているかを示したものである。(15)(16)

柏木が女三宮に対して	一一例
源氏が藤壺に対して	四例
浮舟が薫に対して	二例
夕霧が紫上に対して	二例
夕霧が女三宮に対して	一例
明石君が源氏に対して	一例
夕霧と雲居雁の関係	一例
紫上が源氏に対して	一例
薫が女一宮に対して	一例
その他	五例

囲み線で示したように、柏木・女三宮関係の一一例が突出して多く、この二人の密通関係に特化された言葉と

さえいえる。物語はこのように本来罪悪の概念を含んでいない「おほけなし」という言葉を、柏木・女三宮の関係にどのように使用したのであろうか。一一例の「おほけなし」の内容を分析していくが、二人の密通の前と後での使われ方に注意してみたい。まず、密通前における用例六例である。

a　みづからも、大殿を見たてまつるに気恐ろしくまばゆく、かかる心は在るべきものか、なのめならんにてだに、けしからず人に点つかるべきふるまひはせじと思ふものを、ましておほけなきこと、と思ひわびては、（若菜下 一五五）

これは、柏木が六条院での蹴鞠の折に女三宮を垣間見た後に恋情が募るものの、源氏のことが恐ろしく、そのような大それたことはあってはならないと思う場面である。

b　（小侍従）「いであなおほけな。それをそれとさしおきたてまつりたまひて、また、いかやうに限りなき御心ならむ」と言へば、（若菜下 二一九）

物語はaからbまでに四年の空白期間をおいていて、その間に柏木は中納言に出世し、朱雀院の女二の宮（落葉の宮）を妻としていた。しかしながら柏木の女三宮に対する執着心はいささかも衰えてはいなかった。19は、柏木が女三の宮を諦めきれない旨を小侍従に打ち明けたときの小侍従の反応である。18で柏木が女三の宮との恋を「おほけなきこと」と思って以来四年間もの長きを悶々と悩んでここに至ったといっていいだろう。その柏木の心を小侍従は「あなおほけな」と非難したのがbである。

c　（柏木）「（前略）ただ、かくありがたきものの隙に、け近きほどにて、この心の中に思ふことのはしすこし聞こえさせつべくたばかりたまへ。おほけなき心は、すべて、よし見たまへ、いと恐ろしければ、思ひ離れてはべり」とのたまへば、（若菜下　二二〇）

柏木は女三の宮への取り次ぎを拒否する小侍従に対し、「おほけなき心」などはとても恐ろしくてあきらめているので、せめて女三の宮に自分の思いを少しだけお話しする機会を与えて欲しいと迫る。

d　（小侍従）「これよりおほけなき心は、いかがはあらむ。いとむくつけきことをも思しよりけるかな。なにしに参りつらん」とはちぶく。（若菜下　二二〇）

小侍従はこの柏木の願いに対して、まさにそれが「おほけなき心」だと非難して取り合わない。しかし柏木は自分で「おほけなし」と思えば思うほど、さらに小侍従から「おほけなし」と高望みを咎められればられるほど、女三の宮に対する欲望が増していったのではないか。そしてついに小侍従の導きにより、柏木は女三の宮との逢瀬がかなう。その折に女三の宮へ語りかけたのが以下の会話文である。

e　（柏木）「（前略）昔よりおほけなき心のはべりしを、ひたぶるに籠めてやみはべりなましかば、心の中に朽して過ぎぬべかりけるを。（若菜下　二二四）

f　（柏木）「（前略）かくおほけなきさまを御覧ぜられぬるも、かつはいと思ひやりなく恥づかしければ、罪重き心もさらにはべるまじ」　（若菜下　二二四）

柏木は女三の宮に対して、以前からあなたを慕うという「分不相応な心」があって、今こうやってあなたに逢っているのも「分不相応なあってはならない心」であるので、決して大それた罪など犯しませんと、話しかけ安心させる。そしておそらくそのつもりであったはずである。

ここまでが密通前の「おほけなし」の用例である。このeとfの会話の直後に柏木は女三の宮に対する欲望が急激に昂じて事に及んでしまう。そしてこの最初の密事の後においては、柏木が女三宮を思う表現に「おほけなし」という言葉はもはや使用されないのである。密事以後の「おほけなし」の用例は柏木以外の人間が柏木に対する評価として用いられていることに注目いたしたい。密事後の「おほけなし」は五例あるが、源氏が柏木を「おほけなし」と思うのが一例、源氏からおほけなしと思われることの恐怖が一例、女三宮と小侍従が柏木を「おほけなし」と思うのが一例ずつで二例、残り一例は柏木が昔の世にも「おほけなき」男女の恋はあったと回想し、『伊勢物語』の昔男を連想させる場面である。

つまるところ柏木にとっては、「おほけなし」こそが女三の宮に対する欲望の根拠であり、密通は、皇統への強い憧れが引き起こした出来心とも言える。事を果たした後には、柏木から女三宮に対する「おほけなき」心は消滅してしまうのである。さらに「おほけなし」の意味そのものにも罪障の概念は含まれておらず、それゆえ罪深いものではないと物語は語りたかったのではないだろうか。源氏にしても小侍従にしても柏木の行為を「おほけなし」と非難はしているものの、重罪として捉えようとする感情は見られない。

一方、源氏と藤壺における「おほけなし」四例について、内容の詳細は省略するが、すべて密通の後に用いられていることは柏木との大きな違いである。うち三例は二度目の密通の後に使用されている言葉であり、残る一例も本文には書かれていない最初の密通の後と推測することができる。つまり、これらの「おほけなし」は、密通の後に源氏および藤壺が二人のその「おほけなき」関係を意識するのに用いられているにすぎない。「おほけなし」が源氏の欲望の原動力になってはいない。源氏はひたすらに藤壺を溺愛して、計画的に確信的に密通に及んだのである。

考えてみれば、柏木は源氏の犯した密通という因果を応報させるために選ばれた人物なのである。ある意味、源氏への仏罰のために、物語は柏木と女三宮を密通させたのである。そのような柏木を「罪深い男」だとして物語が非難するであろうか。物語は源氏と藤壺、源氏と空蟬、源氏と朧月夜、柏木と女三宮、匂宮と浮舟など、いろいろな密通場面を描くが、その場における男の心情が柏木の場面ほど詳細に描かれているものはない。「おほけなき」心が刹那的に起こした事故のようなものであることを、享受者に本文において明白に知らしめようとしたのではないか。

物語は源氏に「おそろし」「そらおそろし」、柏木に「はづかし」「そらはづかし」、さらに「おほけなし」を用いることによって、密通への意識を語り分け、罪の意識の違いをも表現しようとした。源氏は自分の愛を貫いたその代償として王権侵犯という罪に怖れ慄く。一方の柏木は衝動的な行為の代償として源氏に対する恐怖心を背負うことになる。しかしながら柏木については、源氏のような天を恐れるといった罪意識は語られない。柏木をとりまく物語社会が、皇統譜から一定の距離を置いた場所にすでに移動しているからである。これは『源氏物語』のストーリー展開の一つの方法をも意味している。物語は第一部から第二部そして第三部へと進行するに従って、王権の中心から次第に遠ざかって行くのである。助川幸逸郎は第三部について、「続編世界がいかなる意味でも王権物語的ではあり得ない」[17]と断言している。そして王権から遠ざかるがゆえに、第二部の柏木にしても、第三部の薫にしても、それぞれ女三宮、女一宮という皇統譜に対する憧れが逆に強く醸成されるのである。小嶋菜温子は薫と皇統譜との隔たりを踏まえながら、「ただ人・薫」の女一宮への執着は、実父「ただ人・柏木」の王権の「世」への執念を受け継いだものだと論じている[18]。柏木の「おほけなし」は第一部と第三部の中間に位置する。物語が王権から遠ざかっていく過程の中で、「おほけなし」は柏木の強い王権志向を象徴する言葉とも言えるのである。「おそろし」「そらおそろし」と「おほけなし」の語り分けは、第一部に展開される王権侵犯から、以後の物語のあり方への変貌に密接にかかわる差異とも考えられるのである。

第四節　「人笑へ」「人笑はれ」

はじめに

この節では、浮舟における恥の意識を論じるのであるが、その前に、まず浮舟の罪の意識において触れておかなければならない。本章第一節で罪を六種類に分類したが、浮舟が犯した罪とはこの中の⑥にあたる「不倫の罪」「密通の罪」である。本物語における密通の罪といえば、藤壺と光源氏、女三宮と柏木、そしてこの浮舟と匂宮の問題が大きな三本の柱となり物語を構築していることはすでに述べたが、藤壺を除いては女三宮も浮舟も、罪の意識という面では希薄なのである。女三宮についてはすでに第二節で、「おそろし」は罪の意識ではなく、単に源氏に対する恐怖心であることを述べたが、以下の引用にも注目したい。

老いしらへる人などは、「いでや、おろそかにもおはしますかな。めづらしうさし出でたまへる御ありさまの、かばかりゆゆしきまでにおはしますを」とうつくしみきこゆれば、（女三宮は）方耳に聞きたまひて、さのみこそは思し隔つることもまさらめと恨めしう、わが身つらくて、尼にもなりなばやの御心つきぬ。

（柏木　三〇〇）

女三宮の心内であるが、老女房が、生まれてきた若君（薫）に対して冷たい態度を取る源氏を非難するのを耳にして、女三宮が今後ますます源氏が冷淡になっていくであろうと、恨めしく情けなく思う場面である。女三宮には出家によって積極的に罪を償おうとする意識は感じられない。それは「尼にもなりなばや」の傍線部が如実に物語る。やはりまず源氏から隔絶することが直接的な目的で、その手段として尼にでもなりたい、と思っているのである。もはや社会生活において源氏の妻であるということが精神的に耐えられなかったのである。それはまた、密通以前から女三宮の心の中にあった源氏に対する畏怖心が密通発覚によりさらに顕在化した、とも言えるのではないか。

そしてこの浮舟の場合、密通における罪の意識はさらに薄弱であったと考えられるのである。まず密通に至った経緯が藤壺と女三宮とは決定的に異なることを踏まえておかなければならない。浮舟の密通事件は事前に察知できない事故のようなものであった。女の側からしてみれば、浮舟にしても傍に仕える右近にしてみても、思いもよらなかった「取り違えがもたらした密通」なのである。忍んできた男が薫ではなく匂宮であることが分かっていれば未然に防げたはずである。藤壺にしても女三宮にしても少なくとも密通時に相手が誰であるかは認識していたはずである。拒むことが実際は困難であったのだろうが、ある意味女の側にも落ち度が無いとはいえない。そこに罪の意識が生じてもおかしくはない設定になっている。しかしながら浮舟には過失があるとは思えず、物語が過失のない浮舟に対して密通の罪を押し付けるとは考えられない。ただし浮舟にしても、そこからずるずると匂宮との恋路にはまり込んでいくことで、罪の意識が生じてもおかしくない展開にはなるのであるが、浮舟が不倫の罪を自覚する場面は見当たらない。蘇生してからひたすら匂宮とのことを「こよなく飽きにたる心地す」と疎ましく思うのも、自分がむしろ被害者であるという意識が強いことの表れではないだろうか。

①「恥」の意識と「人笑へ」

浮舟の「恥」の問題に入る前に、物語における「恥」と「人笑へ」の関係について整理しておこう。物語全編における名詞「はぢ」の用例は意外に少なく僅か七例を数えるに過ぎない。以下に列挙する。［　］内は恥の内容を示した。

a　あるまじき恥もこそと（桐壺更衣は）心づかひして、皇子をばとどめたてまつりて、忍びてぞ出でたまふ。（桐壺　二一）

［（あってはならないような）不面目な事態］

b　身にあまるまでの御心ざしのよろづにかたじけなきに、（桐壺更衣は）人げなき恥を隠しつつまじらひたま

ふめりつるを、（桐壺　三〇）

［（後見も無く）扱いが人並みでなく劣っていること］

c　（源典侍）「まだかかるものをこそ思ひはべらね。今さらなる身の恥になむ」とて、泣くさまいといみじ。（紅葉賀　三三八）

［人のもの笑いになること］

d　（源氏）「（前略）これより大きなる恥にのぞまぬさきに世をのがれなむと思うたまへ立ちぬる」などこまやかに聞こえたまふ。（須磨　一六五）

［名誉をけがされること］

e　（源氏）「大納言の、外腹のむすめを奉らるなるに、朝臣（惟光）のいつきむすめ出だしたてらむ、何の恥かあるべき」とさいなめば、（少女　五九）

［（自分の娘を五節の舞姫にさし出して）侮辱を受けること］

f　舞人は、衛府の次将どもの、容貌きよげに丈だち等しきかぎりを選らせたまふ。この選びに入らぬをば恥に愁へ嘆きたるすき者どももありけり。（若菜下　一六九）

［（舞人の選にもれて）面目を失うこと］

g　御命までにはあらずとも、人の御ほどほどにつけてはべることなり。死ぬるにまさる恥なることも、よき人の御身にはなかなかはべるなり。（浮舟　一七九）

［（死ぬことよりもつらい）屈辱を受けること］

物語における「恥」という言葉の意味は大きく分けて二つに弁別できる。一つはaのように、桐壺の更衣が病気で宮中を退出する際に、あってはならないような不名誉で不面目な事態になることを危惧して、ひっそりと退出する。というように、A「名誉をけがされること、面目を失うこと、侮辱をうけること、もの笑いになること」を意味する。今一つは例えばbの桐壺の更衣の、後見も無い劣った立場のように、B「自分の能力・状態・行為などについて世間並みでないという劣等意識」を表現するものである。そして物語中に動詞「はづ」は一九例あるが、

（紫上）「書きそこなひつ」と恥ぢて隠したまふを（若紫　二五九）

男君の御前にては、（雲居雁は）恥ぢてさらに弾きたまはず（若菜下　二〇三）

のように、おおむねこのBの劣等意識を表現するもので、形容詞「はづかし」もおおむねBの劣等意識を表現している。では本物語においてAグループのようにいわゆる「世間からはずかしめを受ける」といった、いわゆる「恥の文化」の「恥」に該当する表現は、僅かにしか出現しない名詞「はぢ」以外ではどのような言葉で表現さ

れているのであろうか。その役割を担った言葉こそ「人笑へ」「人笑はれ」(19)なのである。当時の物語文学においてはそれほど使われていないが、『源氏物語』の一つの特色を築いた言葉でもある。

「人笑へ」(「人笑はれ」含む)という言葉は物語中に五八例出現し、同時代の物語(蜻蛉日記三例、宇津保物語五例、落窪物語二例、枕草子一例、和泉式部日記二例、夜の寝覚一例)と比べると突出している。物語は、「恥」とは世間に発覚して初めて「恥」として成立することを重要に考えたのではないか、つまり、世に知られて、人から笑われることをもって「恥」が「恥」と成りうるので、それを直接的に表現する「人笑へ」という言葉こそ便利で分かり易い言葉として多量に物語内に取り込まれ、社会的な「恥」を表現する言葉として確立されたのではないだろうか。

さて「人笑へ」は末摘花、近江君、源典侍といった既に世間から笑われ者になっている人物達には使用されない。家柄も良い高貴な男君・女君達が、恥をかかないようにと願うか、あるいは恥をかくことを恐れるときに用いられる言葉である。この「人笑へ」なる言葉は、まず物語前半における主人公光源氏とヒロイン藤壺の心の中に始発する。源氏と藤壺がそれぞれ悩み苦しむ「人笑へ」の意識、その根底にあるものは、冷泉帝が密通による不義の子であることが露見することであり、社会的な恥を恐れる意識によるものであった。

(光源氏)「(前略)濁りなき心にまかせてつれなく過ぐしはべらむもいと憚り多く、これより大きなる恥にのぞまぬさきに世をのがれなむと思うたまへ立ちぬる」などこまやかに聞こえたまふ。(須磨　一六六)

右大臣家の画策により、謀反の汚名を着せられた源氏は、「自分にはやましい気持ちなど全くないが、流罪などの大きな恥に遭遇する前に自ら須磨に退去したい」旨を左大臣に告げる。しかしながら、「大きなる恥」の根底には密通の露見が意識されていることは明白である。そして、須磨に退いた源氏の心中に「人笑へ」の意識がつきまとう。「いかにせまし、かかりとて都に帰らんことも、まだ世に赦されもなくては、人笑はれなることこそまさらめ」（明石　二二三）と都には当分帰れないことを自覚する。この「人笑へ」も直接的には、恩赦もないままにのこのこと都に帰ってくる恥を表現してはいるが、やはり根底に密通の露見が暗示されていると思われる。

藤壺にしても、「命長くもと思ほすは心憂けれど、弘徽殿などのうけはしげにのたまうと聞きしを、空しく聞きなしたまはましかば人笑はれにや、と思しつよりてなむ」（紅葉賀・三二五頁）とあり、巻の順番でいえば、「人笑へ」の初出はこれであるが、不義の子を産んだ自分がこれから長く生きなければならないと思うのは憂鬱ではあるけれど、自分が死んで弘徽殿の女御などの笑い者になるわけにはいかない、と気を強く持って生きようとするのである。自分が何としても密通の露見だけは避けなければならないのである。この藤壺の心情を原岡文子は「運命の危機の中で、「人笑へ」の語により、その深刻な状況を受け止め、もの笑いの種となって身を破滅させることを避けるべく自らの道を切り拓くという構図」という鈴木日出男の論[20]を引用し、「六条御息所、紫の上、明石の君といった主要な女君たちを蘇えらせる方向にこの構図が受け継がれていく」旨を言及する。[21]このように、光源氏と藤壺において発生した「人笑へ」は、「恥」の表現として確立され、その後の物語社会内において重要な鍵となる言葉として機能していく。

②　浮舟における「恥」の意識と「人笑へ」

物語中に五八例出現する「人笑へ」（「人笑はれ」含む）という言葉のうち、半数近くに当たる二五例が宇治十帖において用いられ、さらにそのうちの二〇例が宇治の三姉妹に関するものである。この宇治三姉妹における二〇例の使用方法を分析する。

1　父（八宮）が娘（大君・中君）に対して（もの笑いにならないように願う）　一例
2　姉（大君）が妹（中君）に対して（同右以下同じ）　五例
3　妹（中君）が姉（大君）に対して　一例
4　大君が自分自身に対して　一例
5　中君が自分自身に対して　五例
6　母（中将の君）が娘（浮舟）に対して　四例
7　乳母が浮舟に対して　一例
8　浮舟が自分自身に対して　四例

二例が重複するので合計が二二例になるが、一連の用例は親兄弟どうし、家という一族の絆の中で意識されていることが分かる。家の中の誰かが「人笑へ」になることが、家全体の「恥」として世間から侮辱され、名誉を失うことにもなりかねない。この宇治十帖における「恥」の図式は、まさに日向一雅が「「家」の観念に呪縛された「人笑へ」の意識の構造こそ、源氏物語の人物たちが所有した恥の特質」(22)と言及するがごとくである。

さて、浮舟が捕らわれた「人笑へ」の意識は8の四例であるが、これは母が捕らわれた6の四例と無関係ではない。この母の四例の「人笑へ」の意識は、すべて我が娘浮舟が世間に恥じないような人並みの結婚をさせてあげたいと思う気持ちから生じており、父が宮家であるという母の誇りに基づくものである。浮舟は母のこの気持を痛いほど身に感じていた。つまり、浮舟の「人笑へ」の意識は、母の「人笑へ」の意識が折り重なって、より重みを増していたと考えることができるのである。その点を踏まえて時間の進行とともに8の四例を分析してみよう。

a　母（中将の君）ぞこち渡りたまへる。乳母出で来て、「殿（薫）より、人々の装束などもこまかに思しやりてなん。いかできよげに何ごともと思うたまふれど、ままが心ひとつには、あやしくのみぞし出ではべらむかし」など言ひ騒ぐが、心地よげなるを見たまふにも、君（浮舟）は、けしからぬことどもの出で来て、人笑へならば、誰も誰もいかに思はん（浮舟　一六四）

浮舟の母が宇治の山荘に浮舟を訪ねてきての場面である。「匂宮との関係が世間に暴露されてもの笑いになったら、母や乳母や薫や中君など周囲の者は皆どう思うであろう」と浮舟は苦しむ。薫大将のもとに引き取られることを信じて疑わない母や乳母は浮かれている。それと対照的な浮舟のつらい気持ちが痛いほど分かる。ただ、この時点においては「母の御もとにしばし渡りて、思ひめぐらすほどあらんと思せど」（浮舟　一六三）と直前にあったように、自分の取るべき道を「思ひめぐらしたい」と考えていて、まだ死ぬことまでを意識していない。

b　君は、さてもわが身行く方も知らずなりなば、誰も誰も、あへなくいみじとしばしこそ思うたまはめ、ながらへて人笑へにうきこともあらむは、いつかそのもの思ひの絶えむとする、と思ひかくるには、障りどころもあるまじく、さはやかによろづ思ひなさるれど、うち返しいと悲し。（浮舟　一六八）

aと同じ場面の夜である。母は弁の尼に「もし娘の浮舟が、匂宮との間で不倫関係にでも陥ったら、決して二度と浮舟と会うことはないだろう」旨の話をする。それを浮舟は寝たふりをして聞いてしまう。浮舟は胸が張り裂けそうになり、「自分が行方知らずになれば皆は悲しむかもしれないが、それはいっときのこと。もし生き長らえて世間のもの笑いになれば、その屈辱は絶えることはないだろう」と入水を意識する。しかしながら、「うち返しいと悲し」とあるように、思い乱れており、決意を固めるには至っていない、

c　ながらへばかならずうきこと見えぬべき身の、亡くならんは何か惜しかるべき、親もしばしこそ嘆きまどひたまはめ、あまたの子どもあつかひに、おのづから忘れ草摘みてん、ありながらもてそこなひ、人笑へなるさまにてさすらへむは、まさるもの思ひなるべし、など思ひなる。（浮舟　一八四）

cはbから数日後のことである。この数日の間に浮舟の心を動かした重要なことが二点ある。一つは薫が匂宮と浮舟との関係を知ってしまったこと。そして浮舟に手紙でそのことを問い詰めたこと。今一つは右近が東国の悲劇の話を浮舟に聞かせたことである。

この東国の悲劇の話が浮舟に入水を決意させる決定的要因になったと考えられる。右近は自分の姉と、姉を愛して殺人までを犯した男の話を持ち出した。姉は生き長らえているがいまだに汚名をそそいでいることを話し、話しの最後に「死ぬるにまさる恥なることも、よき人の御身にはなかなかはべるなり」と結び、早く薫か匂宮のどちらか一方に決めなさいと浮舟に迫った。右近は薫と匂宮が「死ぬるにまさる恥」をかくことになると説明したのであるが、浮舟は自分の身にも置き換えてこの言葉を自覚した。cの傍線部のゴシック表記「まさるもの思

ひなるべし」という浮舟の心内は、「死ぬにまさるもの思いであろう」という意味であり、明らかに右近の「死ぬるにまさる恥」を受けていると思われる。さらに、a、bでは自分が死ぬことによって悲しむ対象を「誰も誰も」と漠然と考えているのに対し、cでは「親も」と母のことを具体的に意識している。このことも決意が固まった表れであろう。

d　うきさまに言ひなす人もあらむこそ、思ひやり恥づかしけれど、心浅くけしからず人笑へならんを聞かれたてまつらむよりはなど思ひつづけて、　（浮舟　一九三）

（浮舟）なげきわび身をば棄つとも亡き影にうき名流さむことをこそ思へ

入水を遂げようとする直前の浮舟の気持ちであり既に決意は固まっている。自分が死んだ後に噂を流されるのも恥ずかしいけれど、（生き長らえて）世間のもの笑いになるのが（薫大将の）耳に入るよりはましだ、と死んだ後のことまで浮舟は思いを巡らした。

浮舟の心の中の経過を縷々のべてきたが、これらa〜dの浮舟の心の動きはすべて自分や周囲の者が「人笑へになること」を忌避することに基づいており、「世間から侮辱されながら生き続けるのであれば、死んだ方がましである」という考え方である。そこには密通による罪を懺悔する意識は表現されていない。浮舟は前述したように、罪の意識により密通を償おうとして死を選択したのではなく、「家」に呪縛された「人笑へ」の意識によって死に追いやられたのである。「死にまさる恥」を認知して「恥」よりも「死」を選択したのである。浮舟にとっては、正編の女君たちとは違って、「人笑へ」が自らの道を切り拓き、蘇らせるバネの力にはならず、逆の方向に作用したのである。

③　浮舟における親不孝の意識

密通の罪を意識しなかった浮舟ではあるが、もう一つの別の罪においては悩み苦しんでいたことが窺えるのである。一章で分類した③の親不孝の罪である。親不孝の罪について田中徳定は、「平安時代における「孝」についての考え方は、儒教・仏教がないまぜになった形で、現実世界にあっては不孝より大なる罪はなく、そのため来世においては堕地獄を免れ得ないものとして一般に浸透していたように思われる」[23]と説き、天皇といえども例外ではなく、朱雀帝が父・桐壺帝の遺言に反したことや、冷泉帝において真の父親を知らなくば父に孝を尽くせないということが重要な問題として取り上げられることは、この物語が当時の親不孝の罪を重く捉えていたことの証だという。

浮舟が親に先立つ不孝の罪を意識して苦しみ悩む様子は、以下のように直接的に語られている。

（浮舟は）心細きことを思ひもてゆくには、またえ思ひたつまじきわざなりけり。親をおきて亡くなる人は、いと罪深かなるものをなど、さすがに、ほの聞きたることをも思ふ。（浮舟　一八六）

（浮舟は）つとめても、あやしからむまみを思へば、無期に臥したり、ものはかなげに帯などして経読む。親に先立ちなむ罪失ひたまへとのみ思ふ。（浮舟　一九二）

また、蘇生した後の本文を以下に挙げるが、母に懺悔する気持ちが窺え、入水前に親不孝の罪と葛藤していたことが分かる。

（浮舟は）今は限りと思ひはてしほどは、恋しき人多かりしかど、こと人々はさしも思ひ出でられず、ただ、親いかにまどひたまひけん、（手習　三〇三）

（妹尼）「（前略）おのれは、世にはべらんこと、今日明日とも知りがたきに、いかでうしろやすく見おきたてまつらむと、よろづに思ひたまへてこそ、仏にも祈りきこえつれ」と、臥しまろびつつ、いといみじげに思ひたまへるに、（浮舟は）まことの親（実母）の、やがて殻もなきものと思ひまどひたまひけんほど推しはかるぞ、まづいと悲しかりける。（手習　三四三）

（浮舟は）忘れたまはぬにこそはとあはれと思ふにも、いとど母君の御心の中推しはからるれど、なかなか言ふかひなきさまを見え聞こえたてまつらむは、なほ、いとつつましくぞありける。（手習　三六〇）

これらの浮舟の心情は、入水を遂げて死に至れば、母を悲しませて親不孝の罪を背負い、地獄に堕ちるという仏教倫理を認識していたことを示すものではないか。それでも浮舟は死を選択したのである。それは浮舟が親不孝という「罪」の意識と、人笑へという「恥」の意識を天秤にかけた結果、「恥」の重さがまさったからに違いない。家の観念に呪縛された「恥」の意識、「人笑へ」になることを恐れる意識は、仏教倫理における「罪」の意識より浮舟にとっては重たかったのである。浮舟は「罪の文化」による内面的葛藤という罪過を贖いたいと思いながらも、外面を意識した「恥の文化」に押しつぶされて入水するに至ったのである。

外面的に発覚さえしなければ、それは恥とはならず苦しむ必要もない、とベネディクトは言うが、外面的に発覚させないがために浮舟が苦しんだ懊悩、煩悶を考えるとき、浮舟を取り巻いた「恥の文化」の残酷性、「人笑へ」のむごさをあらためて実感するのである。

注

（1）日本における最初の出版は一九四八年に長谷川松治訳で社会思想研究会出版部から、最近では二〇〇五年に同じ長谷川松治訳で講談社学術文庫、最新刊は二〇〇八年に角田安正訳で光文社古典新訳文庫。

（2）多屋頼俊「源氏物語の罪障意識」（『源氏物語講座　第五巻』有精堂、一九七一年）。

（3）田中徳定「「不孝」とその罪をめぐって」（『駒沢國文』第三二号、一九九五年）。蛍巻で光源氏は玉鬘に対して「不孝なるは、仏の道にもいみじくこそ言ひたれ」と、不孝が仏教においてきびしく戒められていることを持ち出し、『源氏物語』には、不孝は仏教の戒めとしてあらわれてくることを指摘する。

（4）重松信弘「源氏物語の倫理思想（二）」（『国文学研究』第四号、一九六八年一一月）。

（5）野村精一「源氏物語における罪の問題」（『国語と国文学』昭和三十三年三月号、東京大学国語国文学会）。

（6）今西祐一郎『源氏物語覚書』「罪意識のかたち」の章段（岩波書店、一九九八年）。なおこの章段は「罪意識の基底」（『国語と国文学　一九七三年五月号』）が基になっている。

（7）玉上琢彌『源氏物語評釈』第二巻・若紫（角川書店、一九六五年）。

（8）山田清市は「源氏物語に表われた罪の意識」（『国文学――解釈と教材の研究』第三巻五号、学燈社、一九五八年五月）において、「密通を自覚的に罪という語で受けとめた例は殆ど見当らないのは（目すべきことである」と述べている。

（9）前掲注5と同じ。
（10）関根慶子「藤壺物語はいかに扱はれているか」（『国語』東京教育大学文理科大学、一九五二年七月号）。後に『日本文学研究資料叢書　源氏物語Ⅲ』有精堂、一九七一年）。
（11）前掲注10と同じ。
（12）松尾聰「『そら恐ろし』の語意について」（『国語展望』第四十六号、一九七七年五月）。
（13）前掲注12と同じ。
（14）溝口雄三・丸山松幸・池田知久『中国思想文化事典』（東京大学出版会、二〇〇一）、浅野裕一『古代中国の宇宙論』（岩波書店、二〇〇六年）、溝口雄三・池田知久・小島毅『中国思想史』等を参考にした。
（15）篠原昭二は「柏木の情念」（『源氏物語講座　第四巻』有精堂、一九七一年）において「おほけなし」に着目し、二九例のうち一八例は許されない男女の密通について用いられていることを指摘している。
（16）今西祐一郎は「罪意識のかたち」（前掲注6と同じ）において、「おほけなし」が『源氏物語』の密通において偏在して使用されていることを取り上げている。
（17）助川幸逸郎「〈誤読〉される宇治十帖」（『日本文学』二〇〇八年五月号）。
（18）小嶋菜温子「女一宮物語のかなたへ」（『源氏物語批評』有精堂、一九九五年）、ただし初出は『国語と国文学』（一九八一年八月号）。
（19）山本利達「「人笑へ」と「人笑はれ」」（『むらさき』三十二輯、紫式部学会、一九九五年十二月）のように、「人笑へ」と「人笑はれ」という二つの語を同義語とする諸説（山岸徳平、松尾聰など）を紹介しながらも、必ずしも同義語とはいえないと説く論もあるが、ここでは山岸、松尾の説を取り、両語とも「世間の物笑い」という意味を表現していることで、「人笑へ」に一本化した。
（20）鈴木日出男「光源氏の女君たち」（『源氏物語とその影響』武蔵野書院、一九七八年）。
（21）原岡文子「浮舟物語と「人笑へ」」（『國文学』第三八巻十一号、學燈社、一九九三年十月）。
（22）日向一雅「源氏物語の「恥」をめぐって」（『日本文学 VOL.26』一九七七年九月）。
（23）前掲注3と同じ。

終章

近代言語学者の父とも呼ばれるソシュールは、十九世紀後半に、当時としては独創的ともいえる記号理論を打ち出した。この理論は、きちんと区分され分類された事物や概念がまず存在して、それらに名称（コトバ）が与えられているのではなく、コトバがあってはじめて概念が生まれる、という従来とは逆の発想を構築した。丸山圭三郎は『ソシュールの思想』(1)において、このことは虹の色を例に出すと分かりやすいと説明する。つまり、物理学上は虹の色は七色と定められ、日本においてはそれらの色を、赤、橙、黄、緑、青、藍、紫と分類し、いかにも客観的な物理的現実に基づいたものであるように思われる。ところが、英語ではこの虹の色を六色に区切っているという。日本の青、藍、紫という三色を、英語ではブルーとパープルという二色でしか区切っていないからだという。確かに日本においては古来から藍染の色である藍色というコトバがあり、そのコトバが存在するがゆえに、青と紫の中間色である藍色という概念が定着していたとも言えるのである。英語以外の言語では七色の虹を、ローデシアのショナ語では三色、ウバンギのサンゴ語やリベリアのバッサ語などでは二色にしか区切らないという。そもそも色にはきちんと分類された概念などあるはずもなく、どのように区切るか、どのように名付けるかによってその概念が決定されるのであり、青、藍、紫といったコトバによって区切られ、その色の概念が定まっているのである。赤や黄についても同じであり、その中間を橙というコトバで区切っているが、赤に近い橙、黄に近い橙などもあり、どこで区切るかによって無数の色が存在することになるのである。

この「コトバがあってはじめて概念が生まれる」というソシュールの理論をまさに日本文学において成し遂げたのが『源氏物語』だと思えるのである。本論文の第五章で取り上げた「あえか」というコトバを例に説明しよう。「あえか」は源氏以前のかな文学作品には見出すことができないいわゆる源氏初出語である。もちろん「あえか」という言葉自体は当時の社会に存在はしていたのであろう。あるいは当時の女房連中で流行っていた女房言葉のたぐいだったのかもしれない。しかしながらほぼ同時代の『枕草子』、『和泉式部日記』に見当たらないということは、相当狭い範囲でしか流通していない稀有の言葉であったことが窺える。その「あえか」なる言葉を『源氏物語』は物語内に取り入れ、その用例は一八例もの多くを数える。おそらく享受者にとってこの「あえか」という言葉は最初は耳慣れないものであったはずである。物語は「あえか」を女君の容態を表現する言葉として活用したが、どのような女性の容態が「あえか」であるのか、「あえか」という概念もいきなりは分かりにくいものであったと思われる。それが物語内で夕顔、秋好中宮、女三宮、宇治の大君などの容態を表現する言葉として繰り返し使用され、「たをたを」、「細し」、「痩せ痩せなり」、「なよなよと」などと近接して同類語的に用いられ、さらに「はなやかなり」、「にほひやかなり」、「うるはし」などとは対蹠語的に用いられることによって、その概念が次第次第に享受者の頭の中で固まっていったと思われるのである。つまり、「あえか」というコトバがあって初めて「あえか」の概念が創造されたともいえるのである。

また、ソシュールのこの理論には「「もの」と差異」という考え方がある。たとえば動物学的には同じネコ目イヌ科の哺乳類である「イヌ」と「オオカミ」であるが、このように異なった名付けをされたがゆえに、二種類の動物に区分されてしまったというのである。つまり、「イヌ」と「オオカミ」の差異はもともとあった自然なものではなく、コトバによって区別されてしまったのだというのである。『源氏物語』においても、もともと差異のない「もの」（概念）をコトバによって区別した例が見受けられる。その顕著な例が第四章で取り上げた「かをる」と「にほふ」というコトバなのである。「にほふ」は古来から遍く用いられていた言葉で万葉集以降多くのかな文学作品に使用されている。一方「かをる」は源氏初出語ではないものの、かな文学作品においては極めて用例が少ない特殊な言葉である。その耳慣れない「かをる」を物語内に四〇例余りも取り込んだことは作為的としか考えられない。私は当初は『源氏物語』における「かをる」と「にほふ」が示唆する意味は異なったものと考え、その違いについて打ち出そうと試みたが、多義に渡る互換的な用例を見出すにつけ、この二つのコトバの意味する概念には違いの無いことを確信した。まさにコトバによる差異しか見当たらないのである。そして物語は「かをる」と「にほふ」というニックネームを二人の男君に付けて、本質的に同一な人物を区別しようとしたのである。神田龍身が「薫と匂宮、二人は通常対極のように評されているが、むしろ同じだと評した方がよいのかもしれない。（中略）ソシュール的に言えば、ここには差異しかないということなのでもある[2]」と論じるがごとくである。

このように、『源氏物語』は「あえか」や「かをる」のようにそれ以前のかな文学作品においては見出すことのできない初出語や些少しか使用例のない言葉を物語内に取り入れた。本書では「あえか」、「かをる」以外にも、「ほほゑむ」、「いつかし」、「〜顔なり」、「かろがろし」、「涙落とす」、「そらおそろし」、「そらはづかし」、「おほけなし」、「人笑へ」などを取り上げて、それらの言葉の果たした役割を検討したが、これら一つ一つの言葉は単に「もの」・「こと」を物語享受者に伝える道具には留まらない。物語に内在する「もの」・「こと」の「ありよう」（概念）を物語内で確立させたり、世界観をも構築するコトバとしての機能を果たしたといえるのである。繰り返すが、「コトバが概念を生み出した」のである。そしてこれらの「ありよう」（概念）や世界観の本質を、物語の外部に表出させる重要な役割をも担った。まさにこれらのコトバが『源氏物語』を現象させていると言えるのである。山口仲美は、「『源氏物語』の類い希なる技量の一つは、緻密な言語操作力にある」[3]と作者紫式部の緊密な言葉遣いを絶賛したが、『源氏物語』こそ一つ一つの言葉をコトバとして綿密に活用したテクストだったのではないだろうか。

注

（1）丸山圭三郎『ソシュールの思想』（岩波書店、一九八一年）。
（2）神田龍身『物語文学、その解体――〈源氏物語〉「宇治十帖」以降』（有精堂、一九九二年）。
（3）山口仲美「源氏物語の言葉と文体」（『国文学　解釈と鑑賞』二〇〇〇年十二月号）。

あとがき

「全然だめ〜こんなポスター、夢も感動も湧かない、はい撮り直し！」。部長のどなり声に周囲にいた無関係の社員までも凍りついた。「やっぱりか…」私の心の中にあったかすかな希望が無残に吹き飛んだ。今から二〇数年前、私が日本石油（今のエネオス）の宣伝担当時代の一幕である。ポスターのキャッチコピーは「夢・感動・日本石油」という新年のポスターで、アイキャッチは平安時代のお姫様という設定、モデルに十二単を着せて扇子ごしに微笑んでいるものであった。やっぱりだめか、と思った理由は十二単にあった。撮影前のプレゼンテーションされた絵では、百人一首の読み札のお姫様のように、ふわっと限りなく横に広がったそれこそメルヘンの世界のような十二単だったのだが、実際に撮った写真では、少しは横に広がっているものの、現実的な装束姿だったからだ。広告代理店に文句をぶつけたが、「これが実際の十二単姿ですよ、大変綺麗に撮れていますよ、変にディフォルメした写真は、新年物にふさわしく無い、かえって笑われますよ」、と取り合わない。実はポスターの企画がなかなか決まらずに遅れてしまっていたため、その写真を撮ったのが金曜の夜で、月曜に部長から承認をもらってすぐに印刷に回す、それがギリギリのスケジュールだった。私はあせった。何とか月曜に一発であの気難しい部長からオッケイをもらわなければならない。金曜の夜課長に相談すると、「まあ理屈で攻めるしかないな、平安時代の装束の現実を部長に納得させるしかない、ビジュアルには異常な感性とこだわりを持つ部長だから」。確かにこのF部長は社内でも有名な「却下の大王」だった。それまでの広報部の部長は広報の仕事が忙しく、宣伝関係の仕事、特にビジュアルの可否などは宣伝課長に任せるのが常であった。しかしながらF部長に変わってからは、どんな些細なデザインでさえも自分が気に入るまではオッケイを出さなかった。「だめだ、却下、撮り直し」、一枚のテレフォンカードの写真をめぐって、それも二ミリほどの不具合を理由に徹夜させられたこともあった。私は課長の言葉に従い、その土日で図書館に張り付いて、「平安時代の装束」なるものを徹底的に調べ上げ、いかに百人一首の絵札の装束がインチキで滑稽に満ちたものかをあばき出した。しかし、やはりだめだった。ビジュアルは理屈ではなく感性なのである。

長々と昔の話をしてしまったが、実は私が『源氏物語』に興味を抱き、本書の著作に至った原因はまさにこのF部長のおかげだからである。二日間図書館に張り付いたことにより、平安時代の「何か」に取り憑かれてしまったのである。そのえたいの知れない何かが私を『古今和歌集』にいざない、『源氏物語』に引きずり込んだ。千年前の平安王朝の薫りに酔いしれてしまったのである。「いつか大学で平安時代の王朝文学を勉強してみたい」。高校時代に理科系だった私、漢文・古文が大の苦手で、返り点も助動詞の活用も分からず、「ちんぷんかんぷん（漢文）、おやぶんこぶん（古文）」と居直っていた私が、そんな夢を持つようになっていた。

そしてそれから一〇年以上が経過して、五〇歳近くになってその夢は実現した。会社を退職して学習院大学の文学部の門をくぐったのである。

本書はその学習院における研究成果である。学位論文「『源氏物語』を現象させる言葉についての研究」を加筆修正したものであり、論文の審査にあたっていただいた鈴木健一先生、陣野英則先生には心より御礼申し上げる。そして、主査の労をお取りくださった神田龍身先生にはいくら感謝をしてもしきれない。指導教授としての適切で的を射た普段のご指導はもとより、年齢が同じで住む場所も同じという、奇跡のような偶然もあり、酒を酌み交わしながら友人のように接してくれたアドバイスの数々。先生が『八犬伝』や『弓張月』をもう読んでいた幼年時代に、『少年マガジン』や『少年ジャンプ』に興じていた稚拙な私を、博士課程修了にまで導いてくれた、その人間としてのふところの深さと、偉ぶらないご性格には敬意を表するものである。

また、本書の刊行にあたりお世話いただいた勉誠出版の吉田祐輔部長、編集の実務をお執りくださった武内可夏子氏に御礼申し上げる。

なお、本書の刊行には平成二九年度学習院大学研究成果刊行助成金による支援を受けた。ここに記して感謝申し上げる。

最後に一言、F部長は確かに厳しかった、しかしながらすばらしかった。部下に嫌われていることは百も承知であったろう。しかし絶対に迎合しなかった、自分の信念を貫いた。組織としてそれなりの成果も上げた。私にはできなかった、課長になってそれが分かった。部下を叱ることの難しさ、特に若い社員に対する自分の指導の甘さを痛感した。嫌われたくない、その甘い迎合が組織の活性化を奪う一因なのである。そんな当時の孤高ともいえる福留広報部長に感謝を申し上げたい。

二〇一八年二月

吉村研一

『源氏物語』初出語一覧

一、源氏以前の主要かな文学作品に出現しない語を初出語とした。主要かな文学作品とは以下の通り。『古事記』、『万葉集』、『古今和歌集』、『後撰和歌集』、『拾遺和歌集』、『竹取物語』、『伊勢物語』、『土佐日記』、『大和物語』、『平中物語』、『蜻蛉日記』、『うつほ物語』、『落窪物語』、『三宝絵詞』、『枕草子』。

二、名詞を除いた自立語を対象として、一語の定義は宮島達夫『古典対照語い表』（笠間書院、一九九二年）に従った。

三、意味の分かりにくい語には参考として（　）内に漢字を当てた。

四、活用については以下のように略した。

四段活用↓〔四〕、下二段活用↓〔下〕、上二段活用↓〔上〕

【あ】

あいだちなし（愛立）　あいだる（愛垂）　あえかなり　あかしがたし　あかみもてゆく（赤）　あがめかしづく
あかれちる（分散）　あかれゆく（分行）　あきがたし（開難）　あきたし（飽）　あきとほる（開通）
あきらめはつ（明果）　あくがれありく（憧歩）　あくがれがたし（憧難）　あくがれたつ（憧立）
あくがれはつ（憧果）　あくがれまどふ（憧惑）　あけあはす　あけさはぐ（開騒）　あげはつ（上果）　あけやる（開遣）
あざあざと（鮮）　あざける（嘲）　あさざむなり（朝寒）　あさげなり（浅）　あさふ（浅）　あざやぐ（鮮）
あさゆ（浅）　あざれありく（戯歩）　あざれがまし（戯）　あざればむ（戯）　あざれかかる（戯掛）　あしあしも（悪）
あそびおはさうず　あそびおはす　あそびがちなり　あそびたはぶる　あそびならす　あそびならはす
あそびひろぐ　あだへかくす（従隠）　あたらしがる（惜）　あたらしげなり（惜）　あつかふ（扱）
あつかひうしろみる　あつかひおこなふ　あつかひおもふ　あつかひさわぐ　あつかひしる　あつかひそむ
あつかひなす　あつまりまゐる（集参）　あてぶ（貴）　あなづらはしげなり（侮）　あなづりざまなり
あなづりそむ　あなづりにくげ　あなづりにくし　あなづりはつ　あはし（淡）　あはせいづ（合出）
あはせいとなむ　あはつかなり（淡）　あはむ（淡）　あはれびおはします　あひうらむ　あひおもひかはす
あひしらふ［四］　あひしらふ［下］　あひたすく　あひとぶらふ　あひひざまつく　あふぎゐる（仰居）
あふる　あへしらひゐる（応答居）　あまゆ（甘）　あやしぶ（怪）　あやふげ（危）　あやぶむ　あゆみおはす（歩在）
あゆみわたる（歩渡）　あらあらしげなり（荒）　あらがひかくす（争隠）　あらしはつ（荒果）　あらそひいづ（争出）
あらそひおつ（争落）　あらそひちる（争散）　あらたなり（顕然）　あらだつ（荒立）　あらたまりがたし
あらためいそぐ（改急）　あらためかく（書）　あらためがたし　あらためかはる（変）　あらためくはふ（加）

あらためしつらふ　あらはしはつ（顕果）　あらはれいでく（現出来）　あらはれそむ　あらまし（荒）
あらましげなり　ありそむ（有初）　ありつく（有付）　あるじがほなり（主顔）　あるじがりをり（主居）
あるべかし（有）　あるまじげなり（有）　あれはつ（荒果）　あれまどふ（荒惑）　あれわたる（荒渡）
あわてまどふ（慌惑）　あをみいづ（青出）　あをやかなり（青）

【い】

いかでもいかでも　いきかくる（行隠）　いきかへる（生返）　いきちる（行散）　いきとまる（行留）　いきまく（息巻）
いきまじる（行雑）　いけはつ（生果）　いざとげなり（寝聡）　いざなひいづ（誘出）　いざなひたつ（誘立）
いざなひとる（取）　いさめおく（諌置）　いさめかへす（返）　いそがしいづ（出）　いそがしげなり（急）
いそがしたつ（立）　いそぎいる（入）　いそぎおぼす（思）　いだきあつかふ（抱扱）　いだきいづ（出）
いだきおろす（抱下）　いだきかくす　いだきかしづく　いたげなり（痛）　いだしいる（出入）
いたはりかしづく（労）　いたはりのぞむ（望）　いつきすう（斎据）　いつきたつ（立）　いつはりなる（偽馴）
いであふ（敢）　いでありく（歩）　いでいりならす（入馴）　いでおはす（出在）　いできがたげなり　いでさす（止）
いでしずまる　いでたちかね　いでたちまゐる　いでつかふ（仕）　いとなみいづ（出）　いとなみおはす（在）
いとなみおもふ（営思）　いとなみかしづく　いとなみつかうまつる　いとなみののしる　いとなみゐる
いとひがつ（厭堪）　いとひがほなり（厭顔）　いとひきこえがほなり　いとひはなる　いどまし（挑）
いどみあはす（挑合）　いどみあふ　いどみがほなり（挑顔）　いどみつくす　いとる（射取）　いのりおく（祈置）
いひあつむ（言集）　いひあふ（敢）　いひあらがふ（諍）　いひうとむ（疎）　いひおきはじむ　いひおとしむ

いひおどす　いひおはさうず　いひおもひなす　いひかかづらひいづ　いひかかる(掛)　いひかくす
いひかたらひつく　いひかまふ　いひかよふ　いひきる　いひけつ(消)　いひさわがす　いひしたたむ
いひしぼる　いひしらせあふ　いひしろふ(合)　いひすさむ　いひすつ　いひすべす　いひそす　いひたづぬ
いひちらしゐる　いひととのふ　いひとほる　いひなほす　いひなやます　いひならぶ　いひなる(馴)
いひのがる　いひはげます　いひひろぐ　いひまず(雑)　いひまはす　いひみだる　いひむかふ　いひもていく
いひもらす　いひやぶる　いひよりがたし　いひをかす(犯)　いまいまし(忌)　いましめおはす(戒)
いましめおほす(迎)　いましめまうす(申)　いますからふ(在)　いまだし(未)　いまめかしげなり(今)
いまやうだつ(今様立)　いやしうも(苟)　いやめなり(否目)　いられおもふ(焦思)　いられがし　いりさす(入止)
いりたちなる(入立馴)　いりもておはす　いりもてゆく　いりものす　いりもむ(炒揉)　いれかくす(入隠)
いれこむ(籠)　いれにくし　いろづかひなす(色)　いろづきはじむ　いろづきわたる　いろめかし
いろめかしげなり　いわく(幼稚)　いわけなげなり　いわけなし

【う】

うかがひありく　うかがひく　うかがひたづぬ　うかがひつく　うけとる　うけたまはりあきらむ
うけたまはりあらはす　うけたまはりすぐす　うけたまはりつたふ　うけたまはりとどむ　うけたまはりなげく
うけたまはりなやむ　うけたまはりはつ　うけたまはりわく　うごきそむ　うしなひはつ
うしろみありく(後見歩)　うしろみおぼす　うしろみおもふ　うしろみかしづく　うしろみだつ
うしろみつかうまつる　うしろみならふ　うしろむ　うすすく　うすやうだつ(薄様立)　うすらぐ

うちあかむ（赤）　うたひすむ　うたひすさぶ（歌遊）　うたひすさぶ　うたはしげなり（詛）　うたはしげなり　うたひおぼす　うそぶきありく

うちあさゆ（浅）　うちあばる（荒）　うちあふぐ（扇）　うちあゆむ　うちあらたむ　うちいさかふ　うちいそぐ
うちいですぐす　うちいでそむ　うちいでにくし　うちいらふ　うちいりく　うちうしなふ　うちうそぶく
うちうなだる　うちうなづく　うちうめく　うちおきうちおく　うちおきがたし　うちおとなふ　うちおとなぶ
うちおぼす　うちおほどく［四］　うちおほどく［下］　うちおぼゆ　うちおもひいづ　うちおもひおこす
うちおもひめぐらす　うちおもひやる　うちおもやす　うちかくろふ　うちかしこまる　うちかたむ
うちかたらひあはす　うちかたる　うちかふ　うちかへしうちかへす　うちかへりごつ　うちかへりみる
うちかむ　うちかをる　うちききつく　うちきゆ　うちくちずさぶ　うちくはふ　うちけさうず　うちけざやく
うちさす　うちざる　うちしきる　うちしぐる　うちしづまる　うちしめる　うちしをる　うちずうず
うちすがふ　うちすぎがたし　うちすく　うちすぐす　うちすげむ　うちすてかく　うちすてざまなり
うちずんじなす　うちそそぐ　うちそふ　うちそぼる　うちそよめきいづ　うちたゆ　うちちりそふ
うちちりまがふ　うちちりわたる　うちつぶやく　うちとけおはします　うちとけがたし　うちとけすぐ
うちとけすむ　うちとけにくし　うちとけはつ　うちとけゐる　うちながめがちなり　うちなきうちなく
うちなげきがちなり　うちなほす　うちなやむ　うちなゆ　うちなる（成）　うちなる（馴）　うちにほはしおく
うちにほふ　うちぬる　うちねぶ　うちのたまひいづ　うちのたまひまぎらはす　うちのぶ　うちはしだつ
うちはつ　うちはなやぐ　うちはる　うちひそみあふ　うちひそむ　うちひとりごつ　うちふくむ
うちふすぶ　うちほのめかす　うちまがふ　うちまぎらはす　うちまぎる　うちまぎればむ　うちまどろむ
うちまねく　うちまねぶ　うちまぼる　うちみじろぎよる　うちみだる　うちみまはす　うちやすす

うちやすみわたる　うちやつる　うちゆがむ〔四〕　うちゆがむ〔下〕　うちゆるぶ〔四〕　うちゆるぶ〔下〕
うちよろぼふ　うちわらひおはさうず　うちゑず　うつくしぶ　うつくしみおはす　うつしうう（植）
うつしかたる　うつしきる　うつしざま　うつしもて　うつしわたす　うつりおはします　うつりかはる
うつりく（来）　うつりちる　うつりやすなり　うつろはす　うつろひおはします　うつろひすむ
うつろひはつ　うつろひものす　うつろひわたる　うとみはつ　うはじらむ（上白）　うひうひしげなり
うもれいたし（埋痛）　うらがなしげなり　うらなひまうす　うらなひよる　うらみいひわたる
うらみかく（掛）　うらみがちなり　うらみちぎりおく　うらみつづく　うらみなげく　うらみよる
うらみわたる　うらみわぶ　うらめしげなり　うららなり　うるさがる　うるはしげなり　うるはしだつ
うるひわたる　うれへあふ　うれへかく　うれへなく　うゑしげらす　うゑなす

【え】

えびすめく　えらびいづ　えらびかく　えりあふ（選）　えりかく　えりすぐす　えりそむ　えりとどむ
えりのこす　えんがりおはす　えんげなり　えんだちゐる　えんだつ

【お】

おいがる（老）　おいしらふ　おいなる　おいひがむ　おいまさる　おいもておはす　おいゆがむ　おいゆく
おうる　おかれはつ　おきおはします　おきがたし　おきさわぐ　おきそふ　おきておはす　おきてさだむ
おきてのたまふ　おきなびはつ　おきなぶ　おくしがちなり　おくだかし（億高）　おくふかなり

おくれそむ　おくれゆく　おこしすう　おこなひいだす　おこなひおく　おこなひがちなり　おこなひくはふ
おこなひくらす　おこなひさわぐ　おこなひなす　おこなひなる（馴）　おこなひののしる　おこなひはつ
おこなひます　おこなひやつる　おこりがたし　おこりなやむ　おごりならふ　おこりわづらふ
おしあてに（推当）　おしうごかす　おしくくむ　おしくだす　おしけつ　おしこむ　おしさぐ　おししずむ
おししぼる　おしすふ　おしたる（垂）　おしとどむ　おしのごひかくす　おしひたす　おしまきあはす（押）
おしまきよす　おしゆづる　おそれまうす　おそろしがる　おちあふる（落零）　おぢおぼしめす
おちこうず（怖困）　おちちる（落）　おちとどまる　おぢはばかる（怖）　おちぶる　おちほそる　おちみだる
おちゆく　おちゐはつ　おどく　おとしあふ　おとしあふす　おどしいふ　おとしおく　おとしむ（貶）
おとしめおもふ　おとしめがたし　おとしめざまなり　おとしをり（落居）　おとづれく　おとづれよる
おとづれわたる　おとなひいふ（音言）　おとなびおはします　おとなびはつ　おとなびまさる　おとなびものす
おとなふ（音信）　おとりまかる（劣）　おどろきおくす　おどろきおぼす　おどろきおもふ　おとろへのこる
おとろへまさる　おにし　おはさうず（在為）　おはさふ　おはしあつまる　おはしがたし　おはしかよふ
おはしげなり　おはしそふ　おはしそむ　おはしならふ　おはしはじむ　おはしはつ　おはしまさせそむ
おはしましそむ　おはしましはなる　おはしましまぎらはす　おはしましよる　おはしゐる　おびえさわぐ
おひおひに　おひすがふ（追次）　おひつぎかく　おひつく（生付）　おひつづく（追続）　おひとののほる（生整）
おひなほる　おひまどはす（追惑）　おびやかす　おひやる（生）　おひゆく　おびる　おひわかる（生別）
おぼえなる（覚成）　おぼえわたる　おぼおぼし　おぼおぼと　おほかりげなり　おほきみだつ　おほげなり
おほし（凡）　おぼしあかす　おぼしあがむ　おぼしあがる　おぼしあつ　おぼしあつかふ　おぼしあつむ

おぼしあなづる　おぼしあふ　おぼしあらそふ　おぼしあわつ　おぼしいたづく　おぼしいたる
おぼしいとなむ　おぼしいらる　おぼしう（得）　おぼしうかる　おぼしうづもる　おぼしうつる
おぼしうつろふ　おぼしうんず（倦）　おぼしえらぶ　おぼしおこす　おぼしおこたる　おぼしおごる　おぼし
おどろく　おぼしおぼほる　おぼしかずまふ　おぼしかはす　おぼしかはる　おぼしかへさふ
おぼしかへりみる　おぼしかへる　おぼしかまふ　おぼしくす（屈）　おぼしくずほる　おぼしくたす
おぼしくらぶ　おぼしくんず（屈）　おぼしけつ　おぼしこがる　おぼしこころざす　おぼしことわる
おぼしこのむ　おぼしこる　おぼしさだまる　おぼしさます　おぼししづまる　おぼししづむ　おぼししのぶ
おぼししむ［四］　おぼししむ［下］　おぼししらす　おぼししりはつ　おぼししをる　おぼしすぐしがたし
おぼしすます　おぼしそむ　おぼしただよふ　おぼしたづぬ　おぼしたてならはす　おぼしたどる
おぼしたゆたふ　おぼしつかふ　おぼしつつむ　おぼしつよる　おぼしとぐ　おぼしとどこほる
おぼしとどまる　おぼしとどむ　おぼしとまる　おぼしとむ　おぼしながす　おぼしなぐさむ　おぼしなだらむ
おぼしなびく　おぼしなほす　おぼしなほる　おぼしなやみそむ　おぼしなやむ　おぼしならふ
おぼしなりゆく　おぼしねがふ　おぼしねんず　おぼしのく　おぼしのこす　おぼしのどむ　おぼしはからふ
おぼしはげむ　おぼしはつ　おぼしはなつ　おぼしはなれがたし　おぼしはばかる　おぼしひがむ　おぼしほる
おぼしまぎる　おぼしまさる　おぼしまとはす　おぼしまはす　おぼしまよふ　おぼしむすぼほる
おぼしむつかる　おぼしめしかずまふ　おぼしめしかはる　おぼしめしなげく　おぼしめしなやむ
おぼしめしはなつ　おぼしめしまどふ　おぼしめしやる　おぼしめしよる　おぼしめしわく　おぼしものす
おぼしやすらふ　おぼしゆづる　おぼしゆるす　おぼしよす　おぼしよそふ　おぼしよろこぶ　おぼしよわる

おぼしわきまふ　おぼしわく　おぼしわぶ　おほせつかはす　おほせつく　おぼどきすぐ　おほどく
おほとのごもりいる　おほとのごもりくらす　おほとのごもりすぐす　おぼほれあふ　おぼほれさわぐ
おぼほれゐる　おほやけはらだたし　おぼる　おもがくす（面隠）　おもひあかしくらす　おもひあく
おもひあつ　おもひあつかふ　おもひあらたむ　おもひいそぐ　おもひいたづく　おもひいとなむ
おもひうかる　おもひうつる　おもひうつろふ　おもひうらむ　おもひえがたし　おもひおきつ　おもひおくる
おもひおごる　おもひおとる　おもひおどろく　おもひおほす　おもひおよぶ　おもひかかづらふ
おもひがたし　おもひかたらふ　おもひかはる　おもひかまふ　おもひきほふ　おもひきる　おもひくす（屈）
おもひくだる　おもひくづほる　おもひくはだつ　おもひくはふ　おもひこうず　おもひさだめかぬ
おもひさます　おもひしのびがたし　おもひしめる　おもひしらす　おもひしりはじむ　おもひしりゆく
おもひしをる　おもひすてがたし　おもひすてはつ　おもひすます　おもひそふ［四］　おもひそふ［下］
おもひただよふ　おもひたちがたし　おもひたちはつ　おもひたゆむ　おもひつくろふ　おもひとがむ
おもひとぢむ　おもひとどこほる　おもひとどむ　おもひとまる　おもひとむ　おもひなげきあふ
おもひなずらふ　おもひなだらむ　おもひなやまし　おもひなやむ　おもひなりゆく　おもひねんず
おもひのたまふ　おもひのどまる（和）　おもひのどむ　おもひはぐくむ　おもひはげむ　おもひはなちがたし
おもひはなれがたし　おもひはなれそむ　おもひはなれはつ　おもひはるく　おもひほく　おもひほれゐる
おもひまがふ　おもひまぎらはす　おもひまぎる　おもひまず　おもひまつはす　おもひむす
おもひむすぼほる　おもひむせぶ　おもひむつぶ　おもひめぐらしかぬ　おもひもていく　おもひもてゆく
おもひもよほす　おもひゆづる　おもひゆるす　おもひよそふ　おもひよりがたし　おもひわきがたし

おもひわきまふ　おもひわたす　おもぶく　おもほしうたがふ　おもほしおきつ　おもほしかかる
おもほしかへしわぶ　おもほしこがる　おもほししむ　おもほししる　おもほしそふ　おもほしたくす
おもほしたづぬ　おもほしたゆ　おもほしたゆたふ　おもほしつづく　おもほしとる　おもほしなずらふ
おもほしなやむ　おもほしなる　おもほしのこす　おもほしのたまふ　おもほしのどむ　おもほしはなつ
おもほしびとめかす　おもほしみだる　おもほしむく　おもほしものす　おもほしやむ　おもほしわぶ
おもむきがたし　おもむけうたがふ　おもりかなり　おもりまさる　おもりゆく　おもりわづらふ
おやがりありく　おやがりはつ　おやがる　おやざまなり　おやめく　およぐ　およずけあふ
およずけもておはす　およびがたげなり　おりたちありく　おりなす　おる（凝）　おれおれし　おれまどふ
おろしののしる　おろしはじむ　おろしましはす　おんぞがちなり

【か】

かいこす　かいそふ　かいつく　かいなづ（掻）　かいはなつ　かいひく　かいひそむ　かいほそる
かいやる　かうざくなり（警策）　かうざまなり（斯様）　かうじはつ　かかげつくす　かかづらひいとなむ（拘）
かかづらひゐる　かかづらひおもふ　かかづらひおもほす　かかづらひまどふ　かかづらふ
かがまりありく（屈歩）　かがむ　かがやかし　かがやかしげなり　かがやきいづ　かがやきかくる
かがやきまどふ　かかりそむ　かきあきらむ　かぎあはす　かきあらたむ　かきあらはす　かきありく
かきあるく　かきいだす　かきう（得）　かきおほす　かきおよぶ　かきかはす　かきかふ　かきくる
かきけつ（書消）　かきけつ（消）　かきこもる　かきすくむ　かきすさびゐる　かきすさぶ　かきすさむ

かきすます　かきそこなふ　かきたてにくし　かきつかはす　かきつづく　かきつむ　かきつる　かきとぢむ
かきととのふ　かきとどむ　かきとどめいる　かきとどめがたし　かきながす　かきなでつくろふ
かきならしおはす　かきなる(成)　かきなる(馴)　かきまぎらはす　かきまぎる　かきまさぐる
かきまず(書)　かきまず　かきみだりくる　かきみだる　かきみだれある　かきもらす　かきやすらふ
かきやる　かきわたす　かくしあふ　かくししのぶ　かくしとどむ　かくしひそむ　かくしほほろぐ
かくしもつ　かくれありく　かくれゆく　かくろへありく　かくろへいる　かくろへしのぶ［四］
かくろへしのぶ［上］　かくろへものす　かけありく　かけかけし(懸)　かけかけしげなり　かけかふ
かけそふ　かけそむ　かけとどまる　かけとどむ　かけりこまほしげなり　かごかなり　かこちなす
かこちよる　かごとがまし(託言)　かごとがましげなり　かさねゐる　かざりはつ　かしこがる
かしづきあがむ　かしづきありく　かしづきいだす　かしづきいづ　かしづきいとなむ　かしづきゐる
かしづきおもふ　かしづきおろす　かしづきさわぐ　かずふ　かすみあふ　かすむ(諷)　かすめいふ
かすめなす　かすめふれふ　かすめまうす　かぞへく(数)　かぞへしらす　かぞへたつ　かぞへつづく
かぞへとる　かたかく　かたきだつ　かたくなしげなり　かたはらいたげなり　かたぶきかかる　かたぶきそむ
かたらひあかす　かたらひあはす　かたらひあふ　かたらひおはす　かたらひがたげなり　かたらひくらす
かたらひたのむ　かたらひなぐさむ　かたらひのたまふ　かたらひまうす　かたらひものす　かたらひよる
かたりいでがたし　かたりうれふ　かたりおく　かたりつくす　かたりつづく　かたりなす　かたりゐむ
かづきうづもる　かづけわたす　かどわく　かながちなり　かなしびおはす　かなしびおもふ　かなひがたし
かなひはつ　かなひゆく　かはしそむ　かはらかなり　かひがひし　かへさひそうす　かへさひまうす

かへしうつす　かへまうし　かへりいく　かへりいぬ　かへりうし　かへりさる（帰）　かへりすむ
かへりちる　かへりつく　かへりなまほしげなり　かへりなる（還）　かへりまうしだつ（返）
かへりまかづ（帰）　かへりみがちなり　かまへいづ（構）　かまへて　かみかけて　かみわたす　がやがやと
かよはししる（通）　かよはしなす　かよはしわたす　かよひがたし　かよひそむ　かよる　かよわげなり
かよわし　からからと　からがる　からびつだつ　かりうつす　かりをさむ　かるぶ　かるむ　かれまさる
かろげなり　かろみいふ　かろむ［四］　かろむ［下］　かろめまうす　かろらかなり　かをりいづ　かをりく
かをりみつ　かんがへまうす

【き】

きえとまる　きえわたる　ききあつかふ（聞）　ききあなづる　ききあらはす　ききおとす　ききおぼす
ききかはす　ききぐるし　ききこうず　ききすぐしがたげなり　ききそふ　ききつたふ　ききつむ　ききとどむ
ききなやむ　ききなる　ききはなつ　ききはやす　ききみなる　ききもらす　ききわたす　きこえあつ
きこえあつかふ　きこえあづく　きこえあつむ　きこえあふ　きこえあらはす　きこえいだす　きこえいなぶ
きこえいる　きこえうごかす　きこえうとむ　きこえおとす　きこえかかづらふ　きこえかかる
きこえかへさふ　きこえかよはす　きこえかよふ　きこえくらす　きこえさせあきらむ　きこえさせおく
きこえさせおよぶ　きこえさせしらす　きこえさせたがふ　きこえさせなす　きこえさせならふ
きこえさせにくし　きこえさせふるす　きこえさせやる　きこえさせよし　きこえさわぐ　きこえしる
きこえすさぶ　きこえすまふ　きこえせむ　きこえたがふ　きこえたすく　きこえたばかる　きこえたはぶる

きこえつたふ　きこえつたへにくげなり　きこえつづく　きこえなびかす　きこえなほす　きこえなやます
きこえならはす　きこえなる　きこえのがる　きこえのたまふ　きこえはげます　きこえはづす　きこえはなつ
きこえひがむ　きこえまぎらかす　きこえまつはす　きこえめぐらす　きこえもらす　きこえやすらふ
きこえわく　きこえわたす　きこえわたる　きこえわぶ　きこえゐる　きこえをかす　きこしめしあはす
きこしめしあきらむ　きこしめしいづ　きこしめしうとむ　きこしめしおどろく　きこしめしおふ
きこしめしおもほす　きこしめしすます　きこしめしつたふ　きこしめしなげく　きこしめしなす
きこしめしはつ　きこしめしひがむ　きこしめしわづらふ　きこむ(来込)　きこむ(着)　きしろひにくし
きすくなり　きたおもてだつ　きつねめく　きなる　きはだけし　きほひあつまる　きほひいづ　きほひかへる
きやうきやうなり　きやうざくなり(警策)　きようじあふ　きよげだつ　きらす(霧)　きりかけだつ
きりふたがる

【く】

くいおぼす　くうづく　くしいたげなり　くだくだし　くたしはつ　くちうす　くちがためやる　くちがるし
くちぎよし　くちごはし　くちをしげなり　くづしいづ　くづしかふ　くつす(屈)　くづれがちなり
くづれそむ　くつろぎがまし　くねくねし　くねりいふ　くはえおこなふ　くひあつ　くひうしなふ
くひかなぐる　くひぬらす　くみいただく　くみそむ　くみはかる　くもらはし　くもりがちなり
くゆらかす　くゆりかかる　くゆりみちいづ　くらべぐるし　くれかかる　くれもていく　くろみわたる
くんじいたし(屈)　くんじいる

【け】

けいしだつ　けうなり　けうとげなり　けおさる　けがす　けさうだつ　けさうぶ　けさうばむ　けざけざと
けざやぐ　けしからずだつ　けしきだつ　けしきばまし　けしきばみありく　けしきばみかく
けしきばみかへす　けしきばみはじむ　けしきばみよる　げすげすし　けせうなり（顕証）　けそんなり（家損）
けちえんなり　けどほげなり　けどほし　けはしけぶたし　けぶりわたる　けやけし　けをかしげなり
けんせうなり（顕証）　けんぞうなり（顕証）

【こ】

こいへがちなり　こうちぎだつ　こえいづ　こえすぐ　こごし（子）　こころえがたし　こころえはつ
こころぐるしがる　こころざしおく　こころざしおぼす　こころづよがる　こころばみすぐす　こころばむ
こころみはつ　こころもとながりあふ　こしけし　こしらへいる　こしらへおく　こしらへやる　こしらへわぶ
こたえまうし（答）　ごつ（言）　ことごとしげなり　ことさらぶ　ことさらめく　ことづけやる
ことまぜまうし　ことめく　このましげなり　このみあつむ　このみう　このみかく　このみそす
このみとどのふ　こはごはし　こひかなしぶ　こひしのびあふ　こひしのぶ　こひねがふ　こほりとづ
こぼれそむ　こめがたし　こもりおはします　こもりおはす［四］　こもりおはす［下］　こもりかよふ
ごらんじあつ　ごらんじいる　ごらんじおく　ごらんじおこす　ごらんじとがむ　ごらんじう　ごらんじおくる
ごらんじおどろく　ごらんじがたし　ごらんじさす　ごらんじさだむ　ごらんじしらす　ごらんじすぐす
ごらんじすてがたし　ごらんじとどむ　ごらんじなる　ごらんじはじむ　ごらんじはなつ　ごらんじゆるす

ごらんじわく〔四〕　ごらんじわく〔下〕　こわづくりあふ

【さ】

さうがちなり（草）　さうじあふ　さうじいづ　さうじおろす　さうぞきわく　さうどく　ざえがる
さえざえし　さかえいづ　さかしがりたつ　さかしげなり　さかしだつ　さかしらめく　さがす　さきかかる
さぐりよる　ささめきあふ　ささめきかはす　ささめきわらふ　さしあがりゆく　さしあはす
さしあふぎゐる　さしおどろかす　さしかはす　さしかふ　さしかへる　さしく　さしくみに　さしこむ
さししぞく　さししりぞく　さしすぐ　さしすぐしがたし　さしすぐす　さしつく　さして　さしとどむ
さしとむ（止）　さしとむ（留）　さしなほす　さしならぶ〔四〕　さしならぶ〔下〕　さしぬふ　さしぬらす
さしのく　さしはづす　さしはなちがたし　さしはなつ　さそひたつ　さださだと　さだまりゆく　さだめあふ
さだめいふ　さだめおく　さだめやる　さておく　さとがちなり　さとずみがちなり　さとばなる
さとりあかす　さぶらひくらす　さぶらひこうず　さぶらひにくげなり　さぶらひよる　さへづりあふ
さへづりゐる　さましわぶ　さめがたし　さめはつ　さやなり　さらぼふ　さりはつ　さりまうす
さるがうがまし（猿楽）　ざれありく　ざれくつがへる　ざれはしりおはす　ざればむ　さりがたし　さわがす
さわぎそむ　さわぎまどふ　さわやぐ　さゐさゐし

【し】

しあつむ（為）　しあやまつ　しがくめく　しかはす　しくはふ　しくらす　しぐれめく　しじかむ

ししこらかす　しす（死）　しずまりがたし　しずまりゆく　しずみそむ　しずめあふ　しずめはつ
しずめまもる　しそふ　したがひく　したがひはつ　したためあふ　したためおく　したためしる
したためはつ　したどし（舌）　したどなり　したひありく　したひざまなり　したひまつはす
したひまとはす　したやすし　しだりはじむ　しちらす　しづめがたし　しつらひかしづく　しつらひさわぐ
しつらひすう　しつらひみがく　しどけなげなり　しなじなし　しなじなり　しなふ　しなやかなり　しなる
じねんに　しのびあまる　しのびありく　しのびいる　しのびおぼす　しのびおもふ　しのびかく
しのびかくろふ　しのびがたげなり　しのびかへす　しのびこむ　しのびすくす　しのびとどむ　しのびのこす
しのびまぎる　しのびやつす　しのびやつる　しはなつ　しはぶきおどろかす　しはぶきおぼほる
しはぶきがちなり　しひそす　しひとどむ　しぶげなり　しふねげ　しほしほと　しほじむ　しほたれがちなり
しほどけし　じほふなり　しぼりあく　しみふかし　しめおく　しめじめと　しめつくる　しめゐる
しもがちなり　しもがれわたる　しもながなり　じやうらふだつ（上臈）　しよる　しらきりみゆ
しらべととのふ　しらべはつ　しらべやる　しられはじむ　しりうごつ　しりおく　しりおよぶ　しりかたらふ
しりすぐす　しりつたふ　しりびに　しるしつたふ　しれゆく　しろしめしたりげなり　しゐごゐがちなり
しをれふす　しをれまさる　しんじがたし（信）　しんず

【す】

すがかく　すがくる　すかしやる　すがすがと　すかせたつ　すがやかなり　すきありく　すぎうし
すぎおはします　すぎがたし　すきがまし　すぎすぎ　すきたわむ　すきならぶ　すぎにほふ　すぎはつ

すきばむ　すぎものす　すきゐる　すぐしがたげなり　すぐしがたし　すぐしはつ　すくなり　すげむ
すさびくらす　すさびちらす　すさびゐる　すさぶ［四］　すさぶ［上］　すさみかく　ずしあふ　ずしがちなり
ずしなす　ずしののしる　すすぎすつ　すすぎはつ　すすけまどふ　ずずみあふ　すすみいだす　すすみいづ
すすみのたまふ　すすみまゐりそむ　すすみまゐる　すすみよる　すすめまうす　すすりあふ　すずろぐ
すずろぶ　すそがちなり　すぞろなり　すだきあわつ　すておはします　すてかく　すてがたげなり
すてがたし　すてすつ　すてはじむ　すてわする　すなほなり　すのこだつ　すべしおく　すべりおる
すべりかくる　すべりまかづ　すましやる　すまひなす　すまひなやむ（辞退）　すまひはつ　すみのぼりはつ
すみはじむ　すみはつ（澄）　すみはつ（住）　すみはなる　すみまさる（澄）　すみます　すみみつ（住）
すりしなす　すりなす　ずゐぶんに　ずんじののしる　ずんながる

【せ】

せうそこがる　せきあぐ　せきがたし　せきとどめがたし　せきのぼる　せげなり　せたむ　ぜひしらず
せめありく　せめわぶ　せんず

【そ】

そうしおく（奏）　そうしがたし　そうしさす　そうしなす　そうしなほす　そぎすつ　そぎはつ　そぎわたす
そぎわづらふ　そしうなり　そしらはし（謗）　そしらはしげなり　そしりいふ　そしりもどく　そそかし
そそきあぐ　そそきあふ　そそきゐる　そそくりつくろふ　そそのかしあふ　そそのかしおく　そそのかしたつ

そそのかしやる　そそのかしわづらふ　そそめきありく　そそめきさわぐ　そそろかなり　そねみあふ　そねむ
そばだつ　そばみあふ　そひおはします(添)　そひおはす［四］　そひおはす［下］　そひくらす　そひたすく
そひものす　そびやぐ　そびゆ　そへたつ　そぼる　そぼれあふ　そむきかくる　そむきがたし　そむきさる
そむきすつ　そむきそむきなり　そむきはつ　そむきはなる　そむきやる　そむきゆく　そむきゐる
そめいそぐ　そめいづ　そめおく　そめつく　そめにほはす　そめます　そらおそろし　そらはづかし
そろろかなり

【た】

たえきる　たえこもりはつ　たえこもる　たえすぐ　たがへそむ　だきしめゐる　たぐへおく　たすけはつ
ただいきに　たたきののしる　たたずみおはす　たたずみよる　ただびとざまなり　ただびとだつ
たたみなす(畳)　たたみよす　たたむ　ただよはし　ただよはしげ　ただよひさすらふ　たちあかる
たちいでにくし　たちおはします　たちかさぬ　たちかふ　たちくだる　たちさりがたし　たちすくむ
たちつぐ　たちどまりがたげなり　たちはつ　たちはなれがたし　たちはなれにくし　たちまじらふ
たちよりたちよる　たづねあふ(尋)　たづねいる　たづねおく　たづねおぼす　たづねおもほす
たづねおもふ　たづねかく　たづねかはす　たづねかへさふ　たづねきく　たづねしる　たづねとどむ
たづねのたまふ　たづねまどはす　たづねみる　たづねよす　たづねよる　たてあつむ(立)　たてくはふ
たてそふ　たてちがふ　たてののしる　たてへだつ　たてまつりうつる　たてまつりかふ　たてまつりくはふ
たてまつりそふ　たてまつりなほす　たてわづらふ　たとへがたし　たどりあふ　たどりありく　たどりく

たどりしる　たどりよる　たのみおもふ　たのみかかる　たのみかく　たのみがたげなり　たのみかはす
たのみすぐす　たのみならふ　たのみはじむ　たのみふくる　たのみまうす　たのめちぎる　たのめわたる
たばかりいだす　たばかりいづ　たばかりなす　たはぶれかはす　たはぶれゐる　たひらぎはつ　たふれいる
たふれまどふ　たぶろかす　たへがたげなり　たへかぬ　だむ（訛）　ためらひがたし　ためらひかぬ
ためらひやる　たゆめたゆむ　たりおはします　たれひく　たれまさる　たわむ　たをたをと　たをやぐ

【ち】

ちかづきよる　ちかづく　ちかひたのむ　ちかやかなり　ちぎりかはす　ちぎりたのむ　ちぎりなぐさむ
ちぎりのたまふ　ちりあかる　ちりがまし（塵）　ちりばむ　ちりぼひく　ちりまじる

【つ】

つかうまつりいとなむ　つかうまつりおきつ　つかうまつりおく　つかうまつりさす　つかうまつりそむ
つかうまつりなす　つかうまつりやむ　つかさどる　つかひなす　つかひならす　つきあまる　つきおはします
つきかはす　つききりなり（突切）　つきしむ　つきづきしげなり　つきわく　つくしあふ　つくしありく
つくりあかす　つくりいでまほしげなり　つくりいとなむ　つくりおろす　つくりかふ　つくりくはふ
つくりごとめく　つくりさす　つくりしむ　つくりそそくる　つくりそふ　つくりそむ　つくりわたす
つくりゐる　つくろひおはす　つくろひがたし　つくろひさまよふ　つくろひだす　つくろひなす　つけおく
つげかたらふ　つげしらす　つたはりまうでく　つたはりまゐる　つたひいる　つたへきこしめす

つたへしらす　つたへそむ　つたへはじむ　つたへはつ　つたへまほしげなり　つたへものす　つたへよる
つつしみおはします　つつしみさわぐ　つづしりうたふ　つつみあまる　つつみすぐす　つつみはつ
つつやかなり　つどひまゐる　つどひものす　つどみゐる　つなしにくし　つなびく（綱引）　つひゆ　つぶす
つぶやきあふ　つぼむ　つまさわやかなり　つみいだす　つみえがまし　つみはやす　つみひねる
つゆけげなり　つよがる　つらげなり　つらぬきそふ　つれづれげなり

【て】

てうじいづ　てうじわぶ　てうどめく　てんがちなり　てんながに

【と】

とがめあふ　とがめいづ　ときおく　ときくだす　ときはつ　ときわたる　とけがたし　とこなつかし　とだゆ
とちあらはす　とぢつく　とぢむ　とどこほりゐる　ととのひすぐす　ととのひはつ　ととのへいづ
ととのへしる　ととのへとる　ととのへなす　とどめがたげなり　とどろきひびく　とのゐびとめく
とひあはす　とひいづ　とひおこす　とひかはす　とびかふ　とひなす　とひまうす　とびまがふ
とぶらひいづ　とぶらひいでく　とびらひまうづ　とびらひまゐる　とほげなり　とまりがたし　とまりはつ
とめがたげなり　ともなふ　とよる　とりあらそふ　とりあやまつ　とりあやまる　とりおこなふ　とりさく
とりそむく　とりつくる　とりつたへはじむ　とりとる　とりなほす　とりならぶ　とりまうしがたし
とりまぎらはす　とりもていぬ　とりもてまゐる　とりわき

【な】

ながしそふ　ながしはつ　ながめあかす　ながめいづ　ながめいる　ながめおはします　ながめおはす［四］
ながめおはす［下］　ながめがちなり　ながめくらしあかす　ながめさす　ながめすぐす　ながめすごす
ながめふす　ながめやすらふ　ながめわぶ　なかれうす　なかれおはします　なかれそふ　なかれとどまる
なきおはします　なきおはそうず　なきかはす　なきかる　なきさけぶ　なきしきる　なきしづむ　なきしをる
なきつたふ　なきとよむ　なきみだる　なきむつかる　なきよわる　なぎわたる　なぐさめあそばす
なぐさめおく　なぐさめがたげなり　なぐさめかはす　なぐさめならふ　なげきあかしくらす　なげきあふ
なげきありく　なげきおはす　なげきおぼす　なげきがちなり　なげきくらす　なげきしづむ　なげきしをる
なげきすぐす　なげきそふ　なげきなげく　なげきまどふ　なげすつ　なごやかなり　なさけがる　なさけだつ
なさけづくる　なさけなさけし　なさけばむ　なさけぶ　なさけぶかし　なしあぐ　なしいづ　なしたつ
なぞらひなり　なだむ　なだらむ　なつきがたし　なでかしづく　なでつく　なでつくろひたつ　なにゆゑ
なのりいづ　なのりいでく　なびきかしづく　なびきがたし　なびきやす　なほさらに　なほしたつ
なほりがたし　なまあくがる　なまあらあらし　なまいとほし　なまいどまし　なまいわけなし
なまうしろめたし　なまうらめし　なまうらめしげなり　なまかくす　なまかたくなし　なまかたはなり
なまかたはらいたし　なまかたほなり　なまきんだちめく　なまくちをし　なまくねくねし　なまくるし
なまけやけし　なまこころぐるし　なまさかし　なまじひに　なますさまし　なまそんわうめく
なまにくげなり　なまにくし　なまねたし　なまはしたなし　なまはらだちやすし　なまほのすく
なままばゆし　なまむつかし　なまめきかはす　なまめざまし　なまものうし　なまやすし　なまゆがむ

なまわづらはし　なまわろなり　なまをかし　なみだがちなり　なみだぐみあふ　なみよる　なよびかなり
なやましがる　なやみあつい　なやみそむ　なやらふ　なよびかかる　なよびすぐ　なよびやはらぐ
なよびゆく　なよぶ　ならしそふ　ならしまつはす　ならはしはじむ　ならびおはします　ならひすさぶ
ならひすつ　ならひはじむ　ならひまねぶ　ならひよむ　なりたつ　なりありく　なりさわぐ　なりしづまる
なりそふ　なりとどろく　なりのぼる　なりみつ　なれく　なれすぐ　なれなれしげなり　なれまじらひありく
なれむつぶ　なれゆく　なれよる　なんず

【に】

にあふ　にかよふ　にぎははしげなり　にくみあふ　にくみうらむ　にくみがたげなり　にくみがたし
にくみにくむ　にくらかなり　にこやかなり　にごりそむ　につかはしげなり　にはむ　にぶ　にほはし
にほはしおく　にほはしそふ　にほひおはす　にほひかさぬ　にほひみつ　にほひわたる　にらむ

【ぬ】

ぬきあふ　ぬきいづ　ぬぎかへがちなり　ぬぎすつ　ぬぎすぶ　ぬぎとむ　ぬすみもていく　ぬひいる
ぬらしそふ　ぬりかくす　ぬるらかなり　ぬれがちなり　ぬれしめる　ぬれぬれ　ぬれゆく

【ね】

ねうねうと　ねがひおぼす　ねがひおもふ　ねがひまつはる　ねがひわたる　ねくらす　ねざめがちなり

ねすぐす　ねなきがちなり　ねぢけがまし　ねびくはばる　ねびすぐ　ねびととのふ　ねびととのほる
ねびなる　ねびまさりゆく　ねびもておはす　ねびる　ねぶかし　ねんごろがる　ねんじあふ　ねんじいる
ねんじすぐす　ねんじゐる

【の】

のがれわぶ　のこしとどむ　のごひあふ　のごひかくす　のごひただらす　のこりとどまる　のこりとまる
のしおく　のぞきありく(覗)　のぞきゐる(臨)　のたまはせあはす　のたまはせおく　のたまはせしらす
のたまはせつく　のたまはせはなつ　のたまはせやる　のたまひいづ　のたまひうごかす　のたまひおきつ
のたまひおぼす　のたまひかく　のたまひかよふ　のたまひくらす　のたまひけつ　のたまひこしらふ
のたまひさす　のたまひさだむ　のたまひさわぐ　のたまひさわやぐ　のたまひすさぶ　のたまひすつ
のたまひすべす　のたまひたはぶる　のたまひつく　のたまひつくす　のたまひつづく　のたまひなげく
のたまひなす　のたまひなる　のたまひのがる　のたまひはじむ　のたまひはつ　のたまひまつはす
のたまひみる　のたまひやぶる　のたまひやる　のたまひわづらふ　のどまる　のどめおく　のどめがたし
ののしりおはす　ののしりさわぐ　ののしりをり　のびらかなり　のべやる　のぼりおはします　のぼりはつ
のりおくる　のりそふ　のりならぶ　のりまじる　のりやる　のわきだつ

【は】

はいす　ばうぞくなり　はかなぶ　はかばかしがる　はぐくみおほす　はぐくみすぐす　はぐくみたつ

はげみます　はこびいづ　はこびわたす　はしたなむ　はしたなやか　はじめそふ　はしりあそぶ
はしりおはす　はしりのぼる　はたかくる　はたしつくす　はぢあふ　はぢおはさうず　はぢかがやく
はぢしむ　はぢなく　はちぶきいふ　はちぶく　はぢらふ（恥）　はづかしむ　はなじろむ　はなちおく（放）
はなちがたし　はなちかふ　はなれいづ　はなれおはします　はなれおはす［四］　はなれおはす［下］
はなれそむ　はばかりあふ　はばかりおづ　はばかりすぐす　はばかりはづ　はひかくる　はひこもる
はひまぎる　はひまじる　ばふ（奪）　はぶきかくす　はぶきすつ　はぶく　はふらかす　はふれまどふ
はやりか　はらだたしげなり　はらだちなす　はらひやる　はらまれおはします　はらめきおつ　はりしづむ
はりゐる　はるけやる　はればれしげなり

【ひ】

ひかさる　ひえいる　ひきう（引）　ひきうごかす　ひきおこたる　ひきおどろかす　ひきかなぐる
ひきかはす　ひきかへしひきかへす　ひきかへる　ひききりなり　ひきくくむ　ひきくはふ　ひきこぼつ
ひきこむ（弾）　ひきこむ　ひきさく　ひきしじむ　ひきしづむ　ひきしのぶ　ひきしろふ　ひきすぐる（弾）
ひきすぐる　ひきすさぶ　ひきすさむ　ひきすます　ひきそばむ［四］　ひきそばむ［下］　ひきたがふ
ひきたすく　ひきたてさす　ひきたゆ　ひきつむ　ひきととのふ　ひきとむ　ひきなす　ひきならす　ひきぬぐ
ひきのぶ　ひきほころばす　ひきまず　ひきまず（弾）　ひきまつはる　ひきむく　ひきむすびくはふ
ひきめぐらす　ひきやぶる　ひきゆひつく　ひきよく　ひこじらひあく　ひごじろふ　ひしひしと
ひじやうなり　ひすましめく　ひすゐだつ　ひそみゐる　ひたおもてなり　ひたたく　ひぢちかなり

ひとかずめく　ひとだつ　ひとめかし　ひとめく　ひとやうなり　ひとりごちあまる　ひとりごちおはす
ひとりふしがちなり　ひびきそふ　ひびきののしる　ひびきゆする　ひひらぐ　ひむ　ひめおく　びやうぶだつ
ひらけいづ　ひらけさす　ひらけそむ　ひらけゆく　ひろひすう　ひろびろと　ひわづなり　ひわる

【ふ】

ふかげなり　ふきいる　ふきおほふ　ふきおろす　ふきかふ　ふきかよふ　ふきこゆ　ふきさす　ふきすぐす
ふきすさぶ　ふきすます　ふきそふ　ふきつたふ　ふきとほす　ふきなす　ふきなる　ふきにほはかす
ふきはなつ　ふきはらふ　ふきまがふ　ふきまどはす　ふきまふ　ふきみだる　ふきむすぶ　ふきやむ
ふきよる　ふくす　ふくつけがる　ふくつけし　ふくよかなり　ふしわづらふ　ふたぎもてゆく
ふでうなり(不調)　ふとりすぐ　ふびなり　ふぶく　ふみならす　ふみめく　ふみよる　ふゆめく　ふりある
ふりいでがたし　ふりうづむ　ふりがたし　ふりすてがたし　ふりはなる　ふりみだる　ふるひあがる
ふるまひなす　ふればむ　ふんじこむ

【へ】

へぐ　へだたりがちなり　へだたりゆく　へだておもふ　へだてがまし　へだてく　へだてゆく　へだてわく
へつらふ　へまさる

【ほ】

ほけしる　ほこらしげなり　ほこりならふ　ほころびいづ　ほこりゐる　ほころびこぼる　ほしやる
ほそやぐ　ほそる　ほとりばむ　ほのうちきく　ほのおぼしよる　ほのかたらふ　ほのききおく
ほのききおはす　ほのききつたふ　ほのきこしめす　ほのきこゆ　ほのこころう　ほのしる　ほのすく
ほのぼのし　ほのみす　ほのみゆ　ほのめかしいづ　ほのめかしおこす　ほのめかしのたまふ　ほのめきよる
ほふけづく　ほふふくだつ　ほほゑみわたる　ほめおく　ほめたつ　ほりうつす　ほれはつ　ほれぼれしげなり
ほれまさる　ほれまどふ

【ま】

まうしあきらむ(申)　まうしあらはす　まうしかへさふ　まうしかへす　まうししらす　まうしたまはる
まうしつたふ　まうしつづく　まうしわたる　まうでありく　まうでこむ　まうのぼらまほしがる
まかせがたし　まかでちる　まかでまゐる　まかなひなす　まかなひなほす　まかりあたる　まかりありく
まかりうす　まかりおりあふ　まかりたゆ　まかりのぼる　まかりまうす　まかりむかふ　まかんづ
まきつづく　まきむすぶ　まぎらはしおはす［四］　まぎらはしおはす［下］　まぎらはしかく
まぎらはしかくす　まぎらはしげなり　まぎらはしすべす　まぎれありく　まぎれがたし　まぎれがちなり
まぎれくらす　まぎれすぐす　まぎれだつ　まぎれはつ　まさりざまなり　まじなひわづらふ
まじらひいづ　まじらひつく　まじらひなる　まじらひにくげなり　まじらひよる　まちおはします
まちおはす　まちおもふ　まちかく　まちきく　まちすぐす　まつはしう　まつはしざまなり

まつはしならはす　まつはしならふ　まつはしよす　まつはれあそぶ　まつりごちす　まであふ　までく
まどはしはふる　まとはる　まどひかくす　まどひそむ　まどひゐる　まなびしる　まねきす　まねびいだす
まねびいづ　まねびう　まねびたつ　まねびつたふ　まねびつづく　まねびとる　まねびなす　まねびやる
まばゆげなり　まひはつ　まめだちすぐす　まらうどだたし　まろがる　まろばしす　まろばしよす
まろびうす　まろびおつ　まろびのく　まろびゐる　まろぶ　まろらかなり　まゐらせおく　まゐりかへる
まゐりきあふ　まゐりきなる　まゐりさぶらふ　まゐりさまよふ　まゐりさわぐ　まゐりすさぶ　まゐりそふ
まゐりそむ　まゐりちかづく　まゐりちがふ　まゐりつかまつる　まゐりとぶらふ　まゐりなる　まゐりよる

【み】

みあつむ　みあふ(敢)　みあらはしはつ　みあらはす　みう　みうとむ　みえおく　みえおはします
みえかくす　みえぐるし　みえなす　みえなほす　みえはつ　みえまさる　みえもてゆく　みえわかる
みおとす　みおどろかす　みおよぶ　みがきあらたむ　みがきそふ　みがきます　みかさぬ　みかへる
みかよふ　みききいる　みききすぐす　みききすつ　みききつく　みききなす　みききわたる　みききゐる
みさをづくる　みじかげ　みしのぶ　みしむ(染)　みしりはつ　みしりゆく　みじろぎよる　みすぐ
みすぐしがたげなり　みすぐしがたし　みせそむ　みせつくす　みせまうし　みだす　みだりがはし
みだれあそぶ　みだれおつ　みだれおもふ　みだれおる　みだれかく　みだれきる　みだれたつ　みだれちる
みだれふす　みだれまさる　みだれゆく　みぢかし(身近)　みちびきかはす　みちびきしらす　みちみちし
みつくす　みつけそむ　みとく　みとぶらふ　みとる　みならぶ　みなれそなる　みなれみなる　みにくやか

みのぶ（見延）　みはなちがたし　みみはさみがちなり　みむく　みわきがたげなり　みわたる

【む】

むかしものがたりめく　むかしやうなり　むかはる　むかへいる　むかへすう　むかへよす　むくむくし
むさぼる　むすびこむ　むすびとどむ　むすびなす　むすめがちなり　むせかへる　むつびおもふ
むつびおもほす　むつびかはす　むつびそむ　むつびなる　むつびみる　むつびよし　むつびよる　むつぶ
むつましげなり　むつれあそぶ　むねむねし　むらぎゆ

【め】

めおやだつ　めぐりおはす　めぐりまゐる　めざましがる　めざましげなり　めざむ　めしとどむ　めしはなつ
めしまとはす　めであさむ　めでいふ　めでおはす　めでののしる

【も】

もうもうに　もじす　もじづよし　もちけつ　もていぬ　もてかくす　もてかしづきあがむ　もてけつ
もてさまよふ　もてしづめおく　もてしづむ　もてそこなふ　もてたがふ　もてつづく　もてなしおもふ
もてなしがたし　もてなしさまよふ　もてなししづむ　もてなしすぐす　もてなしそふ　もてなしそむ
もてなしたすく　もてなしにくし　もてなしはつ　もてなしへだつ　もてなしをさむ　もてなやむ
もてはなれはつ　もてひがむ［四］　もてひがむ［下］　もてまかる　もてまぎらす　もてやすらふ　もてやつす

もてよす　もてをさむ　もどきいふ　もとめくはふ　もどる　もぬく　ものあざやかなり　ものうとし
ものうひうひし　ものうらみがちなり　ものうらめし　ものうらめしげなり　ものうららかなり
ものうるさがる　ものうるはし　ものおもしろし　ものおもはしげなり　ものがなしげなり　ものぎたなし
ものきよげなり　ものきらきらし　ものくるはし　ものけたまはる　ものこのまし　ものごはし　ものさびし
ものさびしげなり　ものさわがしげなり　ものさわやかなり　ものしづかなり　ものしつく　ものしどけなし
ものしめやかなり　ものすさまし　ものちかし　ものつつまし　ものつよげなり　ものとほし
ものなげかしげなり　ものなれよる　もののけだつ　もののけめく　ものはづかし　ものふかげなり
ものへだてがまし　ものほこりかなり　ものほめがちなり　ものめかし　ものめかしいづ　ものめかしたつ
ものめかす　もののしげなり　ものやはらかなり　ものをかし　もよほしおはす　もよほしがちなり
もらしそうす　もりいでしる　もりきく　もりきこゆ　もりにほひく　もりみる　もろこしだつ

【や】

やうごとなし　やうしすつ　やうしにくし　やうしゐる　やきうしなふ　やきすつ　やけとほる　やごとなし
やすらひくらす　やすらひなす　やせおとろふ　やせさらばふ　やせほそる　やせもてゆく　やつれしのぶ
やつればむ　やはやはと　やはらぐ　やまがつめく　やまざとぶ　やましげなり　やまぶしだつ　ややまし
ややむ　やりかえす　やりなす　やんごとなげなり

【ゆ】

ゆがみおとろふ　ゆきあかる　ゆきあられがちなり　ゆきかかづらふ　ゆきげなり　ゆきちる　ゆきなやむ
ゆきはなれがたし　ゆきめぐりく　ゆきもよに　ゆくりかなり　ゆづりそむ　ゆづりつく　ゆひあはす
ゆひなす　ゆひまず　ゆふかく　ゆふづけゆく　ゆほびかなり　ゆらゆらと　ゆるぎく　ゆるしおく
ゆるしがたし　ゆるしすつ　ゆるしそむ　ゆるに　ゆゑづく　ゆゑばむ　ゆゑゆゑしげなり

【よ】

よがる　よぎりおはします　よこたはる　よこどる　よごもる　よざまなり　よしめきあふ　よしめきすぐす
よしめきそす　よしめく　よせかく　よせかへる　よそひくはふ　よそひまうく　よそへいふ　よそへなずらふ
よそほし　よそよそなり　よだけし　よぢかし　よづかはし　よばひののしる　よびわたる　よみつく
よみならふ　よみはつ　よみやる　よりはつ　よろしげなり　よろぼはし

【ら】

らうじむ

【り】

りやうじはつ

【わ】

わかきんだちめく　わかぶ　わかやぐ　わかれはつ　わかれめく　わきがたし　わきまへしらす
わけありく　わけおはす　わけく　わけみる　わけわぶ　わざとがまし　わざとなし　わざとめかし
わざとめく　わす(和)　わすれさりがたし　わたくしざまなり　わたしはじむ　わたどのだつ
わたりかよひおはす　わたりかよふ　わたりつどふ　わたりまうづ　わたりまゐる　わたりものす　わづらはす
わづらひそむ　わななかしいづ　わななきおはす　わななきしぬ　わびありく　わらはぐ　わらひがちなり
わららかなり　わるぶ　われかしこに(我賢)　われさかしに　われたけし　わろぶ

【ゐ】

ゐかしこまる　ゐざりしぞく　ゐざりのく　ゐなかいへだつ　ゐならふ　ゐやゐやし(礼)

【ゑ】

ゑがく　ゑじはつ　ゑひすすむ　ゑひなやむ　ゑひみだる(酔)　ゑまし(笑)　ゑみさかゆ　ゑみひろごる
ゑんじおく　ゑんじはつ　ゑんぜられはつ

【を】

をかしばむ　をかしやかなり　をがみいる　をこがましげなり　をこづく　をこづりとる　をこめく
をさまる(治)　をさめあふ　をしえくらす　をしけし　をしへおこす　をしへなぐさむ　をしへたつ

をしへよす　をしみあふ　をしみおぼしめす　をしみとどむ　をせながなり　をひだつ　をやむ　をりがちなり

をりすぐす　をりちらす　をりまどふ　をれのこる　をんなし

以上

論文初出一覧

序　章　　　　書き下ろし

第一章　感情表現としての「笑い」について

原題「『源氏物語』において「ほほゑむ」の果たした役割――「ゑむ」と「ほほゑむ」の違い」（『学習院大学国語国文学会誌』第四十七号、二〇〇四年三月）

第二章　感情表現としての「泣き」について

第一節・第二節　書き下ろし

第三節　原題「『源氏物語』における「涙落つ」と「涙落とす」の違いについて」（口頭発表、日本文学協会、第二十五回研究発表大会、於奈良教育、二〇〇五年七月）

第四節　書き下ろし

第三章　「かをる」と「にほふ」について

原題「『源氏物語』における「かをる」と「にほふ」の互換性」（『日本文学』Vol.58、日

本文学協会、二〇〇九年十二月）

補論　「匂かざりしにほひ」について――「匂かざりしにほひ」は薫なのか匂宮なのか

原題「「匂かざりし匂ひ」は薫なのか匂宮なのか」（『薫りの源氏物語』翰林書房、二〇〇八年四月）

第四章　「あえか」について

原題『源氏物語』において「あえか」という言葉が果たした役割」（『学習院大学大学院・日本語日本文学』第十号、二〇一四年三月）

第五章　光源氏を絶対化する言葉について

第一節～第四節　原題「光源氏を絶対化する四つの表現」（『学習院大学国語国文学会誌』第五十六号、二〇一三年三月）

第五節　書き下ろし

補論　「かろがろし」が果たした役割

原題『源氏物語』において「かろがろし」という言葉が果たした役割」（『古代中世文学論考』第二十八集、新典社、二〇一三年三月）

第六章　「罪」と「恥」に関わる言葉について

第一節　書き下ろし

第二節・第三節　原題「光源氏と柏木の密通における罪意識の語り分け――「おそろし」と「おほけなし」の果たした役割」（『物語研究』第十一号、物語研究会、二〇一一年三月）

第四節　原題「浮舟物語における罪と恥の意識」（『学習院大学大学院・日本語日本文学』第六号、二〇一〇年三月）

終　章　書き下ろし

＊旧稿には加筆・修正を施してあるが、基本論旨は変えていない。

著者略歴
吉村研一（よしむら・けんいち）
1952年　東京都生まれ
1976年　慶應義塾大学経済学部卒業
1999年　日本石油株式会社（現JXホールディング）退職
2014年　学習院大学大学院人文科学研究科博士後期課程　修了
博士（日本語日本文学）
現在、学習院大学文学部助教

『源氏物語《げんじものがたり》』を演出《えんしゅつ》する言葉《ことば》

著者　吉村研一
発行者　池嶋洋次
発行所　勉誠出版㈱
〒101-0051 東京都千代田区神田神保町三－一〇－二
電話　〇三－五二一五－九〇二一㈹

二〇一八年二月二十八日　初版発行

印刷・製本　中央精版印刷株式会社

ISBN978-4-585-29159-6　C3095

正訳　源氏物語　本文対照
全十冊

語りの文学『源氏物語』、その原点に立ち返る。本文に忠実でありながらよみやすい。本文と対照させて読むことにより、本物の『源氏物語』の世界を感じることができる。

中野幸一 訳・本体各二五〇〇円（＋税）

フルカラー 見る・知る・読む　源氏物語

絵巻・豆本・絵入本などの貴重な資料から見る『源氏物語』の多彩な世界。物語の構成・概要・あらすじ・登場人物系図なども充実。この一冊で『源氏物語』が分かる！

中野幸一 著・本体二二〇〇円（＋税）

源氏物語の漢詩文表現研究

源氏物語独自の漢詩文から、作中人物の漢学の素養、出典・引詩文までを「漢詩文表現」として体系的に論じ、物語の形成にいかに関わったのかを解明する。

笹川勲 著・本体一〇〇〇〇円（＋税）

源氏物語論
女房・書かれた言葉・引用

女房・書かれた言葉・引用から、『源氏物語』が織りなす言葉の世界の深みと拡がりの両面に踏み込み、語り・語り手・書き手などの特殊性・先駆性を明らかにする。

陣野英則 著・本体八〇〇〇円（＋税）

ひらかれる源氏物語

時代・ジャンルという既存の枠組みを越え、新たな読解の方法論・可能性を拓く。気鋭の研究者の視角から日本文学研究を啓発する野心的論集。

岡田貴憲・桜井宏徳・須藤圭 編・本体四六〇〇円（＋税）

揺れ動く『源氏物語』

「オリジナル」という幻想に矮小化されてきた源氏物語。「生成変化する流動体」という平安物語本来のあり方に立ち返り、源氏物語のダイナミズムを再定立する。

加藤昌嘉 著・本体四八〇〇円（＋税）

『源氏物語』前後左右

連鎖・編成を繰り返し、アメーバのごとく増殖・変容するあまたの写本・版本を、あるがままに虚心に把捉することで見えてくる、ニュートラルな文学史。

加藤昌嘉 著・本体四八〇〇円（＋税）

『源氏物語』という幻想

「作者」とは何か、「原本」とは何か。「作者」「原本」という幻想とロマンのなかで生成されてきた物語へのフィルターを可視化し、文学史を問い直す。

中川照将 著・本体六〇〇〇円（＋税）

『和泉式部日記／和泉式部物語』本文集成

『和泉式部日記』の現存する主要伝本十九本の本文を網羅的に集成し、全四系統にわたる複雑な本文異同の全容を、高い利便性の下に学界へ提供する。

岡田貴憲・松本裕喜 編・本体一七〇〇〇円（＋税）

うつほ物語大事典

平安時代中期に成立した長編物語『うつほ物語』。その基本的な事項の説明から画期的な新見解まで幅広く掲載した初の総合事典。

学習院大学平安文学研究会 編・本体一八〇〇〇円（＋税）

日本語程度副詞体系の変遷　古代語から近代語へ

古代語から近代語への転換期における程度副詞の流動的な性質を捉え、ことばの意味・機能の体系的な変遷の模様を描き出す。

田和真紀子 著・本体六〇〇〇円（＋税）

日本古典漢語語彙集成

平安時代より日本の多くの教養人が目を通した、漢文および仮名文学の代表的な漢語を精査・抽出。漢字・漢語研究ならびに国語・国文学研究に必備の基礎資料。

柏谷嘉弘・靏岡昭夫 編・本体七五〇〇〇円（＋税）